文春文庫

獣たちのコロシアム

池袋ウエストゲートパークXVI

石田衣良

文藝春秋

— 目次 —

獣たちのコロシアム

池袋ウエストゲートパークXVI

イラストレーション　北村治

タピオカミルクティの夢

タピオカミルクティはあんたもしってるよな。

黒いカエルの卵みたいなタピオカパールがどっさり沈んだ甘いミルクティだ。英語ではブラックパールアイスティともいう（いいネーミングだよな、『ゴールドベルク変奏曲』の第二十五変奏を思いだす）。一九八〇年代なかばに台湾で生まれたのみもので、太いストローでタピオカと冷えた紅茶を一気にすするのだ。清涼感プラス、もちもちぬるぬるのタピオカの食感の組みあわせが斬新《ざんしん》。このところ女子高生や女子大生に大人気で、街のあちこちに専門店ができている。あんたもリップクリームなみに太いストローをくわえた若い女の集団を見かけたことはあるだろ。

一大ブームにあやかろうと、手の早い資本（普通の飲食系だけでなく、半グレや本グレなんか）も参入して街では大競争が展開中。ムリもないよな。店はスタンド形式で狭くともＯＫ、賃貸料は安あがりで、紅茶をつくる簡素な設備があれば十分。本格的な厨《ちゅう》房《ぼう》も料理人も必要ないのだ。原材料はタピオカと茶葉と牛乳と砂糖。どれも格安。国産小型車一台分の開店資金で、人件費を払っても毎月五、六十万は浮くんだから、笑いがとまらない。

おれの数すくない本職の友人も、去年から池袋駅の東口と西口で一軒ずつスタンドをだしている。夏水堂という店だから、見かけたら一杯のんでやってくれ。まあ暴力団に利益供与したということで、バレたら問題になるかもしれないけどね。お笑い芸人の闇営業問題以降、反社会的勢力に世間はめちゃ厳しい。あいつらだって上納金だけでなく、生活費は必要なんだけれど。

今回のおれの話は池袋の熾《し》烈《れつ》なタピオカミルクティ戦争と、そこにまぎれこんだ気の毒な中高年サラリーマンの物語。おれは会社というところが、あんなふうに長年働いてきた社員をあつかうのだと初めてしった。切なくなるネタだから、あとでまた詳しく話すよ。そいつは残業代も福利厚生もない果物屋の店番でよかったと、おれが胸をなでおろしたくらいの悲惨さ。

おっさんが閉じこめられた部屋では、過去三人の自殺者がでたというから、どれだけひどい状況かは、あんたが勝手に想像してくれ。おれはいくつになっても、池袋西一番街の路上で、冬は北風のなか夏は熱風に煽《あお》られ、フルーツを売っていくのだろう。

おれにはそれで十分だ。

ゴミだらけの汚れたストリートでも風が吹き寄せるだけで、窓のない地下の追いだし部屋より百万倍いいからな。


長かった梅雨が終わり、夏が始まったその日、おれは久しぶりにサルと会っていた。おれたちが腕組みして見つめているのは、グリーン大通りに開店して三カ月目のサルの店。タピオカミルクティの専門店、「夏水堂」だ。節目のある足場板が張られた店の両脇にはおおきな観葉植物。中国語のポップスがかかっている。おれはスタンドの看板のうえにあるアルファベット表記を見ていった。

「あれが正式名称か。中国語だよな。なんて読むんだ？」

サルはうんざりした顔で唇をとがらせた。意外といい発音。

「シィア・シゥイ・タァン。高い金払ってロゴをつくらせたが、誰もそっちの名前じゃ呼ばないな。だいたいはカスイドウ、女子高生のガキはただナツミって呼んでるよ。サーファーの名前じゃないんだけどな」

おれはケヤキの枝越しに夏空を見あげた。今年は梅雨明けが遅かったが、明けたとたんに真夏日だ。池袋の空も街も殺人紫外線だらけ。

「で、おれの仕事は？」

昼さがりの広い歩道を歩く人間はすくなかった。あまりに暑すぎるのだ。

「いよいよシーズンがくるからな。おれはこの夏にかけてる。いつまでこんなタピオカブームが続くかわかりゃあしない。うちの組の若衆にチラシを大量に撒《ま》かせるつもりだ。マコトにはそいつの文章を頼みたい」

おれにくる依頼は、いつも街のゴミみたいなトラブルばかり。今回はめずらしくペンの仕事だった。

「おれ、ものを売るコピーって、人生初かも」

「こいつがデザイナーがつくったラフだ」

おれにA5のカラーコピーをさしだす。タピオカミルクティのアップに、スタンドの写真が一枚。あとはキャッチとボディコピーのブロックに、スタンプがひとつ。スタンプのなかにはタピオカパール三十パーセント増量と白抜きで書かれていた。

「おまえはキャッチをひとつと、二百五十字のボディをひとつ書けばいい。おれのしりあいで文章が書けるやつなんて、マコト以外にいないからな」

「なにを書けばいいんだ？」

「それっぽい感じなら、なんでもいい。ただ早く書いてくれ。今週中に駅前でばら撒きたいからな」

おれはすこしだけ困った。若い女たちにものを売るのは、ひとつ三千円のメロンを酔っぱらいのおっさんに売るのとはわけが違う。

「なにか材料をくれ。この店の名前の由来は？」

羽沢組系氷高組幹部のサルがおれよりも二十センチ近く低い位置でいった。斉藤富士《さいとうふじ》男《お》は中学生のころからチビなのだ。

「台湾の台北《タイペイ》にあるタピオカミルクティの発祥の店のひとつが『春水堂』っていうんだ。ネットで見ただけだけどな。で、そいつをいただいて、今の季節らしくした。アイスティって夏ののみものだから」

「へえ、台湾の名店の名前からとったのか」

直営店とか支店とはいえないだろうが、インスパイアされたとかリスペクトしたなんて言葉はつかえるかもしれない。英語って意味がわからなくて便利だよな。

「あとなにか書いてほしいことあるか」

「ああ、うちではよその店よりちょっと高い茶葉をつかってる。紅茶は香りが勝負だから。あとはパールの半分をコンニャク玉にしたカロリーハーフの商品も売りだ。マコト、しってるか。タピオカってキャッサバ芋からとるデンプンで炭水化物なんだ。ミルクティには砂糖がどっさり、おまけにパールは炭水化物で、タピオカミルクティは案外高カロリーなんだよ」

おれはあきれて、中国人旅行者のような原色のアロハシャツを着たサルに目をむけた。

「おまえ、ほんとの飲食店オーナーみたいだな」

サルが険《けわ》しい顔でおれをにらんだ。

「店をだすんだ。それくらいは調べるだろ。本職だからって、商売やるときは別だ。ヤクザなめんな」

確かにサルのいうとおりだった。商売は誰でも真剣にやるしかない。そうでなければ、三カ月で資金をなくし店をたたむことになる。おれはスマートフォンにサルがいったことを箇条書きでメモしていった。いじめられっ子だったサルがヤクザになり、そいつの店のチラシのコピーを書くようになるとは、十年まえにはまるで想像していなかった。まあわかったら奇跡だよな。おれたちはその日に出会う人間のことさえわからないのだ。


サルがおれの肩をつついた。顎《あご》の先を横にしゃくる。頭の天辺《てっぺん》が目玉焼きのようにはげた中年男だった。五十歳をいくつか超えたあたり。太肉中背。肩からはななめに合成皮革の安ものショルダーバッグをさげている。そのおっさんが盛んにサルの店をスマホのカメラで撮影している。近寄ったり、離れたりしながら。グリーン大通りは池袋駅東口からまっすぐに延びるメインストリートで、ケヤキの木が植わった歩道の幅も十メートル近くある。おっさんはやけに熱心に写真を撮っていた。

「なんだ、あれ」とおれ。

サルが腕組みしたまま低い声でいった。

「商売がたきの偵察かもな。この夏、池袋には七つもタピオカミルクティの店がある。うちは流行《はや》ってるほうだし」

「果物屋の数より多そうだな」

三人組の女子高生がやってきたかと思うと、すぐに行列ができた。タピオカミルクティをもって、店のまえで写真を撮る女もいる。頬にミルクティを寄せて、夏水堂のロゴをいっしょにいれて一枚。インスタグラムにでもあげるのだろう。おれたちの見せびらかし消費に限りはない。

月見ハゲのおっさんがスマホをかまえたまま、おれたちの視界をさえぎった。スタンドが見えなくなる。サルが低い声でドスをきかせた。

「ジャマだ、おっさん。そこ、どけ」

中年男は電撃でも受けたように、ちいさく跳ねた。おれたちを振りむくと臆病そうに会釈《えしゃく》した。

「お邪魔して、すみません」

そのままつま先立ちでスタンドのまえまで移動していく。きっと部活かなにかの帰りだろう、女子高生の行列は五、六メートルほどの長さに延びていた。おっさんは店に近づき壁の張り紙を撮影すると、その行列の最後にならんだ。

おれはそのとき見たのだ。おっさんが撮っていた張り紙の内容を。時給千百円からスタートするアルバイト募集の手描きポスターである。

やはりライバル店のスパイだろうか。おれは行列の黒一点の中年男に視線を注いだ。

「お待たせしました、部長」

夏水堂から大学生のようなガキが走りでてきた。両手にタピオカミルクティ。爽《さわ》やかな白シャツを袖まくりして着ている。おれとサルの分だ。〝部長〟は氷高組渉外部長の略だろう。百人を超える組の十二、三番目あたりらしい。受けとっていった。

「ありがとな」

「いえ、部長とマコトさんにのんでもらえるなんて、光栄っす」

やつはテニスシューズを鳴らして、スタンドに戻っていく。おれはサルの店のタピオカミルクティをひと口のんだ。なかなかうまいアイスティ。タピオカをひとつかむ。歯でかみ切れる薄甘い生ゴムみたい。

おれはカウンターのなかで注文をとるガキに目をやった。

「あいつも組の人間なのか」

「いや、タカシに集めてもらったガキだ。イケメンを何人かまわしてもらった。タピオカの店の客は九割以上若い女だからな。イケメンには固定客がつく。バイト代はちゃんと払ってるさ」

それでおれのことをしっていたのか。Gボーイズのメンバーだろう。おれたちはタピオカミルクティをもって、ガードレールまで移動した。ケヤキの日陰でのむ冷えたミルクティはなかなかのみものだ。おれにはタピオカパールがちょっとジャマだったけれど。

それからおれとサルは中学時代の話や最近の池袋について、どうでもいいことだけ選んで話した。おたがいのヤバそうな件についてはふれない。大人になると自然と気づかいの会話ができるようになるもんだよな。おれは氷高組のしのぎについてきかなかったし、サルはおれの女関係にふれなかった。まあ誰にだって話したくないことがあるもんだ。

タピオカミルクティをのみ終えて、そろそろ帰ろうとしたときだった。さっきのGボーイがまたスタンドから駆けてきた。

「部長、すみません。アルバイトの応募がきたんですけど」

東京は慢性的な人手不足だ。

「やっときたか」

そういってサルはガードレールから飛びおりた。

「まったく応募がきたのは二週間ぶりだ。わかった、こっちに連れてきてくれ。そいつもなかなかイケメンなのか」

Gボーイは困った顔をした。引きつった笑み。

「それは……ちょっと、部長が判断してください」

いれ替わりにやってきたのは、あの月見ハゲのおっさんだった。手にはタピオカミルクティと履歴書をもっている。サルが中年男を見て、深くため息をついた。

「うちで募集してるのは、若いイケメンだけなんだけどなあ」

サルはさしだされた履歴書を受けとった。

どうやらおれの出番は終わったようだ。関係もないよそのバイトの面接を観察する趣味はなかった。おれが空容器を片手にガードレールを離れようとしたら、サルがいった。

「マコトの意見を、ちょっときかせてくれ。こいつはおれにもよくわからない話だ」

ショルダーバッグをななめがけにした男は、直立不動で立っている。気合のはいった声でちいさく叫んだ。

「大前善次郎《おおまえぜんじろう》、五十三歳、シィア・シゥイ・タァンで働かせていただきたくて、応募しにまいりました」

サルは困り顔でいう。

「だけど、あんたはもうハイライト電気の正社員じゃないか。役職もついているんだよな、シニアマネージャーってどれくらい偉いんだかよくわからないけど」

大前のおっさんは年下のサルにため口をきかれても平気なようだった。

「うちの会社は副業自由なんです。シニアマネージャーは課長待遇ですが、わたしにはひとりも部下はいないです。名前だけの役職で、実際にはヒラ社員と同じ扱いです」

もともと丸いおっさんの頬が、すこし赤くふくらんだように見えた。白い半袖開襟《かいきん》シヤツの胸元は、汗でびっしょり。

「いや、ヒラ社員よりも下かもしれない。わたしにはノートパソコンの一台も与えられていませんから」

サルが宇宙人にでも遭遇したような目で大前を見てから、おれに視線を流してきた。おれにも事情がまるでわからない。ハイライト電気といえば、昔ほどの威光はないが、今も東証一部上場の総合電機メーカーだ。売上高は兆を超える。冷蔵庫、洗濯機といった白物家電から、液晶テレビやHDDレコーダー、AIを組みこんだスピーカーやペット型ロボットまで、幅広い電気製品をそろえている。

おれはシニアマネージャーに恐るおそる質問した。

「あの、子どもの学費とか住宅ローンに困ってるんですか」

大前は恥ずかし気に頭をかいた。髪がひな鳥の羽毛のように立ちあがった。

「いえ、今のところはそれほどではありません。これが仕事なんです。他の企業さまの正社員やアルバイトに応募するのも、業務命令のうちなんです」

正社員として大企業で働きながら、就職先を探すのが業務命令。サルがおれを帰したくないわけだった。まあ、おれにも意味不明なんだが。

「あの、わたしは……」

そこで言葉を切って、課長待遇が崖から飛びおりるように叫んだ。

「わたしは人材ステップアップ室にいます」

サルとおれは目を見あわせた。大企業がつける英名の部署というのは、ちんぷんかんぷん。だいたい課長と次長と部長のどれが一番偉いのか、おれにはよくわからない。

「ステップアップ室というのは、セカンドキャリアを探すための部署なんです。社内の人間は誰もそう呼びませんが、社外の人間からは『追いだし部屋』とか『廃品処理室』とか『モルグ』とか呼ばれています」

おっさんの顔が真っ赤だった。モルグは遺体安置所のこと。自分が痴漢を働いたとか、末期がんだとか、一大告白をしたような顔をしている。おれは沈黙に耐えられなくなって、なんでもいいから口にした。

「会社の外で働き口を探すというのが、仕事なんですね」

もうおまえは必要ない。給料はしばらくだしてやるから、自分でつぎの仕事を見つけてこいというのが、会社の本音なのだろう。サルが鋭い目をしていった。

「それなら、もっと自分の専門を生かせる会社があるだろ。うちは電気なんて一ワットも関係ないタピオカミルクティのスタンドだぞ。なにより正社員じゃなく、アルバイトだ。それでもいいのか」

「それで十分なんです。もう電機関係はこりごりです。日本のメーカーに明るい未来が開けているようにも思えません。もうすぐ七月も終わりますが、うちのステップアップ室にはノルマがあるんです。月に三件の採用面接を受ける。わたしは今月まだ二社しか受けていませんもんで」

それをきいて楽になった。おれはいった。

「それならよかったじゃないか。面接はちゃんと受けた。今月のノルマも達成だ。もう帰ったほうがいいよ。この店の客は若い子ばかりだし、失礼だけどあんたにはサービス業はむずかしいんじゃないかな」

人あたりは悪くないが、緊張してこちこちだし、なにより年齢的な問題があった。顔のほうもイケメンという言葉から、百光年は離れている。

両手をあげて、大前がいった。

「いえ、ちょっと、ちょっと待ってください。わたしはこのお店で、本気で働いてみたいんです。夜十時までとありましたが、遅番でなんとか雇ってもらえないでしょうか。わたしは毎日定時に帰れますから、六時には着替えて店に立てます。閉店の十時まで働けますし、残って清掃と後片づけもできます」

薄くなった頭から、汗が額や頬に流れ落ちていく。滑稽《こっけい》だが、同時に必死だった。おれは無理だというつもりで、サルにむけて首を横に振った。サルはじっと真剣に追いだし部屋の中年男を見つめている。静かな声でいった。

「どうしてそんなに、うちで働きたいんだ?」

大前はぐっと言葉に詰まったようだった。自分のつま先を見てから、ここがどこだか初めて気づいたように、池袋駅東口の真夏の風景を眺めている。やけに青い空と熱でふくらんだ南風。絞りだすようにいった。

「わたし、去年の四月から一日も働いていないんです。もう十六カ月もぜんぜん働いていないんです」

サルがいった。

「でも給料はでてるんだろ」

「はい」

大前のおっさんがうつむくと、汗だくの月見ハゲが見えた。突っこむ気にもならない。

「確かに月給はいただいているんですが……」

おっさんが顔をあげた。淡々と夏休みの天気予報でも発表するように力のない声でいう。

「わたしのいるステップアップ室には、パソコンは一台しかありません。使用も求人情報の検索と閲覧に限られています。就業時間中に事務や雑務をすることは禁じられています。窓のない地下室で、自分と同じように用済みとハンコを押された同僚とともに、一日中新聞を読んだり、再就職のための自己啓発本やビジネス書を読むことだけが仕事です。毎月最初の三日間は講師がきます。現在の電機業界をめぐる経済状況がいかに厳しいか。会社の効率化スリム化がどうして避けられないか。それを一日中拝聴して、感想文を提出するのです」

それがテレビで毎日のようにコマーシャルを打っている大企業のすることか。おれはぞっとした。刑務所よりもすこしだけマシというところか。いや、すこしだけ劣後しているのかもしれない。

「わたしのいる部屋では、この四年間に三人の自殺者がでています。三分の一の同僚が毎日鬱病《うつびょう》の薬をのんでいるようです。誰にも評価されない。誰にも必要とされない。働くことさえ許されない。それは人間を……」

声がふらついた。大前は唇をぐっとかみ締める。眉が思い切りつりあがった。にらんでいるのではなかった。涙が落ちるのをこらえているのだ。

「……でたらめに深いところで、傷つけるものです……まだ若いおふたりにはご理解いただけないかもしれませんが」

サルは逆に大前をにらみつけていた。

おれは思いだしていた。ネズミとりの話だ。夏の夜、中学校に仲のいい友人同士で忍びこむ。じゃんけんで鬼を決め、鬼は夜の学校を逃げまわる。最後にはじゃんけんはしなくなったという。鬼はサルに固定されたからだ。サルは柔道着と剣道の防具を身につけさせられた。追う生徒はみなラケットや竹刀を手にしていて、なかには金属バットをさげている者もいるからだ。サルはしばらくして不登校になり、いつの間にか氷高組にはいることになった。

誰にも評価されない、誰にも必要とされない日々。

サルはくだらないというように横をむいた。吐き捨てるようにいう。

「大前さん、あんた、いつからうちの店こられるんだ?」

ありがとうございますといって、大前は九十度に腰を折った。今度はおれが目に力を入れて、眉をつりあげる番だった。サルのまえで涙を落とすなんて、死んでも嫌である。

それから大前のおっさんは、夏水堂に週に四日やってくるようになった。

一日五時間として週二十時間働いても、税引き後の収入は二万円ほど。たぶん時給なら、働かずに得られる追いだし部屋の八分の一くらいのものだろう。だが、おれもおっさんのおかげで、さして好きでもないタピオカミルクティをのみにかようことになった。

誰かがものすごくたのしそうに働いているのを見るのが、なんともいえずにうれしかったからだ。そいつはほかのバイトのイケメンGボーイズにも伝染していった。理由はよくわからないけど、いい感じだなって思わせる店ってあるよな。おっさんの加入によって、夏水堂はただのおしゃれなタピオカミルクティ専門店でなく、そういう不思議な魅力がある店になったのだ。

それはそうだよな。ゴミだしをする、使用後の調理器具を洗う、店内の清掃をする。おっさんは女子高生相手にタピオカミルクティを売るときだけでなく、始終たのしげだった。


その夜は浮き立つような金曜だった。どこかで花火大会でもあったのか、やけに浴衣《ゆかた》を着た若い女が多かった。おれはサルと店のまえの歩道にキャンプ用の折りたたみ椅子をだして、缶ビールをのんでいた。やっぱり夜はタピオカよりアルコールだよな。

店のまえで大声がきこえたのは、閉店間際の十時近くだ。

「おやじ、なにやってんだよ！」

池袋は素人《しろうと》同士のケンカが昔から多かった。ときどきいきすぎることもあるが、たいていは交番から警官が駆けつけるまえに片がつく、メロンソーダの泡のように短いこぜりあいだ。叫ぶ声がきこえても、おれとサルは無視してビールをのんでいた。

だが、夏水堂のまえから若い男は立ち去ろうとしない。白い半袖シャツにカラフルなチェックのパンツ。流行りの制服だった。どうやら男子高校生のようだ。カウンターのむこうでは、大前のおっさんがうなだれている。

「なんなんだよ、おい」

サルがそういって、缶ビールを椅子のしたにおいて立ちあがった。こいつは酔っている、この店のオーナーだ、本筋の人間でもある。背中には直系の羽沢組組長の亡くなった娘そっくりの観音様の墨がはいっている。そいつはおしゃれなタトゥーなんかでは絶対になかった。

要するに男子高校生にけしかけるには、すこしぶっそうすぎる相手だ。

「おれがいってくる、サルは座って見とけ」


おれは白いシャツを着た高校生に声をかけた。やつは肩で息をして、一段高くなったカウンターのむこうにいる大前のおっさんをにらみつけている。

「なにかあったのかな、うちのバイトがやらかしたのか」

　できるだけフレンドリーな声でそういった。大前のおっさんは首をちいさく横に振る。そっとしておいてくれという表情だった。少年が振り返った。おっさんそっくりの顔だ。

「あー、もしかして、おまえ、おっさんの……」

　おれを無視してガキが叫んだ。

「だから、おやじ、なにやってんだよ。ここはハイライトじゃないだろ。なんだよ、そのカッコ」

　夏水堂の制服は白いカプリシャツだった。胸元が深く開いたボタンなしのプルオーバータイプのリゾートウエアである。それを襟を立てて着るのが夏水風だ。ここのアルバイトの何人かがインスタグラムで女子高生に大人気になっている。

　しかたなくおれはいった。

「おい、店に迷惑だから、親子ゲンカなら家に帰ってやってくれ。おやじさんは会社公認でアルバイト中なんだよ」

　大前のおっさんの顔が青くなった。バイトのことも、追いだし部屋のことも、家族に話していなかったのか。

「なにがバイトだよ。母さんも、ぼくも、最近父さんの様子が変わったから、心配してたんだ。なにが会社公認だよ、ふざけんな」

高校生のガキはグリーン大通りを駅のほうにむかって走りだしてしまう。

「浩一《こういち》！」

大前のおっさんが背中に声をかけたが、息子は振り返らなかった。サルがビール缶を片手にいった。

「なんだよ、めんどくせえな。よそでやれ、よそで」

「すみません、部長」

大前のおっさんがカウンター越しに謝った。サルは夜の熱気のなかふらりと立ちあがった。

「おれはもういく。ちゃんと後片づけして、店閉めろよ。それから部長はやめろ。じゃあな、マコト」

おれに空になった缶をさしだした。こいつは缶ビール二本ですっかりできあがる男なのだ。閉店後のシフトはおっさんひとりだった。おれは空き缶をもって、カウンターのなかにはいった。すこしだけいっしょに働くのも、いいかもしれない。


スツールを片《かた》し、フロアに掃除機をかけ、力をこめてカウンターを拭いた。大前のおっさんはミルクパンと大型のティーポットを洗っていた。ポットのほうの茶渋はなかなか難敵のようだ。業務用のクレンザーをつけたスチールウールで磨いている。おっさんの額には玉の汗。

「息子さん、コウイチっていうんだな。高校生？」

虚をつかれたようで、大前のおっさんはしばらく黙っていた。

「ええ、高三です。わたしと違って、出来のいい子なんですが。とにかくまじめすぎて」

おれは掃除機のコードを巻きながら、くすりと笑った。

「あんただって、めちゃくちゃまじめじゃないか。すくなくともここにきてるGボーイズの誰よりもさ」

おっさんもにやりと笑った。頭に手をやると、指先でハゲの境界線をかいた。そういえば最初の面接のときも、頭をかいていた気がする。

「そこ、いつもかゆいの」

「いえ、かゆくはないんですけど、癖なんですかね。つい境目を確かめるというか、どこまで広がっているのか、気になるというか。まあ、うちの息子のことはいいじゃないですか」

それはそうだ。よその家族のことに口をだすなど、余計なお世話に決まっている。

「それよりサルさんて、池袋では有名なコッチの人なんですね」

頬にひと筋、人さし指で切れこみをいれる仕草をする。本筋の人か。

「ほかのバイトの子たちにもききました。Gボーイズというのは、池袋のギャングですよね。ヨウジくんにきいたら、流行りの半グレみたいなものだといっていました。いってみれば、このタピオカの店は反社会勢力の巣窟《そうくつ》です」

ごしごしと金属のポットを磨き、大前のおっさんは頭の天辺の境界線を指でかいた。

「そりゃあ、わたしだって反社だったり、半グレだったりはよくないと思いますよ。お笑い芸人の人たちも振りこめ詐欺のお金から、ギャラをもらったりしたらいけません。でも、みんなしらなかったんだし、引退しろなんて、そこまで責め立てる必要がありますかね。あの人たちにだって、妻や子どもがいるのにねえ。生活があるのにねえ」

おっさんはカウンター越しにおれをちらりと見た。

「マコトさんも半グレなんですか」

そんな直球の質問は初めてだった。

「しりあいや友達にはたくさんいるけど、おれは違うのかな」

「そうですか。でも、わたしにとって、半グレでも、そうでなくとも、マコトさんは変わらない。サルさんもそうです。渉外部長って偉いんですね。夏水堂をポケットマネーで二軒も出店できるくらいですから」

大前のおっさんは手を休めなかった。明かりを消したスタンドのまえを、夏の酔っぱらいが潮が引くように池袋駅に流れていく。

「サルさんはわたしの今までの失敗より、これからなにがしたいのか、きちんと見てくれた。そんな人はこの十年以上ひとりもいなかった。おまえは無能だと人にシールを貼って責め立てるだけです。みんな、まっとうなビジネスをしている人たちなんですけどね」

おれは黙ってうなずくだけだった。サルにタカシ、刑事の吉岡《よしおか》や氷高組長。大勢のGボーイズ。池袋の街でこれまで出会った人間のなかに、ただ良い悪いだけの直線一本で切り分けられるようなやつはひとりもいなかった。このおれもな。

「良識あるまともな人たちがわたしにあんなことをしたのに、反社で本筋のヤクザのサルさんはこうしてわたしを拾ってくれた。もうこれ以上、いいとも悪いともいいません。ただね、マコトさん、わたしはサルさんになにかあったら、全力でサルさんの側に立ちますよ。そのときは会社や社会がどういおうと、わたしはかまわない。やってやります」

五十をすぎても、意外と純なところが残ったおっさんだった。おれはいい気分で、大前のおっさんの話をききながら、すこし危ういところも感じていた。このおっさんはサルやGボーイズのいいところしか見ていない。タカシもサルも、人にはとてもいえないことを数々してきている。それはおれも同じだ。東証一部上場企業で働いているのでは、そんな経験はまず耳にすることさえないはずだ。

「大前さんの気もちはわかったよ。だけど、突撃するまえに、おれにひと言だけ声をかけてくれ。今夜はおれも帰るよ。また来週な」


週明けの月曜には、おれもサルも、大前のおっさんも驚愕《きょうがく》することになる。

東口の夏水堂からドラッグストアを一軒はさんだならびに、新しい店がいきなりできたのである。工事用の白いシートがとり払われると、そこにはタピオカミルクティの専門店がまたひとつ。こちらの営業時間は午後十一時半まで。

池袋ＰＡＲＣＯに夕日が沈むころ、大前のおっさんとおれは五メートル先のライバル店の偵察にむかった。あきれた。「陽来軒」ヤン・ライ・シュアンは夏水堂の造りを丸々ぱくってコピーした店だった。板張りの外見、カウンターの位置や高さ、店の両脇におかれた観葉植物、そっくりなロゴ。

しかも最悪なことに開店記念キャンペーンで、サルの店より百五十円も安くタピオカミルクティを売っている。大前のおっさんの肩が怒りで震えていた。無理もない。夏水堂は行列ゼロ、陽来軒はドラッグストアのほうまで長い行列ができている。

いつかのようにおれとおっさんが腕組みをして、新たなライバル店をにらんでいると、店の奥から声がかかった。

「おい、おまえ、Gボーイズの犬のマコトだろ」

しらない顔だった。時代遅れのリーゼントヘア。白いカプリシャツまで、夏水堂の制服のパクリだ。隠せない本職のにおい。タカシではなく、サルのいるほうの世界だ。

「そうだけど、あんた、誰？」

おれは自分でも気づかぬうちに、本筋の世界でサルの最大のライバルに声をかけていた。


「なんだよ、サルの野郎からきいてないのか。おれは『ジャックナイフの銀司《ぎんじ》』だ」

まるできいたことのない名前。ダサい。自分のタピオカミルクティの店にいるので、組織の名はだせないのだろう。そういえば、そんなあだ名のお笑い芸人がいた気がする。反社もお笑いもネーミングセンスには問題がありそうだ。

モップの柄《え》のような細い身体のリーゼントは、おれと大前のおっさんをにらみつけ、カウンターのなかから野良犬でも追い払うように手を振った。

「商売の邪魔だ。さっさと店に帰れ。サルにもよろしくな。うちがおまえの店をきれいにぶっ潰してやると伝えとけ」

よくある池袋的なタンカだった。いちいち相手にしていたら、日が暮れる。だが大前のおっさんはまっすぐにギンジをにらみつけている。危険だ。相手はサルと同じ本職である。

「なんだ、てめえ」

ひと言低く吠えて、ギンジはカウンターをくぐり、おれたちのほうにやってきた。戦闘機のスクランブル発進みたい。開いたばかりの店のまえで、立ち回りをするはずもない。哨戒《しょうかい》行動だった。おれは大前のおっさんの肩に手をおいた。

「あれも本職だ。さっさと頭さげて帰ろうぜ」

おっさんはおれの手をていねいにはずしていう。

「わたしもひと言いってやります」

やたらと男気と勇気があるサラリーマンだった。追いだし部屋で鍛えられたのかもしれない。それなら、別にかまわない。腕を組んでなりゆきを見守る態勢になった。ギンジはおれを無視して、大前のおっさんに顔をつきだした。目と目の距離は五センチもない。ある種の昆虫の求愛行動みたいだ。

「おまえ、羽沢組のもんか。サルの手下が偉そうなツラしてんじゃねえぞ」

おれは大前のおっさんを観察していた。顔は無表情だが、だらりとさげた指先はバイトの制服のパンツの横を細かくたたいていた。このおっさんもヤクザが怖いのだ。

「店のロゴやデザインには商標権というものがあります。明らかにあなたの『陽来軒』はうちの『夏水堂』の商標権を侵害しています。法的手段をとれば、あなたの店を営業停止にすることも可能でしょう。わたしはサルさんに報告します」

　ぎょっとした顔で、ギンジは大前のおっさんを見つめた。ヤクザや半グレの相手は得意でも、一部上場企業の会社員は苦手なのかもしれない。

「だから、おまえはナニモンだっていってんだよ」

　ギンジの口から、おっさんに細かな唾《つば》が飛んだ。顔色を変えずに、月見ハゲのおっさんがいった。

「わたしはサルさんに雇われた『夏水堂』のアルバイトです」

　おれは危うく口笛を吹きそうになった。ごくたまにだが、おれも果物屋の店番や街中にいるアルバイトが世のなかで一番カッコいい仕事だと思うことがある。そのときの大前のおっさんは、どんなファッションモデルやユーチューバーよりいかしていた。大前のおっさんは腰を折って頭をさげた。

「店の仕事が残っていますので、帰らせていただきます。先ほどの伝言は確かにうちの店長に伝えておきます」

　おおきな声でそういうと、歩いて十歩とない夏水堂に帰っていく。毒気を抜かれたギンジは茫然《ぼうぜん》とおっさんの背中を見送った。おれはサルのライバルに会釈して、夕焼けのグリーン大通りを肩で風を切り歩いていった。足は羽のように軽い。実にいい気分だ。

カウンターのなかに戻ったおっさんは、再び接客を始めた。意外と女子高生の扱いも見事なものだ。といってもなれなれしくナンパに接するのではなく、つねに丁寧語。それが逆にGボーイズの遊びなれたイケメン店員のあいだでは印象的だったらしい。大前のおっさんからタピオカミルクティを受けとってがっかりする若い女はすくない。

おれはガードレールに腰をのせて、スマートフォンをつかった。サルとタカシの番号は目を閉じていてもタッチできる。サルはすぐにでた。背景は街のノイズ。池袋のどこかにいるのだろう。

「マコトか。どうした？　この前のコピーのギャラは振りこんでおいただろ」

おれの書いたコピーはまああの出来。サルは一万枚チラシを刷って、氷高組の若衆とGボーイズに配らせたそうだ。来客数はその週は二百二十パーセントアップ。

「ああ、ありがとな。それより、『ジャックナイフのギンジ』ってリーゼントしってるか」

心底うんざりした声。

「ああ、しってる。向谷《むかいや》銀司。むこうは勝手におれのことをライバルだと認定しているみたいだ。京極会系の三次団体で、神藤《しんどう》会って組織の下っ端だ。あのバカがどうした?」

おかしな間抜けにからまれる。そいつはセンスのいいやつの宿命だ。ギンジはサルのファンなのかもしれない。ちなみにサルのいる氷高組は、池袋三大組織のひとつ羽沢組の二次団体である。

「『夏水堂』の一軒おいた先で、改装工事をしてただろ。ドラッグストアの隣だ」

「ああ、それがどうした?」

「ギンジが店をだした。タピオカミルクティの店だ。おまけに店のロゴもデザインもサルのところとそっくり。最悪なのは開店セールで、むこうは百五十円も安いんだ」

「なんなんだ、あいつ。人のしのぎに手をだしやがって」

おれはガードレールから、夏水堂のカウンターにいる大前のおっさんに手を振った。こちらに呼んでやる。

「それから、大前のおっさんはなかなかの度胸だったぞ。ギンジに一歩も引かなかった。ちょっと話をしてやってくれ」

白い麻のカプリシャツに黒いイージーパンツをはいた太めのおっさんが、細かな歩幅でやってくる。おれはスマートフォンのマイクをふさいでいった。

「ギンジの店の話をしてるとこだ。例の商標権について、サルに話してやってくれ」

スピーカーモードにしたおれのスマホをうやうやしく受けとると、大前のおっさんは直立不動になった。夕暮れの大通りに彫像のように立つ。おれは筋肉美の若いやつばかり彫像にするのは、どうかと思う。カッコいいやつだっていろいろだよな。

「サルさん、『夏水堂』の商標権は登録していますでしょうか。もし、まだのようでしたら、わたしがしりあいに頼んで、すぐに手続きをとりますが」

サルはよく事情がのみこめないようだった。

「そうすると、どうなるんだ」

「商標権の侵害で、『陽来軒』の営業を停止できるかもしれません」

仕事を終えた会社員が河口に流される泡沫《うたかた》のように駅にむかっていた。サルが低くため息をついた。

「大前さんの世界では、そんなふうに戦うんだろうな。商標権なんて、うちの店はとってない。とるつもりもない。普段は法律の外側で生きていて、困ったときだけ法にすがるなんて、おれには考えられない。そんな根性なしの半グレみたいなことできるか。ギンジの件は、こちらでなんとかする。おっさんはおかしな気をつかわなくていいぞ」

大前は直立不動のままいった。

「はい、わかりました、サルさん。今日の売り上げは今のところ四割落ちてます。がんばっているんですが、残念です」

一日でそれだけ客をギンジにとられているのだ。サルの声の様子がすこし変わった。

「わかった。なんとか手を打とう……それからな、おれの名前は斉藤富士男だ。まあ、あんたはこれからもサルでいい」

通話は切れた。大前のおっさんはスマートフォンをおれに返す。

「驚いたな。サルがあんたに、そのままサルと呼んでいいといったな。あいつは自分が認めた人間以外には、絶対あだ名では呼ばせないんだ」

おれとタカシのような古くからの友人、あとは組内でも上の人間の何人か。羽沢組の若衆が口を滑らせサルと呼んだときには、ぼこぼこにされていた。

「いえ、わたしなんかはとてもそんな者じゃありません」

どこまでも謙虚なおっさん。


夏休み前半のその日から、夏水堂と陽来軒のタピオカ戦争が始まった。

池袋の路上で繰り広げられる羽沢組と京極会のクールな代理戦争である。いや、むこうの世界も変わったものだ。かつてはシマの奪いあいだったのが、今ではタピオカの増量合戦だ。

サルは翌日からギンジの店に対抗して、夏休みのスペシャルプライスということで、定価を百五十円引きさげた。来客数はすぐに回復したが、当然売り上げは減少した。大前のおっさんは定時に退社すると、毎日池袋にやってくるようになった。シフトが組まれていないときには、おれがコピーを書いたチラシをもって駅前にいく。

狙い目は若い女が集まっている西武デパートやPARCOの正面だ。おれもうちの果物屋がヒマなときには、いっしょにチラシを配ったりした。サルに時給の請求はしない。おれの勝手なボランティアだ。おれはきかなかったけれど、大前のおっさんもチラシの配布に関してはバイト代の請求はしていなかったんじゃないだろうか。

ある夕方、あまりに暑いので（午後七時で三十四度は異常）、PARCOのエントランスで、おれとおっさんは涼んでいた。吹きだしてくるエアコンの冷気がたまらない。おれは気になっていた質問をしてみた。

「このまえ、店にきてたコウイチだけど目元がよく似てたな」

照れたようにおっさんは髪の生え際をなぞるようにかいた。

「ええ、浩一はわたしにそっくりで。普通、初めての男の子は母親に似るものなんですが。顔も頭の造りもわたしに似てしまって、気の毒なことをしました」

コウイチがきてから、もう一週間ほどたつだろうか。あの日もでたらめに暑い日だった。まあ、東京の夏はもう壊れているので、猛暑以外の日などないのだけれど。東京オリンピックはだいじょうぶだろうか。五十年ばかり昔は十月開催だった。今回は最大のスポンサーであるアメリカのテレビ局の都合で七月開催だ。

「あれから、コウイチはなにかいってたかな」

「いいえ、うちではあまり息子と口をきかないので。でも、あの子なりにわたしに気をつかって、『夏水堂』のアルバイトのことは、妻には黙ってくれているようです」

おれたちの目のまえを尻を半分だしたホットパンツのふたり連れが、はしゃぎながらとおりすぎた。十代の肌の輝き。おれは大前のおっさんの汗でぬめるようにてかる顔を見た。時間は残酷。

「もしかして、追いだし部屋のことは家族にないしょなのか」

困ったような顔をして、おっさんは髪の生え際をかいた。汗が噴きだす。人間っておもしろいよな。一番嫌な質問をされると、見る間に額に汗が浮かぶのだ。こいつは記者会見場でも、平場の街でも変わらない。

「どうしても、話せなくて。三十年勤めた会社から、おまえは無能だ、もう必要ないと引導を渡されたなんて、家族には口が裂けてもいえないですよ。マコトさんにはきっとわからないでしょうね。世のなかのすべてから、おまえは無価値だと宣告されたのと同じなんです」

ガキのような女たちが肌を限界まで露出して歩いていくＰＰＡＲＣＯのエントランスで、大前のおっさんの身体が急に縮んだようだった。池袋にいるすべての人間に、おまえは無用だ、出ていけといわれたら、おれはどんなふうに感じるだろうか。自分のホームだと信じていた場所から切り捨てられるのだ。

「……そいつは、きついよな」

「それに、妻はわたしが東証一部上場の企業で働いていることが、一番の誇りのようなんです。どんな仕事をしているのか、どんな役職に就いているかよりも。たとえ出世はできなくても、大企業の社員であるほうが、中小よりはまだましだ。そんなふうに思っているのかもしれません」

「じゃあ、大前さんが早期退職なんてしたら大騒ぎだな」

おっさんは八の字眉でおれをすがるように見て、泣きそうな顔をした。

「ほんとにそうなんです。なんとかなりませんかね、マコトさん。あなたは池袋一のトラブルシューターだと、サルさんからききました」

おれが扱うのは、街のゴミみたいなトラブルばかり。東証一部上場の総合電機メーカーの雇用状況になど、手が出せるはずがなかった。おれたちはエアコンで冷えた身体で、口数すくなにエントランスの外に戻り、また夏水堂のチラシを撒き始めた。

ギンジは毎日、夏水堂を偵察にくるようになった。負けずにサルも一軒おいた隣の陽来軒をチェックしにいっている。西一番街にもうひとつ果物屋ができたら、おれもサルのように毎日見にいくのだろうか。

この夏の爆発的な暑さにタピオカ人気も加わって、どちらの店もそれなりに繁盛していた。行列は途切れることなく、若い女たちはインスタ映えの写真をＳＮＳにアップし続ける。永遠に続くかに思われたタピオカミルクティ戦争だが、先におかしくなったのはギンジの店だった。

「マコトさん、『陽来軒』がもう店を閉めてますよ。これはうちのチャンスだ。せいぜいがんばらないと」

大前のおっさんが袖まくりをしてそういった。バイト同士で気あいをかけあっている。おれはガードレールから腰をあげて、グリーン大通りの先のほうへ歩いていった。閉店時間までだいぶあるのに陽来軒の店先に出された看板には、ＳＯＬＤ　ＯＵＴのシールが貼られている。店のほうをのぞくと、半分シャッターがおりていた。

おれは自分で店をやっているから、よくわかる。シャッターは完全に閉じるか、開けるかしなければならないのだ。中途半端にしておくと、やたらと店の印象が暗くなる。

仕いれのトラブルでもあったのだろうか。これから街に人が出るのに、もったいないものだ。おれはそのとき、陽来軒の異変を軽く考えていた。

だが、陽来軒は翌日も定刻から二時間半遅れて開店した。そのつぎの日は夕方から開店し、暗くなると同時に閉店してしまう。営業時間は三時間弱。まるでやる気がない。たまたま店にきていたサルにきいてみた。

「『陽来軒』どうしたのかな」

サルは当然のようにいう。

「おまえはおれとつきあい長いのに、本職のことがぜんぜんわかってないんだな。おれはギンジの性格からして、この戦争はそんなに永続きするとは思っていなかった。二週間近くもったなんて、やつからしたら上出来じゃないか」

いらっしゃいませ、Gボーイズのイケメンがカウンターから女子高生に挨拶《あいさつ》している。今日も池袋は快晴、気温三十四度。店を開いてさえいれば、タピオカミルクティは売れるのだ。

「どういうこと？」

「だから、おれたちみたいな人間は、たとえ儲《もう》かるとわかっていても、こつこつと地道な商売を毎日続けられるようにはできていないのさ」

おれは店員と同じ白いカプリシャツを着たサルをあらためて見直した。

「でも、おまえは氷高組の渉外部長だけど、ちゃんと店を続けてる」

「おれは例外なんだ。組うちのやつらからも、普通の会社員になってもうまくいったといわれるよ。それにな、月に五十万程度浮かすのに、こんなに手間がかかるようじゃ、こっちの世界ではこづかい稼ぎにしかならない。ギンジみたいなお調子者には到底続かないさ。きっとおれが店を出したんで、よほど儲かると勘違いしたんだろうな」

月に五十も浮くなら最高の商売だと、おれなら思うのだが、本職の世界では一桁《けた》違うのだろう。事態はサルのいうとおりに進行した。

陽来軒は週の半分しか店を開けないようになった。主力のタピオカミルクティはいつでも売り切れ。だが店はたたむことなく続けている。

ギンジはいったいなにを売っているのだろう。

陽来軒で働く男たちも変わった。

以前はすこしやんちゃな街のガキといった雰囲気だったが、ぐっと危険なにおいが鼻につくようになった。タトゥーはあい変わらず池袋の下半分で生きてるガキには大人気だが、いろいろと危険度は異なる。たいていは半袖シャツでも着ていれば、きれいに隠れる場所にいれるものだ。ガキにも家族や社会生活というものがある。

だが、陽来軒の男たちは違った。手の甲や首、ひどいやつは顔にまでタトゥーをいれている。アウトローの証明だ。これでは普通の女子は怖がって近づかないだろう。まあ、普通の男たちだって同じことだが。そうなると、タピオカミルクティなんて商売になるはずもない。

おれは興味本位にギンジと神藤会のスタンドを見張っていた。

客層は一段年齢があがって、遊び人風の中年の男女までタピオカミルクティを売らないスタンドのなかに消えていく。普通の若い女は誰も近づかなくなった。やってくるのはやんちゃそうなガキとでたらめにケバいプロの女、職業不詳の金だけはありそうな日焼けした中年男。タピオカミルクティというより、違法カジノの客筋によく似ている。

そんな日、おれは大前のおっさんの長男が、友人ふたりと陽来軒の半分閉じたシャッターをくぐるのを目撃した。

時刻は午後四時すぎ。まだ大前のおっさんが追いだし部屋で、何度目かのビジネス書を読んでいる時間だった。Tシャツにジーンズの三人組が、左右に注意を払いながら、陽来軒に近づいていく。

うしろ姿でもしかしてと思ったが、シャッターをくぐるとき横顔が見えて確信した。三人の高校生の右端は、コウイチで間違いない。おれはスマホをいじりながら、ガードレールに座って待った。五分もせずに三人組は出てくる。もちろん、その手にタピオカミルクティはない。そのままじゃれあいながら、グリーン大通りの先の東口五差路《ごさろ》を左に折れて、大手カラオケチェーンのビルに消えていった。

何時間後に出てくるのかもわからない。おれはそこで尾行をやめて、西口にもどった。おれも店番をしなければいけない時間だ。夕方から始まる果物屋の書きいれ時である。

いそがしい店番の合間をぬって、おれは西一番街の歩道に出た。スマートフォンを抜くと、サルの番号を選んだ。本職のことは本職にきけ。

「どうした、マコト」

タカシに負けずにそっけない声。

「おまえにききたいことがある。そっちの世界で、繁華街にちいさな店を出す。たいして客なんかこないヒマな店だ。近所の住人からは、なぜ潰れないか心配されるような。そんな店では、普通はなにを商《あきな》ってるんだ？」

どの繁華街にも何軒か、そんな店があるよな。サルは一瞬考えるといった。

「そいつはいろいろだろ。中国から仕いれた精巧な偽造ブランド品とか、映画やドラマや裏もののコピーディスクとか、クスリ関係とかな」

なるほど、裏の世界ではいろいろな商品があるものだ。

「池袋でやるとしたら、なにが一番いい？」

「中国にコネがあるなら偽造ブランド品。それより手っとり早くあぶく銭をつかむなら、クスリだろ」

陽来軒は夏水堂と同じような極狭スタンドだ。バックヤードに偽造ブランド品の倉庫があるとは思えなかった。クスリ関係。最悪の一択が残った。

「なんだ、マコト。話があるなら、おれにいえ。タカシがらみの新しいトラブルか」

いいや、まだ話せないといって、おれは通話を切った。

大前のおっさんに秘密があるように、コウイチにも秘密がある。なあ、あんたにだって誰にもいえないような秘密がひとつやふたつはあるよな。もちろん、おれにだってある。

それが嘘が真実で、真実がフェイクニュースだといわれる時代に、大人になるってこと。


おれがコウイチをどうすべきか迷っているうちに、先に動いたのはその父親のほうだった。大前のおっさんは陽来軒がタピオカミルクティの店でなくなってからも、偵察と観察を続けていたらしい。

八月もなかばの夕方、おれとサルがケヤキの木陰でタピオカミルクティをのんでいると、おっさんがやってきた。顔には悲壮な決意。おれはてっきりバイトを辞めるか、家族に追いだし部屋のことがばれたのかと、肝を冷やした。

「あの、ちょっとお時間いいでしょうか」

オーナーのサルにはやけに腰が低い。年齢は三十歳近くサルのほうが下なんだけどね。

「ああ、かまわない。なんだ？」

サルは池袋のキングとは別な意味で圧力があった。自然に周囲の人間の背をしゃんと伸ばさせるような。大前のおっさんはまたも直立不動でいう。

「『陽来軒』のことで、ご報告があります」

サルはおれのほうをちらりと見た。軽いうんざり。

「わたしはあの店がタピオカを売らなくなってからも、偵察を続けていました。現在は半分閉じたシャッターのなかで、固定客向けになにかを売っているようです。先週、あの店にはいっていくギャング風の男たちが、白いのとかピルとかいっていました。わたしは信じられなかった。こんな池袋の中心で、堂々と違法薬物を扱うような店があるなんて」

六本木、渋谷、新宿。そいつは東京中の繁華街であたりまえのことなんだが、大前のおっさんにはショックだったようだ。そうでなければ年に一万人以上も薬物で逮捕されるはずがない。おっさんは制服の黒いパンツからスマートフォンを抜いた。おれたちに画面を見せる。半分閉じたシャッターをくぐる、腕にびっしりとタトゥーをいれた男たち。そんな写真が何枚か。

「写真だけでなく、会話を録音したものもあります。隠語だらけなので、証拠としての価値はあまりないかもしれませんが」

サルの声は落ち着いていた。

「あんたはそれをどうするつもりなんだ」

おっさんはしっかりと一度うなずいていう。

「サルさんの許可がもらえるなら、池袋の警察署に送ります」

おれとGボーイズの王様がよくつかう手だった。おれたちには別に法律や執行機関をつかうことにためらいはない。だが、サルは違うようだ。

「やめておけ。おれたちとは関わりがないことだ。池袋には百を超える組織がある。そのうちの半分以上は、薬物に手を出しているだろう。羽沢組は表向きクスリはご法度《はっと》だが、それでも手軽なしのぎに手を出す組織は絶えない。おれはギンジの店をはめる気はない」

おれは思わず声をあげそうになった。サルの世界の独特のモラルは別にかまわない。だが、コウイチのような若いガキが薬物を常用するようになったら、その先に待つのは地獄だ。おれは口をはさもうとした。

「ちょっと待て……」

そこまでいったところで、グリーン大通りの先から男たちの怒声があたりを圧して轟《とどろ》いた。雷みたいだ。サルは瞬時に顔を引き締め、店のなかに声をかけた。

「ひとり残して、全員おれについてこい」

おれは真っ先に飛びだしたサルの背中を追って、池袋東口のメインストリートを駆けた。

　すでに陽来軒の前には人だかりができていた。店先で男たちがいい争っている。首筋に紺の炎を刻んだ店の男が叫んだ。

「約束の金を払え。ブツだけもって、トンズラなんてふざけた野郎だ」

　胸倉をつかまれた客のほうにも、手の甲にはなぜか真円のタトゥー。なにか意味があるのだろうが、おれにはわからない。どこかのチームの証《あかし》だろうか。

「だから、本社の理事長に話をつけてあるといってんだろうが。月末になったら、きれいに清算するって。おれが信じられねえのか」

　どうにも救われない低次元のもめごとだった。いつ飛ぶかわからないつけ払いの客と店の闘いだ。日本中ののみ屋街で毎日起きてるような話。だが、今回の商品はシャンパンでもウイスキーでもなく違法薬物だ。

　サルのうしろにはおれと大前のおっさん。さらにその後方にバイトのふたりが控えている。Gボーイズのふたりは、それなりのガタイのよさ。サルが息を深く吸って、陽来軒に向かって叫んだ。

「ギンジ、いるか？　いるなら、さっさと出てこい」

周囲に集まった人だかりのざわめきが、ぴたりととまる。千両役者のようにゆっくりと間をとって、神藤会の向谷銀司があらわれた。リーゼント、棒のような身体、顔にはしぶとい笑み。自分の手下に声をかける。

「なにやってんだ。店の裏で締めてこいといっただろ」

手下はさっと頭をさげていった。

「すみません。こいつが逃げようとしたもんで」

ギンジはなにもいわずに手下のところに歩いていき、いきなり頬を張り飛ばした。首にタトゥーをいれた手下は二、三歩よろめいて踏みとどまる。

「いいわけすんじゃねえ。なんだ、サル、うちの店になにか用か」

「このあたりは三業地でも、風俗街でもない。普通の堅気《かたぎ》の人たちが店を出して、商売してる街だ。おまえももうすこし気をつかったら、どうなんだ。こんな騒ぎが起きるようじゃあ、みなさん安心して商売できないだろう」

声は低いがドスがきいている。若いころの高倉健みたいになってきた。

「なにきれいごとぬかしてんだ。金儲けにきれいも汚いもあるか。おれになめた口をきくな」

ギンジはさしてできる男とは思えなかった。あたりを囲む人だかりの空気が読めていない。今だって誰かが警察に通報すれば、池袋駅前の交番から一分とたたずに巡査が飛んでくるだろう。

「今日の件は、うちのおやじに報告しておく。おまえのところのトップにも話がいくだろう。覚悟しとけ」

羽沢組系氷高組の氷高組長の顔を思いだした。大前のおっさんよりも仕事ができそうな冷たい会社員面。ジャックナイフの顔が急に日陰になったようだった。誰も怖くない振りをしても、組織の上は怖いのだろう。張り倒した手下にいった。

「うるせえ、そいつを連れて、店にもどれ。今日はもうシャッター閉めとけ」

客の男がサルに叫んでいた。

「おい、あんた、誰だかしらないが助けてくれ」

サルは見しらぬ男をきれいに無視した。助けるような義理はない。客が店のなかに連れ戻されると、ギンジはいった。

「サル、おまえとはいつでもやってやるぞ」

こちらはサルのほかに四人、ギンジの横には別な手下がひとりいるだけだった。いつでもやるというやつで、そのときにやるやつはいない。なめられないようにあたりをねめつけるようににらんで、田舎役者がタピオカミルクティの店ではなくなった店に戻っていく。

大前のおっさんが震えていた。

「池袋はほんとは怖い街だったんですね」

誤解だといおうとしたが、コウイチの顔が浮かんで、父親にはなにもいえなくなった。高校生をギンジの餌《え》食《じき》にさせるわけにはいかない。ようやくおれのなかで、なにかが動きだす手ごたえがあった。


店に戻ると、おれはサルの目を盗んで、大前のおっさんに声をかけた。

「ちょっと話がある。顔を貸してくれ」

おっさんはエプロンで手をふきながら、大通りにやってきた。おれの隣に座るようにいう。

「すまないが、さっきの『陽来軒』の画像、おれのスマートフォンに送ってくれないか。音声ファイルもいっしょに」

おっさんは怪訝《けげん》な顔をした。

「サルさんにとめられたのに、マコトさんはどうするつもりなんですか」

年下にも丁寧語を絶やさないおやじ。

「サルはああいっていたが、おれとしてはこの街で堂々とクスリを売られるのは、たまらないんだ。そういうのは、おれやGボーイズのほうがサルより慣れてるから、こちらにまかせてもらえないか。悪いようにはしないし、あの店もきれいに潰してやるよ」

そうはいったが、おれの最大の関心はコウイチにあった。ギンジのようなヤカラは池袋だけでなく東京中にいる。ショウジョウバエのようなもので、いくら叩いても湧いてくるのだ。まあショウジョウバエには失礼かもしれないが、やつらは二カ月ばかりの生涯で数百から数千個の卵を産むそうだから、繁殖率という意味では似たようなものかもしれない。

おっさんとはすでにラインの交換は済ませていた。おれはついでのように質問した。

「そういえば、大前さんって、どこに住んでるの」

早速、おっさんはラインでファイルを送っているようだ。スマホから目をあげずにいった。

「小手《こて》指《さし》駅から歩いて十分くらいのところなんですが。小手指ケ原三丁目です」

それだけわかれば、マップでおっさんの自宅を探すのは簡単だった。

つぎの日、おれは朝の七時に小手指ケ原にいた。

おもちゃのような一軒家が建ち並ぶ分譲地で、どの家の駐車場にもプリウスやフィットが収まっている。典型的な郊外の住宅街だ。おれは手に夏水堂のチラシをもち、ビラ配りのアルバイトを装って、灰色のセラミックのタイルで仕あげられた大前家の玄関を見張っていた。

午前七時四十分、大前のおっさんが白い玄関扉を開けて出てきた。顔は無表情だが、雰囲気は暗い。池袋のスタンドではあんなに元気なのに、会社にいくときはこれほど暗い顔をしているのだ。たいへんな仕事なんだなと思う。まあ、追いだし部屋で仕事でない仕事に就くのは、毎日たいへんなプレッシャーに違いない。

続いておれは本命を待ち続けた。大前浩一、高校三年生。おれは大学にいっていないのでわからないが、高三の夏といえば一世一代の勝負時だ。見覚えのある白い半袖シャツに、チェックのズボン。コウイチが玄関から出てきたのは、八時十五分だった。夏休み中は毎日朝から予備校に通っているのもおっさんからリサーチ済み。

日はすでに高く、気温は軽く三十度を超えている。日陰で待っていたおれも、完全に汗だく。駅に向かうコウイチに後方から近づき、肩に手をおく。やつはびくりと震えて、振りむいた。おれが誰だかわからない表情。おれは舌を垂らして低い声でいった。

「おい、おまえら三人組が池袋のタピオカミルクティの店でなにを買っているのか、おれはよくしってる。こいつを見ろ」

スマホを一瞬で青ざめたコウイチの顔にさしだしてやる。画面には半分閉じたシャッターと今では悪いほうのドラッグストアに変わった陽来軒が映っている。ついでに音声ファイルを開いてやった。

「ここの店のブツはものがいい。あるだけ買っといたほうがいいぞ」

誰だかしらないジャンキーの声。コウイチは汗だくで震えている。

「おまえたちは先週、この店であるものを買い、グリーン大通りの先にあるカラオケ屋にいったよな。そのときの写真もある」

おれはじらすようにゆっくりとスマートフォンを操作した。カラオケ屋の自動ドアに吸いこまれる三人の悪ガキの背中。肩にさげているデイパックは、コウイチが今もっているのと同じだ。おれはきついお灸《きゅう》を据えるつもりだった。最近、高校生のあいだでも違法薬物は流行り始めている。性病と薬物汚染に関しては鉄壁といわれた日本社会が崩れつつあるのだ。

「こいつを警察、あるいはおまえがかよう高校にもちこんだら、どうなるかな」

コウイチは、目に見えて震えだした。

「よくて退学、悪ければ少年院送りだな。おまえの未来なんて、紙クズのように吹き飛ぶ」

蚊の鳴くような声で十八歳がいった。

「夜眠くならないで、勉強がはかどるときいたんです。そこまで怖いクスリだとは思っていませんでした。どうしたら、その画像を消してもらえますか」

おれはたっぷりと間をとっていった。

「そうだな、来月までに百万もってこい。親に泣きついて借りようが、誰かから盗もうがかまわない」

揺さぶるときは徹底的に揺さぶらなければならない。ちょっとした好奇心や悪い友達からの誘いで、人生を台無しにするよりはましだ。

「……そんなこと」

高校生に百万の大金などつくれるはずがなかった。

「……できるわけないよな。じゃあ、このファイルはしばらくおれの預かりにしておいてやる。その代わり、あのスタンドには二度と近づくな。クスリを誘ってきた友達とも、距離をおいたほうがいい。残っているなら、クスリはすぐに捨てろ。いつか必ず捕まるんだぞ。そのときにはみんな、おれのようには甘くない」

顔に血の気が戻ってきた。コウイチはどうやら、なんとかこの局面を切り抜けられると思いだしたようだ。ここでもう一本釘を刺しておかなければいけない。

「おれはおまえのことをいつでも見ている。もし、約束を破れば、このファイルは池袋署とおまえの高校に送られる。大前浩一という名前といっしょにな」

また顔が青くなった。朝の爽やかな住宅街でコウイチは質問した。

「ほんとうにすみません。でもどうして、ぼくのことなんか、そんなに気にして……いや、気にかけてくれるんですか」

恐ろしいけれど、それほど悪いやつだとは思っていないようだ。おれはドラッグストアの映像より強い、ほんものの切り札を投げてやった。

「コウイチがどう思っているかわからない。だが、おまえのおやじさんは偉い人だ。おれはあの人に世話になったから、おまえのことを見ていた。もし、今回のことでほんとうに謝りたいなら、おれよりおやじさんに頭をさげるんだな。まあ、気がすまないなら、無理にとはいわないが」

じっとおれの顔を見つめてから、コウイチがいった。

「はい、考えてみます」

「予備校の時間だろ。もういっていいぞ」

「ありがとうございます」

朝の通学路で魔法使いにでも出会ったような不思議そうな顔で、高校三年生がおれを見ていた。

「忘れるなよ。ファイルはおれの手元にある。おまえが道をそれるとき、そいつがつかわれることになる」

コウイチが頭をさげて叫んだ。

「そんなことには絶対ならないように気をつけます。あの、お名前は？」

「名前なんて、どうでもいい。おやじさんに世話になっただけの人間だ」

手を振って、コウイチを駅のほうへ追い払った。そういいながら、おれは疑問に思っていたんだ。おれは大前のおっさんにどんな世話になったのだろうか。この半月ほどで親しく口をきくようになった追いだし部屋の会社員に過ぎない。けれど、人と人の出会いとはそんなものじゃないだろうか。おれたちはみな損得だけでは動かないものだ。

おれを動かしたのは、一部上場企業ではまるで評価されない大前のおっさんの人間としての力だったと思う。まあ、放っておけないやつっているもんな。こっちになんのメリットがなくてもさ。

おれはすこし遠回りをして、朝の住宅街を西武池袋線小手指駅に戻った。コウイチと同じ池袋行準急には乗りたくないからな。


大前のおっさんの息子に、なんとか救急の手当てはできた。

あとはあせらずのんびりと、ギンジの店を潰すだけだった。得意の密告パターンである。部屋にこもり、プリンターでスマートフォンの映像をカラー印刷する。ギンジは高精細のレーザープリンターで再現しても間抜けなままだった。音声ファイルと元の映像情報はUSBに落として、写真といっしょに大判の封筒にいれた。

手袋をして作業していたとき、おれのスマートフォンが震えだした。バイブって心臓によくないよな。サルからだ。

「どうしたんだ、今いそがしいんだぞ」

サルは相手にせずにいう。

「おまえがいそがしいはずなんてないだろ。そんなことより、今『陽来軒』に警察の手入れがはいってるぞ。池袋署の生活安全課だ。吉岡のおやじがいた」

おれは手元の封筒を放り投げた。もう必要もない。

「どうしてガサがはいったんだろう?」

「噂《うわさ》はいろいろだが、ツケを踏み倒して逃げた客が警察にチクったらしい。金も払わずに逃げて、店を売るなんて、恐ろしい客もいたもんだ。だから堅気は怖いよ」

おれはギンジの店でもめていた手の甲に丸いタトゥーをいれた男を思いだしていた。あのあとやつはボコられたのだろうか。

「この前のあいつかな」

「いや、違うらしい。タチの悪い客が他にもいたらしい。こういうことがあるから、薬物でかく稼ぐより、タピオカ売ってこつこつ稼ぐほうがいいんだよ」

とても本職とは思えない言葉だった。思わず笑ってしまう。おれは古い学習机のうえの封筒に目をやった。せっかくの労作もこれで用なしだ。

まあ、これでいいだろう。夕方になったら、大前のおっさんの顔を見にグリーン大通りにでもいってみよう。おれもこれでお役ごめんだ。


午後六時半、池袋駅東口にそびえる西武とＰＡＲＣＯ山脈のうえの空が、赤く燃えあがっていた。駅に向かう会社員や学生の顔も夕日に映《は》えて赤々と輝いている。おれは熱のない夕焼けの光がけっこう好きだ。店番をしていても見事な夕焼けになると、西一番街の歩道に飛びだし、いつまでも間抜けなツラで夕日を眺めていたりする。

夕日評論家のおれが八十五点をつけた西空を背にして、夏水堂に向かった。おれの顔を見ると、大前のおっさんが表情を変えた。タピオカミルクティを両手で貢物のようにもって、小走りでやってくる。直立不動で頭をさげた。

「マコトさん、ほんとうにありがとうございました」

冷たいミルクティを受けとった。

「なんの話だか、よくわからないんだけど」

「会社を出ると、コウイチが待ちかまえていました。今朝、家の前である人に会った。その人に友達と『陽来軒』にはいるところを見られて、写真も撮られた。眠くならずに勉強がはかどるいいクスリがあると、コウイチは誘われたそうです。その人はこれからもあのスタンドにいくのなら、すべてを警察と学校に送るといったそうです」

おれはミルクティをひと口すすった。どんなときでもうまいのみものだよな。

「へえ、変わったやつだな」

「でも、その人はもしクスリをやめて、友達とも縁を切るなら、あのファイルは誰にも送らないと約束してくれたそうです……」

大前のおっさんの顔がゆがんだ。ラッシュアワーのグリーン大通りで泣く気なのか、このおやじ。

「その人はコウイチにいったそうです。おまえのおやじさんは、偉いやつだ。世話になったから、息子のおまえのことも見ていたと。わたしは、わたしは……一度だってマコトさんをお世話したことなどないはずですが」

月見ハゲのおっさんが洟《はな》をすすっていた。涙の強力な伝染力から身を守るために、おれは眉に力をいれた。

「マコトさん、これはサルさんにはないしょにしてもらえませんか。最初にこの店にきたとき、わたしはもうぎりぎりだったんです。もう死んだほうがましだ。何度、西武線のホームから身を投げようと思ったかしれません。でも、この店でミルクティを一杯ずつ売っているあいだに、わたしは救われました。なんとか、未来に希望をもてるようになったんです」

「そうなんだ。大前さん、よかったな」

夕映えのグリーン大通りで、大前のおっさんは頰をバラ色に光らせていう。

「わたしは早期退職プログラムに応募するつもりです。小手指駅にはまだおいしいタピオカミルクティの店はないので、なんとかがんばってみるつもりです。まだ妻には話していませんが、コウイチはいいんじゃないかと賛成してくれました。あの子が『陽来軒』の秘密を話してくれたので、わたしも追いだし部屋のことを包み隠さず伝えることができました。すべて、マコトさんとサルさんのおかげです。どうもありがとうございました」

大通りの奥から、アロハを着たサルがやってきた。おれたちを見ると声をかける。

「おっさん、油売るより、ミルクティ売れ。さぼってるんじゃないぞ。マコトは客じゃないんだからな。その一杯、ちゃんと金をとったのか」

おっさんは直立不動で叫んだ。

「だいじょうぶです。わたしのバイト代から引いておきます。おふたかたとも、どうもありがとうございました」

深々と頭をさげて、行列のできたスタンドに帰っていく。サルはおれの顔を見て、おかしな顔をした。

「なんだ、マコト目が赤いぞ。泣いてんのか。おまえは子どもだけじゃなく、おやじの切ない話にも弱いのか」

「うるさい、サル」

羽沢組系氷高組の渉外部長が、おれの脇腹をつついていった。

「で、大前のおっさんはなんていってたんだ？」

おれは秘密だといった。口どめされていると。

「だけど、あのおっさんはサルのことを、ほんとうの恩人だといっていたよ。冗談じゃなく命を救われたそうだ」

それくらいなら話してもかまわないだろう。サルはさらにおかしな顔をする。

「まあ、いいか。ギンジの店も潰れて、せいせいしたしな」

おれはうなずいて一軒おいた先の元「陽来軒」に目をやった。今では青いビニールシートで包まれて、鑑識の捜査員が出入りしていた。ほんの二週間前には、女子高生が行列をつくっていたのだ。池袋は諸行無常である。

十月にはいると、おれとサルに招待状が届いた。

大前のおっさんが小手指駅前の商店街に出した店の名は「秋水堂」。もちろんタピオカミルクティの店だ。だが、さすがに冬を見越して、もうひとつ必殺の武器を用意していた。丸い鉄板に垂らした小麦粉を、おっさんは見事に焼きあげる。クレープだ。おれはチョコバナナ、サルはストロベリーチーズケーキのクレープを、おっさんに焼いてもらった。

おれたち三人はカウンターの内と外に分かれて、もう懐かしくなってしまった、この夏の思い出話をのんびりとしたのである。

なあ、あんたも小手指にいくことがあったら、駅前のスタンドに寄ってやってくれ。「秋水堂」のタピオカミルクティは、本家「夏水堂」のと同じで、ただ今タピオカ三十パーセント増量中だよ。

北ロラブホ・バンディッツ

最近は犯罪にも上流下流ってあるよな。

法則はふたつある。まず川が低いほうに流れるように、犯罪者は自分より下流にいる弱い者をたいていの場合、餌食にする。この逆はめったにないのだ。DV常習の夫は妻に暴力を振るい、切れた妻は自分の子どもをどろどろに溜まったいらだちのはけ口にする。河口にいる者がすべての連鎖を最終的に引き受けることになる。力のある間抜けは目につく場所にいる弱者をまず狙うのだ。

ふたつ目の法則は、犯罪者は予想を裏切らないこと。二十一世紀の犯罪は、マンガの悪役みたいに見るからに予想通りのやつが悪役だよな。よくできた本格推理の短篇くらい意外な犯人をおれたちは期待しているのに、まず間違いなく裏切られる。あおり運転の容疑者を見るといい。ああまた四十代の無職か。地元ではエアガンを振り回すので有名だったんだな。どうりで一本ネジの抜けた顔をしてる。ネットやテレビで顔写真を見かけては、退屈な納得が繰り返される。

というわけで、おれたちは近ごろどんな犯罪が起きても、さして驚かなくなった。フレッシュさがないのだ。児童虐待が起きたときけば、ああまた母親の再婚相手か。あおり運転にはまた地元のチンピラか。なにが起きてもさして響かないし、世はこともなしといった諦めが湧くばかり。

ところが今回まるで予想外のところから、やつらは攻めてきた。

犯罪のニューウェーブだ。あんたも週刊誌で読んで、冗談にしたことがあるだろ。自分がいるときに狙われたらどうしよう？　スマホで写真を撮られるのはきついな、なんてさ。

この秋の池袋を騒がせたのは、日本中に話題を提供した連続ラブホテル強盗団である。だいたい狙い目が絶妙だよな。ちいさなラブホのフロントには、中高年の男か女しかいない（しかも最大でふたり）。コンビニよりはずっと現金の額も多い。さっと押しいり、金をつかんで、すぐ逃げる。クラシックロックにあったよな。テイク・ザ・マネー・アンド・ラン！

この連続強盗事件が始まるまで、おれはホームタウンの池袋にラブホがいくつあるかまるでしらなかった。あんたは正確な数字をしっているだろうか。当てられたらおれが賞金をやってもいいくらいだ。まあ正解はおいおい話すからたのしみにしていてくれ。

おれからのアドバイスはひとつだ。池袋でラブホにいくなら、恋人か奥さんとにしておいたほうが絶対にいいよ。浮気相手やデートクラブだと、警察で調書《ちょうしょ》をとられたあとがたいへんだからな。

空

今年の秋はいつまでも発生のとまらない台風と、ラブホテル強盗で池袋の話題はもち切りだった。十月になってもTシャツ一枚のおれに、おふくろがいう。

「まったく恋人たちの憩《いこい》の場を襲うなんて、無粋《ぶすい》な突っこみがいるもんだね。マコトも気をつけなよ。どうせラブホにいくなら、セキュリティのよさそうなとこにしな」

うちの果物屋の店先で走りの豊水《ほうすい》を並べているときに、そんなことをいわれるのだ。息子にラブホの話をするなんて、家庭内セクハラである。

「そんなとこいかねえよ。そっちこそ、気をつけたほうがいいぞ」

おふくろは腕組みをして、台風一過で三十度まで気温のあがった夏みたいな青空を見あげる。

「ああ、せいぜい気をつけるよ。写真なんて撮られたら、しゃれにならないからね」

ソフトボールほどあるナシをつかんだ手が空中でとまった。驚愕。

「その年でまだラブホいくのかよ」

いつまでも若いと思っていた敵も、もう五十代だった。はじらいもなくおふくろはいう。

「そりゃあ、好いた相手ができたらいくだろうよ。親にそんなことをきくもんじゃないよ。おまえは粋《いき》じゃないねえ」

勘弁してくれ。おふくろというのは、いつまで女なのだろう。池袋のストリートで起きるどんな犯罪よりも解くのが困難な謎《なぞ》だった。おれは息もたえだえにいう。

「いってもいいけど、池袋はやめて、せめて新宿にしてくれよ」

新宿にはご存じ東京一（ということはたぶん日本一）のラブホ街がある。

「ああ、考えとくよ。だけどさあ、移動の十五分で冷めるっていうこともあるからね。そういうのはタイミングがなかなかむずかしいよ」

それ以上、おふくろのラブホ談義をきいていられなくなって、おれはずっしりと重いひとつ二百七十円の豊水に集中した。

秋のラブホ強盗といったが、池袋で最初にラブホテルが襲撃されたのは、八月のなかばだった。それから二カ月弱で三件の強盗が連続している。手口はどれも似たようなもの。襲撃犯は三人組の男たち。特殊警棒とナイフで武装した犯人が、いきなり夜のホテルにやってくる。フロントに突入して、一日のあがりをさらって逃走する。

もちろん監視カメラにやつらの姿は撮られているが、全身黒ずくめで顔には目だし帽をかぶっている。身長以外はわからなかった。近くのカメラを総動員しても、やつらのクルマは見当たらない。

どうやら強盗団は徒歩で池袋の人波に消えるらしい。ということは、かなりこの街の地理に詳しいのかもしれない。いくら監視カメラが発達しているといっても、路地裏や住宅街には死角がいくらでもある。どこかで目だし帽を脱ぎ、服を替えているのかもしれないが、そいつはまだ誰も撮られていない。おれの薄いネット情報では、そんなところがせいぜいだった。

ちなみに池袋の街の反応はというと、ちょっとしたお祭り気分。みなつぎはどこが狙われるのだろうかと、興味しんしん。まあラブホってなにかと、うしろ暗くて湿ったイメージがあるもんな。まあ、そういうのも立派な職業差別なんだが。

さて、すこし店先でもきれいにするか。ほうきを手にして西一番街の歩道にでると、おれのスマートフォンが鳴った。タカシからだ。ミントアイスみたいに涼しい声。やつは挨拶も前説《まえせつ》もなくいつも核心から話し始める。

「中二のとき同じクラスだった小谷《こたに》という女、覚えてるか」

名前だけではとっさに思いだせなかった。やつのカチカチのアイスみたいな声が補足してくれる。

「小谷実利《みのり》。サンタフェという北口のラブホの娘だ」

百五十万部は売れたというヘアヌード写真集で思いだす。といっても、そいつはおれなんかが生まれる遥か昔の本なんだが。

「ああ、サンタフェ小谷か。それがどうしたんだよ」

「一時間後にそこにいく。マコトを紹介してくれって頼まれた」

おれは小谷実利の顔をなんとか思いだそうとした。確か小柄であごのとがったリスみたいな顔をしていた気がする。かわいいことはかわいいのだが、今でいうところのかなりの陰キャで男子人気はあまりなかった。鈍感なおれはバカなことをいった。

「へえ、小谷がおれを紹介してくれなんて、ちょっとした告白かな」

おれは紹介といえば、そっちの紹介を考えていた。若い男女だしな。おれのトラブルシューターとしての令名が池袋の若い女たちのあいだで鳴り響いているのかもしれない。

王の返事はつれなかった。

「間抜け。ラブホ強盗の件だ。話をきいてやってくれ。うちのチームをつかうことになるかもしれない。こいつはビジネスマターだ」

それでようやくおれの切れ味鋭い頭脳が目覚め始めた。

「おれは警察じゃないし、いつどこが狙われるのか予想もできない強盗団なんかの役には立たないぞ」

池袋の王様は鼻を鳴らしていう。

「ふん、ほんとにそうかな。まあ、話だけでもきいてやれ。元同級生なんだろ。おまえのことよく覚えていたぞ。マコトはだいたいにおいて間抜けだが、自分でも気づいていないところで異常に頭が働くんだ。なにか突破口が見つかるかもしれない」

おれはキングにほめられたのだろうか、けなされたのだろうか。よくわからない王様だった。

「了解だ。この件が片づいたら、どっかのみにいこうぜ」

友人同士というものは、ときどき会って情報をアップデートしなければいけない。おれとタカシは毎日つるんでいるような関係じゃないからな。太平洋高気圧にゆくてをはばまれた台風くらいゆっくりとキングはいった。

「うーん、まあ、考えとく」

なんなんだ、デートに誘ってあっさり振られた、この感じ。おれは返事をせずに王様からのホットラインを叩き切った。

おれはぼんやりとうちの果物屋の店先を眺めながら思いだしていた。

なぜ、小谷実利にサンタフェというあだ名がついたかについてである。どこの国でも中学生って残酷だよな。どこから漏れたのかはわからないが、小谷の親が池袋駅北口で「サンタフェ」というラブホテルを経営しているという噂が流れたのだ。小谷はその噂を肯定も否定もしなかった。それでついたニックネームがサンタフェ小谷だった。

ちなみにわざわざ確かめにいったやつらの話によれば（中学生って本当に残酷）、小谷家のラブホテルは名前はサンタフェだが、とくにニューメキシコ風というわけでもなく、白いタイル張りの四角いビルだったらしい。エントランスの両脇に背の低いヤシの木が植わっているだけ。今から三十年ばかり昔の流行に乗っただけなのだろう。

当時のおれはさして同情しなかったが、家業のラブホテルの名前で呼ばれるのは、十四歳の女の子にはきつかっただろうなと、今は思う。おれのことを「フルーツ真島《まじま》」と呼ぶやつがいたら、きっと校舎の裏に連れていき締めていただろう。

小谷実利も頭のなかでクラスメイト全員を何度もなぐっていたのかもしれない。

それが陰キャの原因だとしたら、淋しい話。おれたちは親の職業と顔を選んで生まれてくることはできないのだ。

午後二時半、サンタフェ小谷はやってきた。西武のデパ地下の紙袋をぶらさげ、丈の短いトレンチコートを着て。大人になっても小柄なままだったが、スカートから伸びる脚はなかなかきれいだ。店先に立ちどまると、おれに視線を一瞬とめてから、おふくろを見つけ会釈した。

「中学のとき同級生だった小谷実利です。今日はマコトくんをすこしお借りします。これつまらないものですが」

紙袋はおれのほうにさしだした。ドイツ語のロゴが見える。老舗《しにせ》のバウムクーヘンだ。

「へえ、ミノリちゃんっていうんだ。かわいいじゃないか。マコトなら夜まで連れまわしていいからね」

ひと目で気にいられたようだった。ミノリは学生時代は地味ながら優等生だったし、今もしっかり感が小柄な身体からあふれだしていた。ショートカットの髪形も、とがったあごもいかにも仕事ができそうな雰囲気。

エプロンをとりながら、おれはいった。

「タカシから事情はきいてる。強盗団の件だろ」

中年の女はなぜ地獄耳なんだろうな。おふくろが口をはさんだ。

「ラブホ強盗をとっちめるのかい、マコト」

ミノリの顔に一瞬、影がさした。ふれられたくないデリケートゾーンなのかもしれない。おれは空気を換えるように、陽気に声を張った。

「さあ、いこうぜ。こんなとこで話してたら、営業妨害になる」

おれは丸めたエプロンをレジのしたに押しこみ、夏のような十月の街にでた。


ミノリの口数は中二のときとおなじくらいすくなかった。おれたちはほとんど無言のまま西口五差路にむかった。さて、どこのカフェにいこうか。信号をわたる途中でミノリがいった。声は意外とはっきりしている。

「こっち。新しくできたパンケーキ屋さんがある」

おれたちはマルイの裏にあるオーガニックな雰囲気（なぜか熱帯植物園みたいに店内にどっさり植物がある）のカフェにはいった。おれはアイスラテ、ミノリは名物のスフレパンケーキにハーブティを頼む。なんだか女子って感じだ。

「最初にいっておくけど、おれは今回コーヒー代くらいしか働けないと思うよ。プロの強盗団なんて、守備範囲外だ」

ミノリはきれいにパンケーキを六分割していく。ふわふわの厚さは三センチ以上。メープルシロップをたっぷりとかけると、小皿にとり分けてくれた。

「はい、マコトくん。たべるよね」

おれは平成生まれなので、こういうことをされると弱いのだ。ほとんどデートらしいデートをしたことがないせいかもしれない。ひとかけたべると、口のなかが甘くてふわふわになった。人生初スフレパンケーキ。

「とりあえず話をきいてもらえるかな」

池袋のキングなみに冷たい声。

「うちが北口でラブホテルやってることはしってるよね」

うなずいた。

「サンタフェだろ」

「そう、街の人は気づいていないけど、今回の連続ラブホテル強盗には傾向がある」

傾向？　受験勉強みたいだ。おれは工業高校で終わってるけどな。ミノリはむずかしい顔でパンケーキを頬ばると続けた。

「みんなラブホテルなんてどこも同じだって、なにも考えようとしないから。八月に襲われたのは『ホテル・ジュリアス』、つぎが『ハートイン』、今のところ最後が『アモーレス』。マコトくん、共通点はわかるかな」

おれが苦手な女教師みたい。

「ぜんぶカタカナのところかな」

ミノリは『シン・ゴジラ』の石原さとみのようにおれを小馬鹿にした表情を浮かべた。

「そうだよね。ラブホなんて、ちょっとやらしい冗談のネタにしかならないもんね。でも一軒一軒個性もあって、ぜんぜん違うんだよ」

おれはうなずいた。フロリダから船で運ばれてくる一個九十八円のオレンジだって、一個一個表情が違うし、味も違う。

「マコトくん、池袋にどれくらいラブホテルがあるかしってる？」

無数にあるのはわかっているが、おれがいったことがあるのはせいぜい四、五軒だ。

「わからないけど、五十くらいか」

ミノリは予備校講師のように首を振る。合格圏には達していないらしい。

「八十軒以上あるんだよ。東京で二番目。ちなみに一位は新宿で百軒弱」

おれはラブホで両方の崖が埋まった道玄坂を思いだした。

「へえ、二位は渋谷じゃないんだ」

「うん、渋谷は七十軒とすこしで第三位」

驚きの豆知識、クイズ番組ででないだろうか。東京でラブホの多い街第二位は？　ピンポーン、池袋なんてな。

「それで襲われたラブホの共通点ってなんだよ」

ミノリはハーブティをひと口のんだ。あれは永谷園の松茸《まつたけ》味の吸いものみたいな色だよな。

「まずひとつはチェーン店じゃないこと」

そうか、繁華街では同じ名前のホテルを何軒も見かけるもんな。

「それで？」

「もうひとつはすべて客室数がせいぜい三十台の小規模店だってこと」

なるほど、おれはすこし感心した。ポケットからスマートフォンをとりだした。メモをとらなきゃならない。


世間のほとんどと同じで、おれはラブホテル業界には詳しくなかった。目からウロコの情報ばかり。

「それって、どういう意味なんだ」

ミノリはあたりまえのようにいう。

「チェーン店、大型店はセキュリティがしっかりしている。従業員の数も多いしね。強盗団にとっては手ごわくて、厄介《やっかい》な相手なんだと思う」

「セコムとかそういうやつ？」

「それもあるし、監視カメラも最新型で、数も断然多い」

なるほど、おれが強盗でもその手のラブホは狙わないだろう。

「池袋にある約八十のラブホテルで、大手とチェーン店をのぞくと、残りはせいぜい十五軒くらいしかないんだ」

「えっ、そんなに絞られるんだ」

「そう。十五軒のうちもう三軒が襲われた」

おれは小学生でもわかる単純な引き算をした。

「残る狙い目は十二軒」

「うん、うちのサンタフェもそのうちのひとつなんだ。このパンケーキおいしいね」

中学の同級生はそういって、またひとかけ口にふわふわを押しこんだ。

ミノリはさらにいう。

「うちのお母さんが、強盗団を怖がってしかたないの。今でもフロントに立ってるから。ちいさなラブホテルのフロントなんて、だいたいひとりか、ふたり。みんな、おじさんかおばさんばかり。若くて強そうなのは誰もいない。そういうのはお客さんも敬遠するしね」

確かにごついラガーマンのようなフロントがでてきたら、気分がさがりそうだ。おれは数すくないラブホ経験を回想してみた。たいていのフロント係は中年女性だった気がする。

「でもさ、今は自動券売機みたいなやつで金払わないか」

「それは大手とかチェーンだよ。昔ながらの街のラブホは、パネルで部屋を選んで、ちいさな窓からお金を受けとり、キーとおつりをわたすシステムなの。うちもそう」

そうか、つねにフロントには現金があり、中年女性がひとりかふたりで接客している。スマホのメモが増えていく。やはりインサイダー情報は強いものだ。

「ミノリ、被害額はわかるか」

「ええ、『ホテル・ジュリアス』が八十三万円、『ハートイン』が六十六万円、最新の『アモーレス』が百二十八万円」

さくさくと数字を打ちこんでいく。最後のところで手がとまった。

「『アモーレス』だけやけに額が多いな」

「日曜日の夜だったし、あれがあったから」

アーリーアメリカン調のテーブルから自分のスマホをとりあげると、カメラをおれのほうにむけた。

「ああ、あれはひどかったな」

おれが利用客だったら、心底落ちこむことだろう。三件目の強盗で犯人たちは余裕をこいたのか、フロントの金だけでなく、客室のカップルも狙ったのだ。カードキーのマスターをもってドアを開け、室内に踏みこんで笑いながらスマートフォンでカップルを撮影した。男と女の財布から現金だけ抜いて逃走したという。

「うちのお父さんは、フロントのお金を盗まれるより、お客さんのほうを心配しているの。あんなことがあると常連さんでも二度とこなくなるんじゃないか。ラブホなんて数も多いし、北口なら嫌になったらすぐ隣にいけるでしょう」

池袋駅の北口には三十軒ばかりラブホテルが集結していた。確かに競争は激しいのだろう。

「でもさ、ラブホテルって一軒も潰れないよな」

ミノリは仕事の顔になった。

「おもての形は変わらないまま、人手にわたったところはたくさんあるよ。でも、実際マコトくんのいうとおりかな。システムや外装、客室のインテリアにきちんと手をいれ続ければ、池袋みたいな繁華街のホテルは、めったに潰れないね。うちももう四十年は経営してるから。法律で新規の出店はほとんど不可能なんだ」

どんな分野でも経営努力はおこたれないということか。ミノリは自嘲《じちょう》するような笑みを見せる。

「わたしも『サンタフェ』のおかげで、大学までいけたし、今はうちのホテルの経営にたずさわっているしね」

「おれも嫌だったけど、今じゃうちの果物屋の店番してるよ」

池袋で代々の家業をもつ者の共感だった。なにがあっても、この街で仕事をして生きていくしかないのだ。

「そうだよね。わたしは学生のころ、ほんとにラブホテルっていう仕事が嫌だったなあ。はずかしいし、人にいえないし、サンタフェっていうあだ名もね、もう大嫌いだった」

それはそうだろう。多感な十代にラブホの名前はないよな。おれも面とむかってはいわなかったが、陰でミノリをそう呼ぶことがあった。

「ごめんな、ミノリ」

ミノリはシロップでどろどろになったパンケーキを見おろした。

「ダイエット中なのに、わたしこんなのたべちゃった。なに考えてたんだろう。昔は普通の会社員の家庭にあこがれていたな」

「そいつはおれも同じだ」

おまけに普通に父親がいる家庭にも、おれはあこがれていた。親と顔は選べない。おれは断るつもりだった仕事を引き受ける気になっていた。ミノリへの共感か、学生時代へのノスタルジーかはわからない。だが、秋でも暑い池袋でちいさなラブホテルと元クラスメイトのために働くのも悪くないと思ったのだ。

「でも、おれには強盗団なんて、つかまえられないぞ。ミノリはおれになにをさせたいんだ」


冷めたハーブティをのんで、ミノリはおれの目をまっすぐに見た。

「そこまでは望んでいないよ。ただマコトくんにうちのホテルを守ってほしいんだ。警察だってがんばってくれているし、いつか犯人は捕まるでしょ。それまでのあいだね」

なるほど、おれはガードマン代わりか。

「おれは武道とかやってないし、そんなに強くないよ」

「でも、男の人がいてくれたら、心強いよ」

強盗団は特殊警棒とナイフで武装した男が三人。どう考えても、おれひとりでは押さえられそうになかった。

「ほかに従業員いないのか」

「フロントに一、二名。あとは清掃係が四人から六人。日本人と外国人が半々くらいかな。フィリピンとかベトナムとかね。そっちはおばさんばかりだから、戦力にはならないよ」

「あとはミノリのおやじさんか」

ミノリは肩をすくめた。

「これまでの三件の強盗はすべて夜九時以降でしょ。お父さんはもう体がしんどくて、夜はフロントにでてないんだ。マコトくんに頼みたいのは、とくに可能性が高そうな週末の夜のガード」

だんだんと依頼の筋が読めてきた。

「売り上げのいい週末の夜に、フロントに詰めていればいいんだ」

「そういうこと。それで料金なんだけど……」

おれは街のトラブルシューターで、なんでも屋だった。ただし無給のな。

「金はいらないよ。いつもタダでやってる」

ミノリははっきりと前歯を見せて、おれに笑いかけた。

「それはダメ。わたしはお金を受けとらない人は信用しないの」

　さすがにサンタフェ小谷。いつもは陰キャで暗いくせに、ときどきクラスのやつをすべて黙らせるような怖いことをいう癖が、ミノリにはあった。

「だったら、どうするんだ」

「清掃係のパートのおばさんと同じ時給でいいかな。一時間で千二百円」

　金額をきいて、おれは勘づいたことがあった。

「ミノリは最初にタカシに連絡したんだよな」

　キョトンとした顔をしている。そんな顔をすると、まだ女子高生みたいだ。

「そうだけど、どうしたの」

　最低な予感がする。おれは質問した。

「その金額はタカシにいったのか」

「うん、いったよ。お金を払わないで、サービスを受けるのは嫌だから」

　おれはため息をついていった。今度会ったら、キングをなぐってやる。池袋の十月革命だ。

「なるほどなあ」

「マコトくん、どうかしたの」

　プライドを傷つけられたおれは、それでも平気な顔をしていった。

「いや、なんでもない」

　時給千二百円なんてはした金では、とてもGボーイズは動かせない。そう考えたキングがこのラブホ・ガードマンの話をおれに振ったのだろう。庶民を見くだした王様。

「夜まで時間があるって、お母さんいってたよね。だったら、わたしとうちのラブホテルいかない？」

　おれは女からラブホに誘われたのは、生まれて初めてだった。それなのに、こんなに心がはずまないのはなぜだろうか。仕事がまとまったせいか、ミノリは妙にうれしげだ。

「ホテルの外装も、エントランスやフロントまわりも、室内のインテリアも、わたしのセンスで改装してあるんだ。築四十年でもシックでぴかぴかだよ。わたしが見るようになってから、うちのホテルは売り上げ三十パーセント以上あがったから。今ではネットの人気投票でベストファイブから落ちることはないんだ」

　やっぱりやる気とセンスが違うのだろう。おれの果物屋の売り上げは、なんとか墜落《ついらく》しない低空飛行を続けるだけ。ミノリは目を輝かせていった。

「ずっとはずかしくて大嫌いだった『サンタフェ』が、今ではわたしの誇りだよ。さあ、マコトくん、うちの自慢のラブホ案内してあげる」

　ミノリはさっとテーブルから伝票をさらうと、おれにむけて夏の名残《なごり》のような笑顔を見せた。おれたちはマルイ裏のカフェをでて、昼間でも絶賛営業中の北口風俗街にむかった。

ネオンサインが消えた明るい風俗ラブホ街を、中学時代の同級生と歩く。

デートとも呼べないそんな散歩も悪くないもんだ。


うだるように暑い十月の午後、おれは西一番街をミノリと北口ラブホ街にむかって歩いていた。池袋の街も寝ぼけているようで、人通りはすくない。おれが子どものころは、いつだって池袋駅の周辺は人であふれていた印象があるから、過疎《かそ》化は地方だけの問題ではないのかもしれない。そういえば豊島区は東京二十三区で唯一消滅可能性都市にあげられていたっけ。ディストピアＳＦみたいでカッコいいけどね。

「ミノリ、最近ラブホにくる客ってどんな感じなんだ」

ショートトレンチを着た小柄なミノリが、おれを見あげる格好になった。

「若い人はすくないよ。だいたい三十代からうえかな。意外かもしれないけど、五、六十代も多いんだ。あとはひとりでくるデリヘルの客とかね」

若いやつのこないラブホテル。考えてみたら、おれも最近はぜんぜんごぶさただった。

「ふーん、そういうのって草食化とか関係あるのかな」

「わからない。でも、草食の男子だって、年をとってお金ができればくるんじゃないかな。わたしはただ若い子はお金がないだけだと思う」

例えばGボーイズのやつらのことを考えてみた。タカシとおれはまだ独身だが、メンバーは続々と結婚して、子どもをつくっている。街のガキはたいてい早婚なのだ。

「中学の同級生はまだ結婚したの半分くらいだよな。おれの高校のほうはもう八割くらい結婚してるよ。半分はできちゃった婚だけどな」

ミノリがおれをちらりと見た。

「今は授《さず》かり婚っていうんだよ。わたしは男と女の欲望の世界って、ずっと変わらないんじゃないかって思ってる。子どもの頃からラブホの裏側なんて見てきたから、偏見かもしれないけど。でも、生きものって不景気になったくらいじゃ変わらないよ」

それからミノリはなぜか前歯をぜんぶ見せて笑った。肉食獣の笑み。

「わたしたち、ただの動物だもんね。こっちのほうが近道だよ。マコトくん」

ラブホテルのあいだの細い路地に曲がっていく。どこかのデリヘルの送迎車（ニッサン・セレナ白）が停まっている湿った道を、おれたちはすすんだ。

「これが今の『サンタフェ』だよ」

　ミノリが誇らしげにピカピカのラブホテルを指さした。おれは腕組みをして、四階建てのこぢんまりとした建物を見あげていた。昔の面影《おもかげ》はほとんどない。ステンレスの外装材で包まれたビルは十月の日ざしを浴びて鈍く光っている。ラブホ街に突如出現した地球防衛軍の基地みたいだ。看板は青と赤のネオンで、入口の両脇にはヤシではなくおおきなシュロの木が植わっている。

「へえ、立派なもんだな。どれくらい客がはいってるんだ？」

「空き部屋は三つか四つだと思う。今は五時までのサービスタイムで、どの部屋も五千八百円。お得な時間だから」

「客室数は」

「三十二部屋だよ」

　平日昼間のこんな時間で、稼働率が九十パーセントもあるのだ。ミノリが人の欲望は変わらないというのも当然かもしれない。

「さあ、こっちにきて」

　半透明のガラスの自動ドアを抜けるとロビーだった。ぐっと薄暗くなり、天井を走るネオンの赤い光がおれとミノリを照らした。壁には電飾のパネルがあり、空室だけ室内の写真に明かりがついている。空き部屋は四つ。

「で、こっちがフロント。パネルのスイッチを押して、ここでお金を払う」

フロントはちいさなバーカウンターのような造りだった。パソコンの大型ディスプレイくらいの小窓が開いている。革製のコイントレイがおいてあった。

「青田《あおた》さん、ちょっといいかな」

カウンター脇にはドアがついている。ミノリは水平バータイプの取っ手をさげると、フロント内に声をかけた。中年女性の声がする。

「あっミノリお嬢さん。お客様ですか。若い人なんてめずらしいじゃないですか」

おれがいることに気づいていたみたいだ。ミノリは笑っていった。

「変な気を回さないで、そういうのじゃないから。中学の同級生で、今度週末の夜だけフロントに詰めてもらうことになったの。マコトくん、きて」

おれは開いたままの戸口を抜けてフロントに足を踏みいれた。広さは四畳半ほどだろうか。カウンターのまえには横長のデスクがあり、サービスタイムのつり銭四千二百円がトレイにふた組用意してあった。横には灰色のスチールデスク、うえにはパソコンが一台。こちらには部屋を選ぶパネルと同じ映像が浮かんでいる。違うのは入室時間と予定の退出時間が部屋ごとについているくらい。デスクの半分以上を占めるのは大型のモノクロモニタだった。四分割されて、ホテルの入口、ロビー、フロント、エレベーター前の映像がリアルタイムで映されている。これを見て、おれとミノリに気づいたのだろう。

　地味な四十代後半のおばちゃんが声をかけてきた。全身しまむらかユニクロ。

「青田です。わたしは平日の午後が多いから、週末だとあまりいっしょになることはないかもしれないけど、よろしく」

　小学校のＰＴＡにでもいそうなごく平凡な印象だった。謎だった目隠しされたフロントの奥にはこんな人がいたのか。おれが感心してると、ミノリがフロントのカウンター脇を指していった。

「そこのレジスターに、売り上げは溜めていく。一日の分はつぎの日の午前中に駅前の銀行に預けにいくの。それはうちの家族の誰かがいくんだ」

　おれは三件目のラブホ強盗の被害額を思いだしていた。

「多いときにはそいつが百万を超える日もあるってことか」

　ミノリは余裕の表情だった。にこりともしない。

「そういう日もあるよね」

　悔しい。うちの店は最高でも日に十万がいいところ。生まれるなら、果物屋よりラブホテルが断然いいよな。

「青田さん、マコトくんにうちのホテル案内するから」

　そういうと、パソコンの空き部屋にふれた。４０３号室。壁にさげられた細かなポケットがたくさんついた収納から、その部屋のカードキーを抜く。

「マコトくん、きて」

ふう、ラブホテルのグランドツアーか。なんだか今度の仕事は調子が微妙に狂うな。


一階ロビーの脇にはエレベーターが一基あった。その奥には通路が延びて、客室が両脇に並んでいる。目隠しのグリーンと摺《す》りガラスの間仕切りがエレベーターの横にある。

ミノリは通路を指していう。

「一階には六室ある。今空いてる部屋も一階が多いかな。やっぱりフロントの近くはみんな嫌がるみたい」

カーペットが敷きこまれた高級そうな廊下だった。あちこちに鏡が張られているのは、ミノリの趣味だろうか。

「上にいくんだろ」

おれはエレベーターのボタンを押した。ミノリは首を横に振る。

「うちでは従業員はエレベーターはつかわないの。こっちきて」

脇にある階段に向かう。おれもついていった。

「四階までしかないんだから、マコトくんも基本的に階段をつかって。裏に業務用のもあるけど、そっちはリネンや設備の運搬用だから」

トレンチコートの背中がだんだんとビジネスマンに見えてきた。このラブホテルには若々しい雰囲気がある。センスのよさはミノリの監督のたまものだろう。どんな仕事でも適性と才能というのがあるものだ。いつかこいつが池袋のラブホ女王になる可能性もあった。

「了解だ」

さっさと階段をあがりながら、背中越しにミノリがいった。

「二階と三階には九室ずつ。で、最上階の四階には八室」

階段のステップにもカーペットが敷かれているので、足音はほとんどしない。ラブホテルというより高級ホテルみたいだ。

「なんで四階だけ、ひと部屋すくないんだ?」

「四階にはリネン室があって、そこで清掃係が待機してるの。あとは地下のボイラー室でうちの施設はすべて」

都心にあるラブホテルなので、駐車場はないのだ。四階につくと最初の部屋がスタッフオンリーのプレートが張られたリネン室だった。

「先にこっちを案内するね」

ミノリはドアをノックして室内にはいった。

「モーニング！」

アメリカ人のように挨拶するミノリにおれも続いた。ラブホでも芸能界のようにいつでも朝の挨拶をするようだった。部屋の広さは十畳くらいか。壁際には一面にワイヤーラックが並び、シーツやバスタオル、化粧水や乳液、歯ブラシやアフターシェーブローションなんかの小瓶が積みあげられている。部屋の奥にはでかいランドリーバッグを載せた台車が何台か。

　部屋の中央はおおきなテーブルで、パイプ椅子がいくつか。壁には昼のワイドショーを流す大型テレビ。座っていたのは外国人の女性が三人、それに日本人の女性がふたり。すこし離れた場所でそれぞれ固まっていた。

「こちらがフィリピンからきたシェリル、ミンディ、レミー」

みな三、四十代だろうか。十月でもTシャツ一枚で、ぴちぴちのジーンズ。たぶんシェリルのはずのバスケットボール並みの胸をした女が、にこにこしながらいった。

「よろしくお願いいたします」

へえ、こんな感じの人が室内清掃をしているのだ。最近はラブホでも誰が清掃したのか、メッセージカードを残すところがある。高級感。ミノリはテーブルの角にいる日本人を指した。

「で、むこうが清水《しみず》さんと太田川《おおたがわ》さん。きてもらったばかりだけど、慣れていてすごく仕事ができるの」

にこりともせずにふたりがおれに会釈をよこした。生活に疲れた感じの六十代。うーん、もしかしたら七十代かもしれない。おれは中高年の年を読むのが苦手だ。ふたりともフリースにエプロンをつけている。ミノリはさっきと同じ紹介をした。

「週末の夜にフロントに詰めてくれることになった、わたしの友人の真島誠《まこと》くん。みんなも顔を覚えておいて」

シェリルが胸を揺らしていった。あれくらいのサイズになると呼吸するだけで揺れるのだ。

「ラブホ・バンディッツのためか。池袋もアブナイね」

「この街も物騒《ぶっそう》になったよね。でも、あの強盗は従業員には手をだしてないから、みんなは安心でしょ。ちょっと室内を案内しているから、お仕事よろしくね」

「ハーイ、ミノリさん」

すこし年とった三人のフィリピン娘の声がそろった。日本人ふたりは黙ったまま。こいつは国民性の違いだろうか。すこしくらい愛想を振りまいてもいいだろうに。

空

403号室は通路右側の奥から三番目の部屋だった。ミノリがカードキーを差しこむとぴっと電子音が鳴って鍵が開いた。狭い玄関でスニーカーを脱いで、右手の凝ったガラスの装飾がついた室内扉を押した。

最近のラブホはいかにもラブホテルといった雰囲気ではなかった。手前にソファとテーブルのセット。奥にはダブルベッドがあるが、床と腰壁は明るい色の木材で、高原のリゾートホテル風だ。ひとつだけ違うのがヘッドボードのパネルで、ここだけハイテクで透明なスイッチが三十もついている。エアコン、有線、調光なんか。

おれがベッドの硬さを確かめようとしたら、ミノリが叫んだ。

「さわらないで。ここはさっきの人たちがベッドメイクしたばかりだから。今は髪の毛一本落ちていないんだよ」

自分も座り、ぽんぽんとラブソファの隣を叩く。

「座るなら、こっちにして」

おれはミノリの横に座った。掃除の楽な合成皮革だ。気密性の高いラブホテルの一室で、中学の同級生とラブソファに座るのはおかしな雰囲気だった。尻がむずがゆくなる。おれはかなり意識してしまったが、ミノリは平気なようだ。ぽつりという。

「マコトくんをうちのホテルに連れてきたのは、中学時代の復讐《ふくしゅう》かもしれないね」

「復讐だって？」

　意味がわからない。おれは正面のサイドボードのうえの五十インチテレビを眺めていた。黒いままの液晶画面に、おれとミノリの首からうえだけが映っている。ミノリはこうしてみるとなかなかかわいかった。

「そう。わたしはあの頃だって、うちの仕事はすごくたいへんだし、立派なものだって思っていた。でも、クラスメイトに『サンタフェ』だ、ラブホだっていわれると、なにもいい返せなかったんだ。部屋はお客さんが使用したら、即座にさっきの清掃係がはいるの。この部屋もそうだよ。クリーニングは本気でやる。ふたりがかりで十五分で室内清掃を済ませて、アメニティをすべてそろえるんだ。うちの場合、点検項目は六十カ所もある。ラブホとしてはすこし多いほうかな」

「へえ、そうだったんだ」

　おれは立派に成長した同級生に目をやった。ミノリは正面を見つめたまま淡々と続けた。

「今ではこのホテルを最高の状態で毎日営業させることが、わたしの生きがいなの。だからマコトくんにも中途半端にはかかわってほしくない。時給で働くにしても、一生懸命やってほしいんだ」

エアコンが静かに冷たい息を吐き続ける部屋のなかで、妙に心を動かされていた。どんな仕事にも誇りはある。それは果物屋だろうが、ラブホテルだろうが変わらないはずだ。だが格差社会がひどくなってからこの十年ばかり、おれたちは「普通」の仕事をバカにするようになっていないだろうか。

そんな仕事は、たいして儲からない、古くさい、労働条件がよくない。日本中に数百万とある中小企業など、たいていはそんなものだ。池袋の街だって、一部の大企業の支店をのぞけば、すべてそんな店や会社ばかり。おれたちは貧しい街で、自分たちの貧しさを卑下《ひげ》しながら、自分よりすこしだけ貧しく見える人間や仕事をバカにして生きているのだ。自分のほうがまだましだと、安堵《あんど》しながらね。

猥雑《わいざつ》で貧しい街のひとつ百円のオレンジ売りのおれは、ラブホテルの経営者（すでに実質的にはな）の肩をぽんと叩いていった。

「わかった。すこしばかり本気でやってみるよ。ただし、おれができるのはこのホテルを守ることだけだ。ラブホ強盗を見つけられるなんて、期待しないでくれよ」

まったく愚かな話。おれたちはいつだって、自分がやらかすことを予想できないものだ。

初めての警備は、三日後の金曜の夜に決まった。金土日の三日間、夕方五時から夜の十一時までサンタフェのフロントに詰めることになった。ここまでの三件のラブホ強盗は、夜九時からの九十分間に発生している。

４０３号室のドアを閉めてから、ミノリと静かに階段をおりた。フロントで手を振って別れる。ミノリは最後に従業員用の裏口を教えてくれた。次回からはそちらのほうからきてくれという。ミノリはトレンチを脱いで、そのままフロントの向こうのドアに消えた。おれたちにはみな、それぞれの場所で仕事が待っている。

おれが自宅の果物屋についたのは、夕方の四時近くだった。まだ秋の日は高い。

「どうだった、マコト。さっきの子はなかなか賢そうだったじゃないか」

おふくろはさすがに女の味方で、美人でないときはそんなふうにほめて、すべての若い女をおれとくっつけようとする。

「ラブホにいってきたよ。『サンタフェ』４０３号室」

いきなりの直撃にさすがの敵も目を丸くする。疑り深い声。

「ほんとだろうね」

「ああ、ほんと。さっきのミノリの実家がラブホなんだ。週末の夜だけラブホ強盗から警備してくれないかって頼まれた」

おふくろも安心したようだった。

「なんだい、そういうことか。奥手なおまえが、そんなに早くラブホにいくなんてありえないものねえ。あーがっかりだよ」

がっかりはどっちだ。おれは二階にあがりCDラックからクライスラーの『愛のよろこび』を探した。名演奏家だったヴァイオリニストが自分のリサイタルで弾くためにつくったものだ。いわゆる通俗名曲のひとつだが、甘くていい曲だし、いい演奏家のものなら普通にたのしめる。

「へえ、こいつはなかなかスイートじゃないか」

クラシック音痴のおふくろを無視して、おれは店先にオレンジを並べ始めた。オレンジの積みかたにだって、好みや美的なセンスはあるものだ。自分の仕事はたのしんでやらなくちゃな。

そうそうおれと同じ若いやつらにいっておきたいのだが、サービスタイム五千八百円は少々高いかもしれないが、もっと（池袋北口の）ラブホにいってやってくれ。『愛のよろこび』を中高年に独占させておくのは、なんとももったいない話じゃないか。

金曜日はあいにく朝から雨だった。

秋らしく肌寒い空気で、おれは初めてのレザージャケットを着ていた。黒のライダースタイプだ。サンタフェ裏口のインターフォンを押していった。

「真島誠です。仕事にきました」

ミノリの声がきこえた。

「はーい。今開けるね」

フロントの狭いバックヤードにミノリと雰囲気のよく似た中年のおばさんがいた。

「うちのお母さん、今帰るところだから気にしないで」

ミノリと同じで小柄だが、たっぷり肉がついていた。首にはカラーストーンがどっさりついたネックレス。

「へえ、あなたが真島さんねえ。うちのミノリは男っ気がぜんぜんなくて困ってるのよ。ひとり娘だし、このホテルつきなんだから、悪い条件じゃないんだけどねえ」

独身の子どもをもつ中年女性というのは、日本中でよく似てくるようだった。ミノリがあわてて手を振った。

「そういうことはいいから、早く帰ってよ。お父さん、晩ごはん待ってるよ」

「はいはい、西武のデパ地下で総菜買うだけなんだから、心配ないよ」

ミノリのおふくろさんはおれの二の腕をレザーのうえからつかんだ。うーん、売りものの肉牛にでもなった気がする。

「ほう、身体つきもいいじゃないか。お父さんにも話しておくね」

「もうお母さん！」

おふくろさんはおれに会釈していった。

「この子は意地っ張りだけど、ほんとに一生懸命でよく働く子なんです。真島さん、よろしくお願いします。さあさ、邪魔者は消えて、若い人におまかせしなくちゃね」

ばたばたと去っていった。ミノリは従業員用のポリエステルのベストを着ている。おれにも同じものをさしだすといった。

「これ、着て。お母さんのこと、気にしないでね」

おれはレザーを脱いで、椅子の背にかけた。ミノリは四分割されたモニタ画面を見つめている。

「ああ、うちのおふくろと同じだから気にしないよ。ミノリの家もいそがしいときは、西武のデパ地下なんだな。おれも半分はあそこの総菜ででかくなったようなもんだよ。トンカツとか鳥のつくねとかさ」

ミノリはにっと一瞬笑ったが、すぐに真顔にもどってしまう。

「ほんとにね。このあたりの子どもはみんなそんなものよね。デパ地下の味がおふくろの味なんだもん。おもしろいね」

おれは壁の時計を見た。金曜午後五時、空室は七部屋。それから長い待機が始まった。

空

初日はそのままなにもなし。

ラブホテルには時間によって波があるようで、夜八時から九時にかけてが一日で最後の大波のようだった。おれはフロントで接客はしないようにいわれていた。ホテルの印象はフロントでの対応で決まるので、ミノリが自分でやったほうがいいのだそうだ。まあおれの接客もなかなか悪くないんだがな。

夜八時を過ぎると、空室が一気になくなった。そこからは清掃係がおおいそがし。客がでていった部屋を十五分で再び使用できるようにして回していくのだ。客の側からすると終電で帰れる時間までの二時間が勝負だった。夜は二時間で六千五百円と割高なのだが、おもしろいように空室が埋まっていく。狭いロビーに清掃待ちのカップルがあふれるくらい。

「あと十分でお部屋が空きますので、お待ちいただけますでしょうか」

ミノリは腕時計を見ながら接客していく。なるほどこれなら儲かる訳だった。一万円札がレジスターに重なっていく。うちの果物屋とは大違い。ラブホの婿《むこ》養子になるのもいいかもしれない。

夜十一時になるとミノリはレジの金を数えた。パソコンの画面にでている数字と同じかどうか確認して銀行の封筒にいれ、そなえつけの大型金庫にしまった。脚がボルトで床にとめてあるようなやつ。

ミノリは顔をあげるといった。

「お疲れさま。今夜はこれでひと安心だね。マコトくん、あがっていいよ」

カウンターのうえにはタイムカードも用意してあった。おれは会社で働いたことがなかったので、生まれて初めてのカードを押した。感動的。

「なんか普通の社会人になった気がする。じゃあ、ミノリ、また明日」

ビニール傘をさして、夜の北口にでた。おれの場合は究極の職住近接なので、五分後には自分の部屋で『愛のよろこび』をきいているという訳。このバイトいつまでも続かないかな。

土曜日は金曜の続きだった。お天気は曇りで、雨だった前日よりもさらに冷えこんだ。ミノリは静かに集中して、フロント業務をこなしていく。休日のせいか夜八時台の大波は、金曜よりもいくぶん穏やかなようだった。それでも夜になってからは、ほぼ満室が続く。二十代の客はわずかだった。四十代、三十代、五十代、二十代の順だ。週刊誌が「死ぬまでセックス」特集を組む訳である。

異変が起きたのは、夜十時近く。パトカーの音が遠くから近づいてくる。それも一台ではなく、複数だ。ミノリとおれは顔を見あわせた。

「ちょっと見てくる」

おれはフロントの裏口から、外に顔をだした。パトカーがラブホ街の狭い路地を奥に向かって走り抜けていく。警察車両だけではなく、救急車もきていた。野次馬が早くも集まり始めている。スマホ片手に撮影しながら駆けていく酔っぱらいもいた。誰かが叫んだ。

「シルバースターズにラブホ強盗だってよ」

おれはフロントにもどった。低い声でミノリに報告した。

「この先のシルバースターズで強盗だ。やっぱりそっちの勘が当たってたな」

大手チェーンをのぞく、独立系の小型店舗。襲われるのはそんなラブホだとミノリがあげたいくつかの名前に、シルバースターズははいっていた。

「強盗団はやめるつもりはないんだね。うちも気をつけなくちゃ」

「ちょっと待ってろ」

おれはライダースのポケットからスマートフォンを抜いた。ミノリは不思議そうな顔でいった。

「どうするの、マコトくん」

「情報収集」

「今起きたばかりの事件なのに？」

「ああ、情報なら誰よりも早いやつがいるんだ」

おれはサンシャイン60近くのデニーズを事務所代わりにつかう北東京一の情報屋ゼロワンの番号を選んだ。


「ああ、マコトか。今度はなんの用だ」

相変わらずガス漏れみたいなゼロワンの声。おれはいった。

「警察無線はきけるよな。今、池袋北口のラブホ街が大騒ぎだろ。そいつの情報を教えてくれ」

警察無線はデジタルになってから、盗聴が困難になっていたが、ゼロワンにとってはお手のものだった。すこし興味が湧いてきたようだ。

「仕事の依頼ということでかまわないか」

「ああ、頼む」

スマートフォンの向こうでゼロワンがなにかごそごそと作業する音が鳴った。おれはミノリに目配せしていった。

「シルバースターズの情報を探してもらってる。すこし金がかかるがそっちに請求していいよな」

ミノリは恐ろしそうに自分の身体を抱いてうなずいた。つぎはサンタフェかもしれないのだ。再びしゅうしゅうというガス漏れの声。

「確かに池袋署は大騒ぎだな。シルバースターズを三人組の強盗団が襲った。時刻は九時二十七分。奪われた金の額はまだわからない……ちょっと待て」

片ほうの耳に警察無線のイヤフォンをつけているのだろうか。おれはじりじりしながら待った。

「新しい情報だ。最近連続した三件の強盗と同じ男たちらしい。だが、今回は怪我人が出ている。清掃係の中国人が頭蓋骨《ずがいこつ》骨折で病院に送られている。池袋周辺を封鎖して、三人組のゆくえを徹底的に捜すらしいぞ」

「わかった。ありがとう。今度デニーズに顔だすよ。じゃあな」

おれはスマートフォンを切ると、ミノリにいった。

「やばいことになってきた。強盗団のやつが、シルバースターズの清掃係を襲った。例の特殊警棒だと思う。頭蓋骨骨折でひとり病院送りになってるそうだ」

ミノリはひと言漏らすのが精いっぱいだった。

「どうして、そんなこと……」

「とにかくここも気をつけないとな」

だが、どうすればいいのか、おれにもぜんぜんわからなかった。エントランスの防犯カメラに不審な男たちが映ったとしても、ほんの数秒で自動ドアを抜けて、フロントにやってくるだろう。いちおうドアはあるが鍵もちゃちだし、薄っぺらなものだ。フロントに女がひとりのとき襲撃されたら打つ手がない。やつらはほんの数分で強盗を切りあげ逃走していく。きっと池袋の街を隅から隅まで知り尽くしているやつらなのだろう。

おれとミノリは妙な緊張感のもと、ラブホのフロント業務を淡々とこなしていった。

警備からあがる十五分前だった。さすがに夜十一時近くにもなると、来客の足は途絶えがちだった。このあたりのラブホテルは夜の十二時が宿泊時間への切り替えなのだ。十二時以降に入室したほうが安くあがる。

おれは監視カメラの映像を見ていて、声をあげそうになった。安もののコートを着た男とウインドブレーカーの若い男のふたりが、自動ドアを抜けてくる。すぐにフロントで懐かしい声がきこえた。

「すみません。池袋署の者ですが、ちょっとお話いいですか」

フロントの小窓に警察手帳が突きだされた。ガキの頃から世話になった生活安全課の吉岡刑事だった。おれはミノリにうなずいていった。

「ああ、かまわない。横のドア開けるから、はいってきてくれ。あんたがいたんじゃ、せっかくの客が逃げちまうよ」

「なんだ、マコトか。おまえ、こんなとこでなにやってんだ。また面倒ごとに首突っこんでるんじゃないだろうな。おふくろさんが泣くぞ」

うんざりだが、おれは腐れ縁の刑事をフロントのバックヤードに招きいれてやった。もう十五年は着てるステンカラーコートの吉岡がミノリに会釈した。頭頂はさらに薄くなっている。人生は過酷だ。若い刑事のほうは監視カメラの映像を見て、近くの通りの地図に書きこみ始めた。カメラの画角を確認しているのだろう。

「強盗団らしい男たちは誰も映ってなかったよ。おれはずっと見てたから」

吉岡はうなるようにいった。

「だから、おまえはほんとになにやってんだ。おふくろさんも知ってるのか」

「ああ、だいじょうぶ。公認だよ」

ミノリが横から口をはさんだ。

「あの刑事さん、マコトくんにはここの警備を頼んでいたんです。この街で強盗が連続して、うちも怖かったので」

「わかりました、そういうことですか。おかしな客、怪しい人物は見かけませんでしたか」

ミノリは首を横に振る。おれはいった。

「そんなことより、生活安全課がどうして刑事課の仕事してるんだよ」

盗犯、強行犯の担当は刑事課だ。吉岡刑事はいらっとしたようだった。

「うるせーな、マコトは。四件もラブホの叩きが続いたんだぞ、やつらのメンツも丸潰れだ。おれたちまで聞きこみに駆りだされてんだ。察しろ」

おれは吉岡の機嫌を無視していった。

「今回は怪我人がでてるみたいだな。清掃係の中国人はだいじょうぶなのか。頭の骨がへこんだらしいじゃないか」

知らない顔の若い刑事が茫然として、おれを見ている。吉岡があきれて笑った。

「おまえ、とんでもない地獄耳だな。明日の新聞にでるからいいだろうが、命に別状はないらしい。だが、やつらもいよいよ尻に火がついてきたんじゃないか。手口が少々荒っぽくなってきた。おまえも、お嬢さんも気をつけろよ」

若い刑事がいった。

「後日、防犯カメラの映像を正式にお借りしにくるので、その節はよろしくお願いします」

近所の飲食店が閉まるまえに聞きこみを済ませたいのだろう。吉岡は急いでいるようだった。フロントのドアを抜けるとき、おれにいった。

「おい、なにかわかったら、真っ先にこちらに連絡しろよ。おれとおまえの仲なんだからな」

それから声を殺してやつはいう。

「その子かわいいじゃないか」

信じられないものを見た。最後に吉岡からウインクがひとつ。吐きそうだ。ミノリがつぶやいた。

「あの人なにもの?」

「池袋署の貧乏刑事。見た目ほどわるいやつじゃないよ」

ミノリはさらにいった。

「マコトくんって、なにものなの?」

おれが誰かは、おれにもわからない。今度は返事なし。おれはディスプレイのまえに座って、監視カメラの映像をにらみつけた。


　その夜の十二時過ぎに、ミノリから電話があった。おれはベッドに横になり、スマホ片手に寝る前のネットサーフィン中。いきなり着信するとあせるよな。

「なにかあったか、ミノリ」

　上半身だけ起こした。案外肌寒い。

「わたし、思いだしたことがあるんだ。つい最近なんだけど、誰かからシルバースターズの名前をきいた気がして。それで今、調べているところなの」

　シルバースターズなんて、ちょくちょく口にするような単語じゃないよな。おれもがぜん興味がでてきた。

「そいつはどこできいたんだ？」

「それが不思議なんだけど、ここのホテルだった気がする。それで今、あれこれと書類を見てるんだよ。履歴書とか」

　履歴書？　まるで意味がわからない。

「履歴書って、誰のだよ」

「清掃係の人。まだ決定的な問題じゃないから、あとでまた連絡するね」

「わかった」

おれは暗い部屋のなかで、通話が切られるのを待った。ミノリの息の音がきこえる。勇気をだしたように中学の同級生がいった。

「今日はきてくれて助かったよ。ひとりだったら、どれだけ怖い思いをしたかわからないもん。明日の夜もよろしくお願いします」

ぷつりと電話が切れた。いやはや、女ってすごい武器をもってるよな。ラブホ強盗の特殊警棒なんかよりぜんぜん打撃力があるもんな。


日曜の夕方、おれは三日連続のサンタフェにいった。約束の十分前だった。おれがフロント裏のインターフォンを押すと、ミノリのおふくろさんの声が返ってきた。

「あら、真島さん、今日はミノリいないのよ」

ドアを開けてくれる。おれはバックヤードにはいると、レザーを脱ぎながらいった。

「おかしいな、昨日また明日よろしくっていってたんだけど」

「そうなのよ。わたしにもなにもいわないで、でかけちゃったの」

おれはなにかが引っかかってしまった。

「昨日の夜からミノリさんと話をしてないんですか」

おふくろさんはおれのあせりなど、まるで感じていないようだ。

「いえ、午前中に仕事にいくといって家をでて、それからなの。メールで急に友達と遊びにいくことになった。仕事のほうよろしくって」

おれは防犯カメラの映像に目をやった。モノクロの静かな画面だ。

「そういうことはよくあるんですか」

「ミノリが仕事を急にさぼるなんて、初めてじゃないかしら。真島さんとどこかにいってるのかなあと思ったんだけど」

そのとき前日の電話とミノリの不在が、おれの頭のなかでぱちりとつながり火花を散らした。ミノリはなにかを調べるといっていた。清掃係の履歴書だ。そこでなにかを見つけたとすると、ミノリはやばいことになっているのかもしれない。

おれは極力明るい声でいった。

「そうだ。ミノリさんからラブホ強盗について調べるようにいわれてたんです。従業員のほうもチェックしてくれって」

おふくろさんは前回とは別なネックレスをつけていた。先についた乳白色のカラーストーンをいじりながらいった。

「うちのホテルの清掃係？」

「そうです、ほらよく『鬼平犯科帳』なんかであるでしょ。強盗にはいる前に、引きこみ役の丁稚《でっち》とかお手伝いに内偵《ないてい》させる」

　ぱちんと手を打って、おふくろさんはいった。

「ああ、そういうことね。わかりました。履歴書なら、そこの棚の……」

　ファイルキャビネットの最下段にしゃがみこんで、引きだしからおおきな封筒をとりだした。おれは受けとると履歴書の束のうえから十枚ほどを別にした。ミノリは最近、このホテルでシルバースターズという言葉をきいたのだ。現在もここで働いている清掃係に違いない。

　一番うえにあるのは、例のフィリピン人の履歴書だった。ひらがなばかりの履歴書だが、内容はきちんと埋まっている。立派なものだ。それが四枚続いたあとで、日本人の履歴書を探した。確か、清水さんと太田川さんとかいっていた。

　中国人とベトナム人のものはあったが、日本人の二人分の履歴書は見当たらなかった。おかしい。おれが内心であせりまくっていると、インターフォンが鳴った。

「おはようございます。青田です」

　おふくろさんが開けてやる。おれはいった。

「この履歴書って、すべてとってあるんですか」

「そうね、面接にきた人の分はとってあると思うけど、どうかしたの、真島さん」

「いや、ちょっと何枚か足りないみたいで」

おれは思い切ってきいてみた。

「清掃係の清水さんと太田川さんって、どうしてますか」

ミノリのおふくろさんがしかめっ面になった。

「最近はいい加減なのは、若い人だけじゃないのねえ。ふたりとも電話一本で辞めさせてもらうっていうのよ。どこかほかのホテルで、時給のいい仕事でも見つかったんだろうと思うけど、それにしても電話一本はないわよねえ」

おれのなかで最大音量のアラームが鳴り始めた。まだなんの証拠もない。だが、ミノリの失踪と清掃係二名の辞職が都合よく同じ日に起こる確率は、限りなく低いはずだ。青田さんがデスクのうえにある履歴書をぱらぱらとめくっていった。

「あれ、この書類どうしたんですか。まだ破棄処分の時期じゃないですよね」

おれはすがるように青田さんを見つめた。

「破棄処分になる期間って、どれくらいですか」

「普通は一年たったら、捨てるようにしてます。ここのフロントも狭いから」

ここで糸が切れてしまったら、おれは池袋署に駆けこんで吉岡になにもかもぶちまけるしかなくなるだろう。そう決心していると、青田さんがおっとりといった。

「ミノリさんにいわれて、電子化はしてますよ。最近も三カ月分たまったから、スキャンしたはずだけど」

　飛び跳ねたいくらいうれしかったが、おれは気もちを抑えていった。

「そのファイル見せてもらえますか」

　青田さんがデスクに向かった。パソコンの画面を切り替えていった。

「副社長、いいですよね」

「うん、いいわ」

　サンタフェがコンプライアンスのゆるい会社でよかった。こんなときに個人情報保護なんていわれたら、トラブルシューターもあがったりだ。探していたファイル名は清掃係履歴書（6）だった。九月分のファイルのなかに、清水峰子《みねこ》と太田川小春《こはる》のものが見つかった。おれはまずスマートフォンで画面を拡大して撮影した。

　青田さんの肩越しに、履歴書の内容を読んでいく。住所はふたりとも西池袋二丁目。番地まで同じだ。清木荘。アパートかハイツの名前だろう。家族の欄を見た。清水峰子六十二歳は配偶者はなしで、息子がひとり。名前は幸利《ゆきとし》三十九歳。太田川小春六十四歳も配偶者はなし。子どもは男がふたり。和己《かずみ》四十一歳と和弘《かずひろ》三十八歳、ふたりとも同居している。息子たち三人の職業は書かれていなかった。

　そこまではおれも冷静だった。だが、職歴を見て驚愕し、それから恐ろしくなった。

清水と太田川の二名は、ずっとラブホテルの清掃係を続けてきたらしい。これまで働いてきたホテル名が連記されていた。

ホテル・ジュリアス
ハートイン
アモーレス
シルバースターズ

それは夏から始まったラブホ強盗とまったく同じ順番だった。ミノリもきっとこれを見たのだ。そして、たぶん清水か太田川のどちらかに、きいてはいけないことをきいてしまった。今はどこにいるのかわからなくなっている。

おれはミノリのおふくろさんにいった。

「今夜はもう帰らせてもらっていいですか。さすがに昨日の今日だと、強盗団もくるはずないし、うちの店のほうもいそがしいんで。あっそうそう、面倒くさいかもしれないけど、ミノリさんの友達に連絡とってみてもらえませんか。なんだかおかしな予感がするんです」

怪訝《けげん》そうな顔をしたが、おふくろさんはやってみるといってくれた。おれは裏口から路上にでるとすぐにスマートフォンを抜いた。選んだのは池袋のキング・タカシの番号だ。日曜日の夜、王様はなにをしているのだろうか。

おれはそのまま夜を駆けて、ウエストゲートパークに向かった。

いきなり呼びだされても、キングの声は安定の冷たさだった。

「西池袋二丁目のアパートに若い女が監禁されている恐れがある。そこがたぶん北口のラブホ強盗のアジトでもある。すぐに救出しなければ、たぶん女の身に危険が迫っている。そういうことでいいんだな」

皮肉な王様。ウエストゲートパーク脇の劇場通りにはボルボの大型ＳＵＶとアメリカ製の巨大なワンボックスカーが停車していた。タカシは秋のニューモードで歩道に降り立っている。カントリーチェックのたっぷりしたブルゾンとワイドパンツ。どちらも似たようなアースカラーだ。

「ああ、おれにもそこまでしかわからない。これくらいの証拠じゃ、池袋署も動いてくれないし、ミノリの身が危ういのは確かだ。あいつはメール一本で仕事を投げだして、どこかにいっちまうタイプじゃない。やつらは四件の荒稼ぎで、数百万の現金をもっている。高跳びするかもしれないし、その場合足手まといがどうされるか、わからない」

　ミノリが殺される、あるいは処分されるとは、口にだせなかった。おれから送られた履歴書をタカシは、タブレットで確認していた。周囲をとりまく黒ずくめのGボーイズにいった。

「よし、とりあえずこの住所にいってみよう。今回は作戦計画を立てる時間はない。でたとこ勝負になるが、気を引き締めてかかるぞ。敵の得物《えもの》は特殊警棒、あとはせいぜいナイフくらいだろう」

　おれはタカシの隣に乗りこんだ。革シートのいい匂いがする。三十分前にはこんな急展開になるとは想像もしていなかった。

「面識があるから、おれが最初に部屋にいってきいてみる」

　そういうおれの顔はこわばっていたかもしれない。できることなら、おふくろさんに送られたメールの通り、ミノリがディズニーランドにでも友達といっていてくれたらいいのだが。けれど希望がそのままかなうようなやさしい場所では、この世界も池袋もないのだ。

清木荘は二階建ての古いアパートだった。部屋数はちょうど十室。軽量鉄骨の安い造りで、建物の横手に白線で仕切られた駐車場がついていた。日曜の夜なので、ほとんど自動車で埋まっている。

運転手ふたりを残し、おれたちは駐車場のクルマの陰に集合した。おれとタカシのほかに六名。黒いブルゾンのうえには、黒の防刃《ぼうじん》ベストを重ねている。おれはアパートを見あげていった。

「二階の一番奥が太田川、奥から三番目が清水の部屋だ。おれがインターフォンで話して、なんとか扉を開けさせる。ミノリの気配がしたら、合図するから一気にきてくれ。敵の数はたぶん三名だ」

階段したには、ひとり配置した。Gボーイズもおれも誰も逃がすつもりはない。おれが鉄の階段を静かにあがると、音もなくタカシと精鋭がついてくる。時刻はもうすぐ日曜の真夜中十二時だ。外廊下には洗濯機がおいてある。

明かりのついた窓に向かい、清水の表札を確認した。深呼吸をして、インターフォンを押す。なかなか返事はなかった。三度目で室内ではーいと女の声がきこえた。おれは声を張った。

「夜分遅くすみません。サンタフェで働いている真島です。ミノリさんのゆくえがわからなくて、家族のかたが困っています。あの、ちょっとお話をさせてもらえませんか」

ドアは開かなかった。その代わり、玄関脇の窓が薄く開いて、清掃係のとがった鼻先がのぞいた。目を細めているので、感情は読めない。

「なにいってるんだい。あたしはもうサンタフェは辞めたんだ。お嬢さんのことなんか、知るもんか。ご近所の迷惑だから、とっとと帰ってくれ」

「すみません、でもメールひとつでミノリさんが消えてしまったんです」

おれは時間を稼ぎながら、室内の様子を探っていた。人の気配がする。それも複数。清水には息子がひとりだったはずだ。

「うるさい。いいから帰れ」

ひどくいらだっている。いっしょに働いていた人間が消えたのに、同情のかけらもない。おれはかまをかけることにした。

「ミノリさんはいなくなる前に、おれに電話してくれたんです。なんだか気がついたことがある。うちに怪しい人がいるかもしれないって」

急に清水は気弱になった。

「……なんだって」

もうひと押しだった。おれはエサの情報を投げてやる。

「サンタフェの内部に怪しい人間がいる。これから書類を調べてみるって。今はまだなんの証拠も見つかりませんが、明日にでも警察にいって話をしてみるつもりです」

「ちょっと待っておくれ」

初老の女が室内に消えていった。タカシは隣の部屋の洗濯機の陰に隠れている。おれにOKサインを送ってきた。しばらくして、今度は玄関のドア越しに声がした。

「その話をきいたのは、あんただけなのかい」

犯罪をおこなった者はいつだって不安なのだろう。不用意なひと言を漏らすものだ。

「はい、おれにだけ電話をくれました」

おれはドアの前に立っていた。外廊下を十月の真夜中の冷たい風が吹く。おれは清水のばあさんが玄関扉を開けるのを予想していた。だが、つぎの瞬間、爆発的にスチール扉が開き、なかから目だし帽をかぶった黒いジャージの男が飛びだしてきた。おれの手首をつかむと、低く叫んだ。

「おとなしくしろ。こっちにこい」

右手は特殊警棒を振りあげている。合図を送ろうとしたが、その必要もなかった。おれに見えたのは、手袋をつけたタカシの右の拳《こぶし》だけ。視界を右から左に稲妻のように走り、目だし帽の顎の横を打ち抜いた。男はおれの手首をつかんだまま倒れていくので、おれまでひざをつきそうになった。

　おれの横をタカシを先頭に、Gボーイズが狭い1LDKになだれこんでいく。残された目だし帽の男ふたりは短い乱戦のあと、突撃隊の精鋭たちに制圧された。無理もない。ひとりにつき三人がかりなのだ。

　おれはスニーカーをはいたまま、奥の寝室にむかった。ガラスの引き戸の向こうに清水と太田川のふたりが立ち尽くしている。ベッドのうえではミノリがうしろ手に縛られ転がされていた。猿轡《さるぐつわ》をされたまま叫んでいる。目は泣き腫《は》らし、頬を涙の跡が走っていた。よほど恐ろしかったのだろう。口のタオルと手の拘束をほどいてやった。

「マコトくん、殺されると思ったよ。怖かったー」

　おれにしがみついてくる。髪は乱れていたが、ミノリはいい匂いがした。清掃係ふたりも拘束バンドでうしろ手に縛りあげた。男たちは足首も縛ってある。タカシが命じた。

「探せ」

　Gボーイズが室内の捜索を開始した。狭い部屋のなかだ。天袋から金がはいった西武デパートの紙袋が見つかるのはすぐだった。タカシは紙袋を逆さにすると現金を、男たちのうえにばら撒いた。

「警察に通報させろ」

　別のGボーイがウエストゲートパーク近くの公衆電話に待機していた。西池袋二丁目の清木荘で男が刺された。救急車とパトカーを早く。そこは監視カメラに映らない電話ボックスで、声が録音されてもほんのひと言だけだから問題ないだろう。

おれはミノリを助け起こした。タカシは低くいう。

「撤収だ。なにも残すな」

Gボーイズの精鋭たちは薄手の手袋をしていた。おれたちはきたときと同様、風のようにアパートの階段を音もなくおりていった。タカシがいった。

「全員の靴を回収して、処分させろ。足跡も有力な証拠になる」

おれの汚れたナイキのスニーカーを見てから、自分の足元に目をやった。やつのはマルタンマルジェラのハイカットの白革バスケットシューズだ。めずらしくキングの声に体温がのぞいた。

「ああ、まだ二週間もはいてないのにな」

おれはミノリといっしょにSUVの後部座席に乗りこんでいた。キングにいう。

「おれがネットで高く売ってやろうか」

「犯人たちが逮捕された現場に残された足跡の靴だぞ。そんな面倒なものを人に売れるか」

タカシは氷のように冷たいが、案外商売人としては良心的なのである。二台のクルマは西池袋から、ミノリの家のある北口の先のマンションに向かった。駅から歩いて十分くらいの距離で、造りが豪勢だった。きっと億ションなのだろう。

「このお礼は必ずするね。マコトくんにも、Gボーイズのみなさんにも」

真夜中の一時近く、ミノリはオートロックを抜けて消えていった。


池袋の街は翌日から大騒ぎになった。

通報を受けた地元の交番の巡査が、ラブホ強盗を逮捕するという大手柄を立てたのだ。刑事課からも、おれのところに話をききにきた。おれはあらかじめきめておいた通りの話を何回も繰り返した。

犯人の心当たりがついたというミノリが心配になって捜しにいった。清掃係が怪しいといっていたのはミノリである。履歴書はフロントで見せてもらった。友達といっしょにアパートにいって、話しあいでミノリを解放してもらった。あとのことは知らないが、友達のひとりが警察に通報したようだ。その友達が誰であるかは、警察に話したくない。友達も、もちろんこのおれも法にふれるようなことは、なにもしていない。警察署でのおれは、堂々としたものだった。まあガキの頃から取り調べ室には慣れているからな。

池袋署をでるとき、吉岡がおれのところにやってきた。肩を叩いていう。

「タカシによろしくな。だけどマコトも冷たいな。そんないいネタがあったなら、おれに電話してくれてもいいだろうが。長いつきあいなんだから」

髪は薄いが気のいい刑事に、おれはいった。

「サンタフェで会ったときには、ほんとになにもわからなかったんだ。今回の事件を解決したのは、あそこのフロントにいたおれの同級生だ。表彰するなら、あの子にしてくれ。おれはそういうのいらないから」

警察の入口の階段をおりるおれの背中に、やつがいった。

「おふくろさんに今度、映画でも観にいこうといっといてくれ」

おれは吉岡を完全に無視した。なにせやつがうちのおふくろを、映画デートに直接誘える訳がない。吉岡は犯罪者には強いが、女にはからきし勇気がないのだ。

空

ミノリとは秋から冬にかけて、何度かデートをすることになった。映画も観にいったよ。アメコミヒーローものじゃないハリウッド映画だ。おれたちは同じ街で育った気のあう友人になったが、その先にはすすめなかった。まあ、そういうものだ。

小《こ》春日《はるび》和《より》のウエストゲートパークで池袋のキングにその話をすると、やつは真顔でいった。

「サンタフェはいいホテルだよな。清潔感があって、センスもいい。マコトがあそこのオーナー一族になれなくて残念だが、おれとしてはいきつけのラブホがなくならなくてよかった。おまえが働いていたら、二度とつかえないからな」

ベンチに座ったおれとタカシのあいだを、冷たい秋風が抜けていく。

「おまえまだラブホとかいってるのか」

タカシは王様の鷹揚《おうよう》さでうなずいてみせる。

「ラブホは日本の発明だ。マコトもいけるうちにいっておいたほうがいいぞ。あれは消えゆく日本文化のひとつだからな」

まったく乱れた王様だった。だがラブホテルというのが、この国独特のセックスカルチャーのひとつであるのは確かだ。おれは指を折って、世界に誇る日本のラブホに誘える女を数えようとしたが、最初の人さし指で挫折した。クリスマスまでに絶対にいい女を探そう。おれは固く決心した。そうでないと、ミノリにもらったサンタフェの無料回数券が無駄になるからな。

おれたち人間はすこしも進歩しないのに、詐欺の手口だけは毎シーズン進化してるよな。

おれおれ詐欺なんて、もうかわいいもの。今じゃ詐欺役は出来の悪い息子だけでなく、警官、弁護士、暴力団、街金、銀行の窓口係、役所の住民担当とあらゆる職種に広がっている。なかには仕事にあぶれた元恋人なんて、新しい変化球もある。狙われるのも年寄りばかりではないのだ。今回カモにされたのは、普通なら詐欺集団も避ける若い女たちである。

まだこの形の特殊詐欺はニュースにもなっていないから、あんたも姉貴や妹に注意するようにいっといたほうがいいよ。もうすぐクリスマスを控え、街のにぎやかさに反比例して、男のいない女たちの心はますます淋しくなっている。凍える北風とイブのデー

バースデイコールの甘い罠

ト情報に踊らされ、新型詐欺にもはまりやすくなるのだ。

考えてみると、おれたちは原子力発電所の制御システムより複雑で長大なＯＳを積んだ新型スマートフォンをつまらないことにばかり使っている。一番多く検索するのは最近話題の若い女優の違法薬物事件についてなのだ。山のような量の芸能ジャンクニュースを貼りだす掲示板と、新手《あらて》の詐欺のプラットフォームとして、スマホ以上の道具はない。

もともとおれはスマートフォンなんて嫌いだったのだが、そんな人間でさえもう手放せなくなっている。小説・マンガ・新聞・テレビ・映画館、おまけにカメラや文房具を兼ねた唯一の存在で、すべてがひとつになったトータルメディアにしてツールなのだ。本を読む時間なんてほとんどゼロのくせに、現代の日本人がネット動画に費やす時間は一日平均八十四分なのだとか。毎日長篇映画一本を見続けているのと同じだ。

おれはそろそろ廃刀令のように、スマートフォン禁止令がだされてもおかしくないと思うのだが、そんな空気は世のなかには一ミリもないみたいだ。おれたちはこれからも、ガラスのちいさな板を一枚もって、荒野のような世界を生き延びていくしかないのだろう。

くれぐれもいっておくが、誕生日に見知らぬ番号からかかってくる意味不明のバースデイコールにでたらいけないよ。そいつは甘ったるくあんたの下の名前をささやくかもしれない。あんたがよく覚えていない昔の恋人の振りをするかもしれない。それがやつらが張る罠《わな》の入口なのだ。

淋しさに負けて、何度も電話で男と話すうちに罠の鋭い刃先は、あんたのか弱い乙女心にくいこむだろう。心を奪えば、金を奪うのも簡単だ。クリスマスには火と詐欺に用心してくれ。


その夜おれはＧボーイズが経営するレゲエクラブ「ラスタ・ラブ」にいた。もう誰だか忘れてしまったチームのヘッドの誕生日パーティがあったのだ。この十二月一番の冷えこみの夜だったから、いつものおれなら絶対に街になどでないのだが、きっとクリスマスが近づいて心が弱っていたのだろう。ひとりで過ごすのにこれほど罪悪感を覚える時期はない。

カウンターにもたれ、ラム＆コークをのんでいるおれに、顔は見たことあるが名前をしらないＧボーイが声をかけてきた。ベースとドラムの轟音に負けない叫び声だ。

「あっ兄貴、たのしんでもらってますか。やっぱりマコトさんはカッケえな。おれにも街のトラブルの解消法教えてくださいよ」

黒いパーカーの首筋には星だか、蝶だかよくわからないタトゥーが半分のぞいている。かなり酔っていた。ＩＱは七十から八十というところ。

「ああ、おまえがもうすこし本を読めるようになったらな」

「えー、本って紙の本ですか。おれもうスマホしか見ないからな、紙の本なんて十年くらい読んでないっすよ」

神さま、こいつを無知の罪で地獄に落とさないでください。そんなことをされたら、池袋のストリートをうろついているガキは、ほとんど地獄落ちになる。

「紙の本を読まないと馬鹿になるぞ。将来、自分の子どもに馬鹿にされるの嫌だろ」

「そんなガキはぶんなぐって根性叩き直してやりますから」

でかい拳骨をあげてみせた。指には南京錠《なんきんじょう》のようなゴールドの指輪。こんなのでなぐったら、子どもの頬骨は一発で陥没骨折だ。おれはあとでまたといって、カウンターを離れ、店の奥に移動した。手すりにもたれ、踊っているガキを見おろす。「ラスタ・ラブ」は二階建てで、ダンスフロアを見おろすバーラウンジが一階にある。

「ちょっといいかな」

今度はすこしきつそうな女の声だった。振りむくと、強い視線とぶつかった。なかなか美人だ。髪は金髪のショートボブで、タイトなジーンズに半袖の白Ｔシャツとジージャンを着ている。昔の青春スターのような格好だ。

「いいけど、初めて見る顔だな」

街の裏と表を見続けてきたおれは警戒心が強い。普通の逆ナンパだと、単純に信じられないのだ。

「片瀬《かたせ》桂里奈《かりな》、サンシャイン60通りのアメカジの店で働いてるんだ」

簡潔な自己紹介だった。さっきのGボーイよりはIQが高そうだ。もしかしたら、ほんとうに独り身のクリスマスを嫌う女が声をかけてきたのかもしれない。

「へえ、おれは真島誠。西一番街の果物屋で働いている」

カリナがおれの隣で、手すりにもたれた。レゲエのバックビートにあわせて、海藻のように身体を揺らしている男女を眺めている。

「みんな、馬鹿みたいだね。名前はしってるよ。池袋では有名人だもの」

口元がとがっていた。きっと仕事でなにか嫌なことでもあったのだろう。ちいさなアパレルショップでは、給料の未払いとか強制的な服の買いとりとかも多いのだ。

「へえ、あまり悪い噂じゃないといいな。誰かときてるのか」

男がいないか探りをいれたつもりだ。おれも成人男子だからな。

「ううん、ひとりできた。ねえ、マコトさん、ちょっと店の外にでない？　ここじゃ、うるさくてゆっくり話もできないよ」

おれの心臓がどきりと二回おおきく弾んだ。店外デートの誘いだ。クリスマスのイルミネーションがきらきらと光をこぼす副都心の夜、なにが始まるか想像はあんたにまかせるよ。

カリナは顔がちいさな割には、意外と背が高く百七十センチ近くあった。

おれはカウンターにグラスをおいて、彼女のゆっくりと左右に揺れる腰骨を見ながら、喧騒《けんそう》のレゲエクラブを出た。人の身体にはなぜこんなに魅力的なリズムが隠れているのだろうか。自然は偉大な振付師だ。


ロマンチックな目論見《もくろみ》は通りにでると、すぐにくじけた。気温は三度くらい。もうすこしで水たまりが凍りつく温度だ。

「どうする？　どこかのバーにでもいこうか」

しりあったばかりの男女の会話ってむずかしいよな。どうしても探りさぐりになる。

襟がボアになったオーバーサイズのボマージャケットを着たカリナは、前をかきあわせていった。

「わたし、アルコール駄目なんだ。お茶のほうがいい」

それでおれたちは深夜でもやっているコーヒーショップを目指して、冷蔵庫よりも冷えこんだ池袋の夜の底を歩いていった。最近の池袋は終電近くになると、街を歩く人間の数が田舎の温泉街みたいにすくなくなる。消費税のアップ以降、じりじり景気も沈んでいるみたいだ。不思議なことだが、こんなときにはスマホで読んだジャンクニュースが役に立つ。どんな情報にもつかいどころがあるということか。

真夜中近く、おれたちが入ったのはサンシャイン60通り沿いのビルにあるワイファイ完備のカフェだった。やけにクッションがふわふわした窓際のソファ席。店内のほとんどは埋まり、テーブルの七割でノートパソコンが開かれていた。みんなこんな時間にカフェで、動画配信かゲームをたのしんでいるのだ。

カフェのなかは妙に蒸し暑かった。エアコンって、暑いか寒いかしかないよな。ちょうどいい体感温度というのは設定にない。おれは長袖、カリナは半袖Tでカフェオレを頼んだ。つつましいけれど、形のよさげな胸をしている。腕は細くてきれいだ。

「申し訳ないんだけど、わたしはその気でマコトさんを誘ったんじゃないんだよね」

おれのテンションは内心ダダさがり。だが、おれも大人なので、まったくこたえてない振りをする。

「そうか、そんなことだと思っていたよ。で、カリナのトラブルってなんなんだ？」

おれの都会風のルックスに目がくらんだのでなければ、またもお決まりのトラブルシューティングの仕事だろう。上目づかいで笑って、カリナがいった。

「ごめんね。思わせぶりなことをして、連れだしちゃって。でも、あそこのクラブはうるさすぎたから」

まったく傷ついていない顔でおれはいう。

「いいんだ。慣れてる。さっさと本題に入ってくれ」

カリナは急に真顔になった。

「マコトさん、バースデイコール詐欺ってきいたことある？」

バースデイコール詐欺？

おれはさまざまな特殊詐欺について、それなりの知識があるつもりだ。高校生の頃、池袋の現キングといっしょに危うくかけ子にされそうになったこともある。潜入捜査みたいなもんだけど。だが、そんなおれでも初めてきく言葉だった。

「いや、しらない」

ホットのカフェオレをひと口すすって、カリナがいう。

「わたしには六歳うえのお姉ちゃんがいるんだ。芙美奈《ふみな》っていうの。今二十九歳」

ということはカリナは二十三だ。ちょうど大人になり始める年齢だった。

「お姉ちゃんの誕生日は六月七日。で、わたしの誕生日はちょうど半年ずれた十二月七日なんだ。めずらしいでしょ」

困った話だった。四十人のクラスに同じ誕生日の人間がいる確率は、九十パーセント近いというのが確率論では証明済み。

「そのお姉ちゃんになにかあったんだ？」

カリナは窓の外に視線をそらした。凍えつきそうな街を、酔っぱらいが夜のクラゲのように駅にむかって流れていく。ネオンサインは明るい分だけ淋しかった。いつもの年の瀬の池袋の光景だ。

「うちはお母さんが早く離婚して、女手ひとつでわたしたち姉妹を育ててくれたの」

「離婚の原因は女かな」

ふっとため息をついて、カリナは笑った。

「わたしの経験ではダメ男って、どこかひとつがダメじゃなくて、豪華なラーメンみたいなぜんぶのせなんだよね。女と借金とＤＶ、おまけに仕事が長続きしない」

父親がダメだと、娘は強くなるということか。カリナはダメ男に容赦ない。

「お母さんは一生懸命に働いてくれたけど、それでもお金は足りなかった。わたしが四年制の大学にいくには、お姉ちゃんから助けてもらわないと無理だったんだ」

おれは工業高校卒だ。カリナはこんな格好をしているのに、四大を卒業しているのか。

「ほんとなら、大学にいくのはお姉ちゃんのはずだった。わたしよりもダンゼン成績優秀だったし、勉強が好きだったから。でも、お姉ちゃんの受験のとき、うちにはお金がぜんぜんなくて」

豊かな国ニッポンの半面の真実だった。頭ではよくある話だと割り切れるが、心ではそうはいかない。

「お姉ちゃんはすごくがんばって働いてくれて、大学まで卒業させてくれた。自分のためにはぜんぜんお金をかけないんだ。コートもバッグもひとつだけ。何年も冬は同じ格好でとおしてね」

おれはきかなくてもいいことを質問した。

「せっかく大学まで出たのに、大企業には就職しなかったんだ?」

「うん。お母さんにもお姉ちゃんにも大反対されたよ。でも、わたしはファッションが好きだったから、いつか自分の店をもちたかったんだ。それならおおきな会社に入るより、いきなり現場に出て働いたほうが近道だと思って。わがままだけど、卒業後は好きなようにさせてもらった」

それで今は池袋のマヌカンか。確かに大企業の正社員だけが生きる道じゃない。おれのしってるこの街のガキにはその手の立派なビジネスマンなどひとりもいなかった。

「それで、カリナの立派な姉ちゃんになにかがあったんだな」

カリナはおれをきっとにらみつけた。

「そういういいかたはやめてくれない。わたしにはひとりだけの最高のお姉ちゃんなんだから。悪いやつにだまされてたとしてもね」

「わかったよ。誕生日電話の詐欺について、できるだけ詳しく話してくれ」

おれはスマートフォンを抜くと、ひやりと冷たいガラステーブルのうえにおいた。録音モードにして、椅子の背に身体をあずける。窓の外では池袋の闇がどんどん深まっていった。


「最初にお姉ちゃんに電話があったのは、六月七日の夕方だった。お姉ちゃんは埼玉の信用金庫で働いているんだけど、その日は番号非通知の着信が十件以上もあったんだって」

非通知のしつこい着信か。それだけなら怪しいけれど、誕生日だと話は違ってくる。

「初めは相手にしなかったんだけど、何度目かでこんなにかけてくるのなら、昔の友達がスマホを新しくしたのかなって、考え直したみたい。十何度目かの電話にでたのは夜十時過ぎだった」

「相手はなんていったんだ？」

カリナが吐き捨てるようにいった。

「誕生日おめでとう、芙美奈。男の声で、ぬけぬけとそういったんだって。きき覚えのない声だから、お姉ちゃんは『あなたはどなたですか』ってきき返した」

続きはだいたい想像がつく。嘘をつくなら徹底的につくしかない。仕事なら、なおさら。

「なんだよ、冷たいなあ、おれのこと忘れちゃったのか。それより最近どうしてるんだよ。その男はそんなことをいったんだって。お姉ちゃん、ここ何年かボーイフレンドもいなかったから、よくわからない相手だし嘘くさいところもあったんだけど、話しているのがだんだん楽しくなってしまったっていってた」

「おれおれ詐欺の元カレ版か」

おれはあきれていった。悪知恵が働くやつはどこにでもいるものだ。

「そうみたい。いきなり下の名前を呼ぶなんて、ふざけてるよね。失礼しちゃう」

日本では個人情報はダダ漏れになっている。学校の卒業アルバムの市場もあるし、生年月日と氏名くらいは安全だと考えて、怪しげなサイトの登録なんかも気軽にやってしまう。その最低限の情報を頼りに、誕生日というイベントで揺れる女心にくらいつくのだ。詐欺は人の心のメカニズムをよく知る者にしかできない。

「その形だと、いきなり金は引っ張れないよな」

おれおれ詐欺も最近は振込型ではなく、家まで受け子が集金にいくパターンのほうが増えている。だが電話をとったのが夜では銀行は開いていないし、友達の振りをしてもその場の電話で金を払う女はいないだろう。

カリナは腹を立てているようで、冷たい水をのんでいった。

「バースデイコール詐欺は一度の電話では決めないんだよ。あいつ、お姉ちゃんにそれからひと月半毎日電話をかけてきたんだ。それで三十分も、一時間も話すんだよ。気のありそうな調子でさ。ほんとに憎らしいよ」

エサを撒くためにひと月半も電話をかけ続ける用意周到な詐欺か。この不景気で特殊詐欺の世界でも長時間労働があたりまえなのかもしれない。

「フミナもだんだんと……その、相手の男に気を許すようになっていったんだな。初めて会ったのはいつなんだ」

カリナは投げやりにいう。

「七月の後半だったみたい。相手の男の名は大野《おおの》慎吾《しんご》。でも、店では柴田《しばた》勝家《かついえ》なんだって」

　意味がわからない。戦国武将の源氏名《げんじな》をもつ男か。おれの表情を読んでカリナがいった。

「東池袋にある和風ホストクラブで働いていたんだよ。店の名前は『落花流水』。その店では、みんな武将の名をつけられるんだって」

　イケメンに変身する日本刀がオタク女子のあいだで大ブームだというから、ホストの名前が今川氏真《いまがわうじざね》でも蒲生《がもう》氏郷《うじさと》でもありなのかもしれない。まあ、いまやほとんどのガキがオタクなのだ。

「その先はわかったよ。フミナはホストクラブにはまって、借金がかさんでる。どうにかならないかって話だよな」

　その手の相談なら嫌というほど受けてきた。悪質な手口ではめられたなら、どこかにトンズラしてしまえばいい。見知らぬ街か海外で一年も遊んでいれば、ホストもあきらめるだろう。だが、埼玉の信用金庫は辞めなければいけないし、友達との連絡もとれなくなる。

　カリナは静かに首を横に振った。

「違うんだ。シンゴはなかなかお姉ちゃんを店には連れていかなかった。本気の振りをしたんだよ。お姉ちゃんが将来の結婚資金のために、ずっと貯金をしていたっていうのを、きいていたのかもしれない」

おれにはまた話の筋が読めなくなった。どんな手をつかって、虎の子の結婚資金を引きだしたのだろうか。ホストが自分のクラブで貢がせる以外にできる手を考えてみる。いくらでもありそうだが、決め手に欠ける。男が女から金を引っ張る手なんて、星の数ほどあるからな。

まあ、逆のパターンのほうが数は多いのだろうが。

おれが正解にたどり着くより早く、カリナが話してくれた。

「お姉ちゃんが呼びだされていってみると、そこにはシンゴとあとふたりの男の人がいたんだって。ひとりは店長の織田信長で、もうひとりは佐々孫介とかいってた」

「さっさまごすけ？」

「そうだけど、マコトさんしってるの」

「ああ、最近戦国もののゲームをしててさ。マゴスケは織田家の武将で、小豆坂七本槍《あずきざかしちほんやり》のひとりなんだ」

ちょっと興奮してしまった。名前からでもマゴスケが店長の腹心であることがわかるよな。ゲームもやっておくものだ。

「で、店長はシンゴをどうしたんだ」

「マゴスケのほうがひどくなぐったんだって。顔は店に出るからなぐられなかったけど、お腹や足や肩をめちゃくちゃになぐったらしい。店長はとめたらしいけど」

好きになった男が目のまえで痛めつけられる。相手はホストクラブの上司で、警察を呼ぶことも訴えることもできない。よくできた筋書きだった。

「お姉ちゃんは泣きながら、あいだに割ってはいって、いっしょに頭をさげて謝ったっていってた。なんでもシンゴのお客の風俗嬢がすごい額の売掛金を飛ばして、どこかに消えちゃった。それで穴埋めの責任はシンゴにあるって」

ふう、おれはため息をひとつ。ぬるくなったカフェオレをのむ。おれは砂糖を入れる派だ。スプーン一杯半。

「ぜんぶ嘘だよな」

カリナがしおれた花のように肩を落とした。

「そうかもしれない。でも、お姉ちゃんはつぎの日、シンゴに大切な結婚資金から、三百万円をおろして手渡した。それくらいじゃ、売掛金の穴を埋めることはできなかったんだけど」

おれは池袋の街の裏側のトラブルを嫌になるほど見ているので、確信をもって断言できた。

「その話も嘘だな。シンゴをなぐったのは、姉ちゃんをおびえさせ、話を信じこませるためだし、実際には飛んだ風俗嬢も、巨額の売掛金も存在しないさ」

暴力を見慣れていない人間のまえでなら、適当になぐった振りもなぐられた振りも簡単だろう。傷ついたようにカリナはいう。

「やっぱりそうだよね」

おれは自信満々でいった。

「最近、シンゴからの電話はすくなくなってるだろ。バースデイコール詐欺の第一弾はうまくはめられちまったな。でも、気をつけたほうがいいぞ。その手のやつはお代わりが大好きなんだ」

薄暗いレゲエクラブでは強く光っていたカリナの目が幼く見えた。薄い涙の膜が張っている。

「お代わり?」

「一度うまくはまった客を、やつらが逃がすはずがないだろ」

「うちのお姉ちゃんをどうするつもりなの」

学費を出してもらったという妹のまえでは口にしにくいことってあるよな。でも、しかたない。ロマンチックな詐欺の被害者にも現実を見てもらわないとね。

「たとえばだけど、まだ売掛金が回収できない。このままじゃ店長に殺される。お願いだ、助けてくれ。すぐ金になるいい働き口を紹介する。頼む、おれのために働いてくれ。まあ、仕事先って、だいたいは風俗なんだけど」

カリナが真夜中のネットカフェで席を立った。ノートパソコンを見ていた客が驚いて見あげている。

「お姉ちゃんを風俗に売るってこと！」

「まあまあ、落ち着けよ。そんなことはさせないから」

白いTシャツの胸が勢いよく上下していた。カリナの目はつりあがっている。

「そんなやつら、わたしがぶっ殺してやる」

「わかったから、座ってくれ」

おれはウエイターを呼んで、カリナにあたたかなロイヤルミルクティを注文してやった。落ち着かせないと、このまま「落花流水」とかいう和風ホストクラブに討ち入りしかねなかった。

七尺の素槍《すやり》をもったカリナを想像してみる。戦国時代の鎧《よろい》の代わりは、現代の労働着ジーンズの上下だ。背が高いから、案外様になっているかもしれない。

両手で熱々のミルクティのカップをもって、カリナがなかをのぞきこんでいる。すこし気分は落ち着いたようだった。

「わたし、もうひとつ話さなきゃならないことがあったんだ」

過去形なのだ。もう起きてしまった残念なこととはなんだろう。

「あのね、お姉ちゃんとはちょうど半年誕生日がずれているっていったよね。十二月七日、わたしのところにも電話があったんだ」

おれはあやうく椅子から転げ落ちそうになった。

「まさか……シンゴからか。だけど、もう一週間以上たってるよな」

「うん、あいつ毎日電話かけてきてるよ。今は泳がしてるんだけど、この先どうしたらいいのかわからなくて、マコトさんに相談してみたかった」

おれは手をあげてカリナをとめ、あせっていった。

「ちょっと待って。カリナがフミナの妹だって、バレてないのか」

あっけらかんとしてやんちゃな妹がいった。

「そうだね。わが家は複雑で、お姉ちゃんとわたしは父親が別で、苗字も違うんだ。たぶんシンゴはぜんぜん気づいてないと思う」

　そういうことか。姉貴をはめたバースデイコール詐欺師が、半年後妹のほうに詐欺の電話をかけてくる。今度は敵の手口もわかっているし、こちらの番だ。おれはゆっくりといった。

「やっとカリナがなにを相談したいのか、わかったよ。それにしてもシンゴのやつは、なかなかのやり手だな。たぶん名簿をもとに、毎日この街に住む誰かに誕生日おめでとうの電話をかけてるんだな」

　またひとつ池袋に生まれた摩訶不思議な新ビジネスだった。カリナがバシンとテーブルを叩いて叫んだ。

「ふざけたやつだよ。お姉ちゃんの心を弄《もてあそ》んだのと同じ口で、わたしのことも好きだとかいうんだよ。ほんとに殺してやりたい」

　シンゴはホストとしてはあまり腕がよくないのかもしれない。バースデイコールを数十本かけ続けるのは、たいへんな労力だ。ナンバーワンのホストなら、そんな面倒な仕事はしないだろう。だが、そのうち一本でもうまくつなぐことができるなら、数百万の儲けになる。月に一本しか女をはめられなくとも、利益率は抜群。経費は電話代と底辺ホストの時間だけだからな。

録音中のおれのスマートフォンで、緑のインジケーターが点滅していた。池袋のキング・安藤崇《あんどうたかし》からの着信だ。おれは録音をとめ、カリナにいった。

「悪いな、友人からの電話だ。すぐにすむ」

タカシの声は東京の北風より乾いて冷たかった。

「ラスタ・ラブにきていたそうだな」

まえおきも挨拶もしない王様。きっと王国の諜報部員から報告を受けたのだろう。

「ああ、そうだけど」

「バックグラウンドノイズがするな。どこかのカフェにいるのか」

やたらと勘の鋭いところが昔からタカシにはあった。

「ああ、深夜営業のカフェだ」

ふふふと冷凍庫から流れ落ちる冷気のような笑い声が耳元できこえた。

「おまえが背の高い若い女といっしょにラスタ・ラブを出たのを見たやつがいる。今、話してもだいじょうぶか。まずい場面なら、またかけ直すが」

おれにとっては池袋も、東京のおおいなる田舎だった。なにをしても、おれの行動はつつ抜けになってしまう。おれはちらりとカリナに目をやった。彼女は夜の窓のほうをむいて、両手でロイヤルミルクティをのんでいる。女ってまつ毛が長いよな。

「だいじょうぶだ」

「じゃあ、手短にすませる。ターゲットは東池袋のホストクラブ……」

おれはすかさずいってやった。

「『落花流水』だよな。店長の源氏名はノブナガ」

かすかにキングが動揺した。朝の薄い氷にひびが走るくらい。実に気分がよかった。

「なぜ、しっている?」

「バースデイコール詐欺だろ。おまえは変に気を回しているようだが、おれがクラブを抜けたのは、仕事の話をきくためだ。彼女は目のまえで紅茶をのんでるよ」

タカシが「落花流水」を放置できないと決めたのだとしたら、おれのしらないこの街の一角でバースデイコール詐欺がずいぶんと被害を生んでいるはずだった。ということはあと何カ月かすると、マスコミでも騒ぎになる。若い女を狙った新型の特殊詐欺として。タカシの声は東京上空一万メートルの空気くらい冷えている。

「そうか。Gガールも何人か、誕生日の電話に引っかかっている。風俗に売られた者もいる。やつらの好きなようにはさせておけない。マコト、おれからの依頼だ。本気で動いてくれ」

おれはカリナを視界の隅にいれながら返事をした。真冬に半袖Tシャツ一枚の血気盛んな女。

「わかった。まかせてくれ」

「マコトの目のまえにも被害者がいるんだな。そっちの情報と突きあわせをしたい。明日にでもウエストゲートパークで会わないか」

おかしい。池袋のキングが、そんなに急にアポをとるなんていつもの様子ではなかった。

「なにかあったのか」

タカシの声が日本から北極にひと飛びしたほど、急に冷えこんだ。

「ああ、売られたGガールがひとり、手首を切った。今夜だ。命はとりとめたようだ」

言葉がなかった。おれの声はキングとは逆に、ひどく熱をもっていたと思う。

「わかった。クリスマスまでにきれいに片をつける。『落花流水』を徹底的に潰してやろうぜ」

おれの台詞《せりふ》をきいたカリナがカップをおいて、無言でVサインを送ってくる。タカシの声は笑みをふくんで、低く凍りついている。

「マコトのことだ。今年もクリスマスはひとりなんだろ。ホストクラブ潰しに成功したら、特別ボーナスをやるよ」

電話はきたときと同じように突然切れた。おれはテーブルの向かいに座るカリナを見て、考えていた。さて、バースデイコール詐欺の全貌とホストクラブの関与をどう調べたらいいのだろうか。おれの仕事は情報を探り、人の関係を洗いだすこと。実力行使はタカシとＧボーイズにまかせておけばいい。

おれはスマートフォンを再び録音モードにセットした。

「フミナ姉ちゃんの仇《かたき》はとってやる。シンゴが電話で話したこと、なんでもいいから詳しく教えてくれ」

腕のＧショックを見た。まだ深夜一時にはなっていない。今夜は長くなりそうだ。

それからおれはバースデイコール詐欺の話を、さらに三十分ほどきいた。カリナのスマートフォンが鳴ったのは、深夜一時すこし前だ。ワイファイカフェではあちこちで、キーボードを叩く音が風の強い日の葉ずれのように鳴っている。真夜中のデジタルノイズ。おれはいった。

「シンゴか？」

カリナはガラステーブルで震える薄い板に目をやった。おれは着信モードのディスプレイをちらりと見た。シンゴ＝柴田勝家。いやはやホストクラブの源氏名も進化したものだ。カリナがうなずいていった。

「出たほうがいいかな」

「ああ、なるべく話を引き延ばしてくれ」

おれは近くのソファに注目した。一番近い席の男はイヤフォンをつけて、ネットゲームに熱中している。

「スピーカーモードにして、スマホをテーブルの真んなかに」

カリナが操作すると薄いガラス板から二枚目風の声がした。最近は裏と表のないやつが増えたよな。シンゴの声はホスト役の声優のような軽薄な調子。

「今夜は冷えるな、カリナ、今どうしてる？」

日本中で毎日一千万件はかかってくる今なにしてるコールだった。おれたちはテーブルに身を乗りだして、スマホの音をきいていた。額と額がくっつきそうだ。カリナが目を丸くした。気をとり直していう。

「お友達の誕生パーティから抜けだして、近くのカフェでお茶してるよ。ロイヤルミルクティのんでる」

シンゴの声が急に不安げになった。

「男といっしょじゃないよな」

恋人の振りをして、わざとらしく嫉妬《しっと》してみせる。女がよろこぶとでも思っているのだろう。演技がうまいものだ。カリナは肩をすくめていった。

「違うよ。女友達だけ。今夜は『ラスタ・ラブ』にいったんだけど、ラムをのみ過ぎた酔っぱらいのナンパがうるさくて、早めに引きあげたんだ」

「『ラスタ・ラブ』ってGボーイズの店だろ。あんなあぶないやつらには近づかないほうがいいぞ」

ホストクラブを拠点に特殊詐欺の網をはる男がいう、もっともな忠告だった。まあ、世間のGボーイズへの評価も、シンゴとそうは変わらないのだけれど。

「それよりこんな時間にどうしたの」

「どうせ明日は遅番なんだろ。冷たいことをいうなよ」

シンゴはカリナの出勤予定がわかっているようだ。当然、店の名前も場所も把握済みだろう。よくない情報漏洩《ろうえい》。

「そんなことよりお家の一大事なんだ」

またも演技がかった声。カリナは調子をあわせ、あしらった。

「なによ、シンゴはいつもおおげさなんだから」

「いや、今回はほんとのほんとに一大事。前から話してたよな。おれの一番の太客だったジュリアが飛んじまった」

きた。シンゴが罠を閉じ始めた。

カリナが目を見開いて、おれを見つめた。六歳年上の姉・フミナをはめたのとまったく同じ手口。やつらは懲《こ》りもせずに同じ技を使いまわしている。ひとつ深呼吸をしたのは、怒りを抑えていたのかもしれない。

「ジュリアって風俗の人だったよね？」

おれは自分のスマートフォンを確認した。ばっちり録音中。

「そうだ、池袋北口のヘルス『ぬき袋ノースゲート』のナンバーワンだ。ジュリアのやつ、顔はそう美人でもないんだが、テクニック抜群で人気だったらしい。あんな女、カリナの足元にも及ばないよ。やっぱりおまえが最高」

詐欺のカモをもちあげるのも忘れない。手元にバースデイコール詐欺のマニュアルでもあるのだろうか。カリナも役者だった。ふくみ笑いをしていう。

「風俗嬢と比べないでくれる」

「まあ、そんなことはどうでもいいや。問題はジュリアが半年分のおれの売掛金四百万を一円も払わずに、どっかにトンズラしたことなんだよ」

姉のフミナが渡したのは確か三百万ではなかっただろうか。金額を吊りあげてきたということか。カリナとおれの視線ががちりと音を立てるように、テーブルのうえでぶつかった。シンゴはいよいよ詐欺師の姿をあらわにしてきた。演技に熱がはいり、声が震えだす。

「一月いっぱいで売掛金を店に納めないと、おれは『落花流水』をクビになるだけでなく、ノブナガさんに殺されちまうよ。あの人、ほんとおっかないんだ。なあ、カリナ、なんとかならないか」

カリナの目の色が変わった。おれは両手をあげて抑えようとしたが、被害者の妹は叫んだ。

「そんなお金、どこにもないよ！」

おれはてのひらをゆっくりとさげた。音程がさがるところを歌う歌手みたい。目に怒りの色を浮かべたまま、カリナはうなずいてみせる。シンゴの声はまだ震えていた。

「いや、だから全額すぐに貸してくれなんていってるわけじゃない。すこしでも援助してもらえたら、ほんとに助かるし、恩に着るからさあ」

震えていた声が突然、二枚目役にもどった。

「そしたら、おれたちの将来のこともちゃんと考えるから。おれだって一生ホストでいいとは思ってない。いつかはきちんとした仕事に就かなきゃいけないと反省してるんだ。

でも、カリナに出会う前までは、踏ん切りがつかなかった。おまえがおれを変えてくれたんだ。ほんとに感謝してる。ありがとな」

映画ならクライマックス直前の台詞だった。チンピラが抗争の出がけにこんなことをいうようでは、次のシーンで殺されるのは決定的だけどな。おれはテーブルの紙ナプキンにボールペンを走らせた。

［シンゴと何回会った？］

カリナが指を三本立てた。

［身体の関係は？］

今度はおれのほうを殺すような視線でにらんでくる。おれの手からペンを奪うと、なぐり書きした。

［あるはずない！　バカなの!!］

まだ三度しか会ったことのない女に、いきなり金の無心をしてくる。フミナのときはもっと仕掛けがゆっくりだったはずだ。シンゴの側にもなにか急ぎの理由があるのだろうか。おれは両手を広げる仕草をして、もっと通話時間を引き延ばすように伝えた。カリナがいった。

「だけど四百万円は大金だよね。一年分の給料だもん」

「そうなんだよ。ノブナガさんは、おれの客の管理が悪いから、飛ばれちまうんだって、やかましくてさ」

尻を叩くのは、特殊詐欺のノルマ達成のためだろう。架空の風俗嬢の売掛金のためではないはずだ。ノブナガがぐるなのは、まず間違いない。

「それでシンゴはどうするつもりなの」

またホストの声が震えだした。

「今度の火曜、ノブナガさんと話をすることになってるんだ。そっちも休みで悪いんだけど、カリナもつきあってくれないか。おれの覚悟を見せるためにさ」

ホストの覚悟？　おれには意味がわからないが、シンゴの世界ではそれで説得力があるのだろう。カリナがおれに首をかしげてみせた。ノブナガに会いにいったほうがいいの？　おれはうなずいてやった。

「……うん、わかった」

小躍りしそうな声でシンゴは叫んだ。

「やったぁー、ありがとな、カリナ。これでおれの男が立つよ。惚れた女といっしょに力をあわせてがんばって、絶対に金は一円残らず返す。ノブナガさんにはそういってやるよ。全部おまえのおかげだ。ありがとな、カリナ。おまえはほんとにいい女だな」

歯の浮くような言葉の見本だよな。ホスト語を新種の方言として登録したほうがいいのかもしれない。なんでもできるおれだけど、ひとつだけできないことがあった。それはおまえを悲しませることだ、とかなんとか。女たちは心のない言葉が大好物だ。

　カリナの声は冷めている。

「わたしたちつきあってるんだから、当然だよ。シンゴ、がんばってね」

　こちらは超絶棒読み台詞。だが、最初の罠にうまく乗ってくれたので、シンゴはまるで気づかないようだった。おれはまた引き延ばしのゼスチャーを送った。

「そうだ、シンゴはクリスマスどうするの」

「クリスマスは店の書きいれ時だ。おれは仕事」

　罠に落としたらもう用はないのだろう。シンゴはそっけない。

「じゃあ、切るな」

「わかった、シンゴ、バイバイ」


　今度はおれのほうが目を丸くする番。

「いつもこんな感じの会話なのか」

　カリナはそっけなくいう。

「いつもいつもだよ。もう一週間以上になる。吐きそう」

ホストクラブの店長との面会まで、あと四日あった。さて、どうするか。カリナが不安そうにいった。

「わたしはこれからどうすればいい？」

おれにもまだわからない。なにせ今、カリナから話をきいたばかりなのだ。だが、名トラブルシューターたるもの迷っている姿は見せられなかった。

「シンゴの電話につきあって、なるべく情報を引きだしてくれ。おれのほうでも裏の情報を探ってみる」

タカシから正式に依頼されているので、あちこちのネットワークを使えるはずだった。なぜかおれには池袋の風俗に詳しい友人が多い。思いだしてカリナにいった。

「さっきGボーイズからきいたんだ。あのチームのメンバーの女が、『落花流水』にはめられて、身ぐるみはがされたそうだ」

「その人はだいじょうぶなの」

おれは深夜のワイファイカフェから、サンシャイン60通りの路上を見おろした。今年は人出がすくない。淋しいメインストリート。

「いや、手首を切ったらしい」

口元を押さえてカリナが悲鳴を押し殺した。

「まあ……」

「命は助かったけどな」

カリナは声を抑えていう。

「シンゴのやつ、いつかぶっ飛ばしてやる」

「そいつはおれとGボーイズにまかせろ。今度やつをはめてやるのは、こっちだからな。忘れるなよ」

カリナが目に炎を灯《とも》してうなずいた。なぜだろうか、怒ってる女ってきれいだよな。


カリナとはグリーン大通りで別れた。タクシーを見送って、おれは終電が発車したあとの駅前をとおり過ぎ、地下道を抜けて西口にもどった。寒さのせいか酔っぱらいの数はすくなく、へたくそなギターの弾き語りも立っていなかった。増税後の静かな十二月だ。

自分の部屋に着いたのは深夜二時近く。妙に目が冴えて、なにかバースデイコールに関係のあるクラシックを探してみた。意外なことにスティービー・ワンダーの『ハッピー・バースデイ』のような定番曲はない。あれこれ探して、クララ・シューマンが夫のロベルト・シューマンの誕生日に贈ったピアノ曲を見つけた。ダンナが書いた曲のテーマを元にした『シューマンの主題による変奏曲』だ。この曲を贈られて一年もしないうちにロベルトの精神は変調を来《きた》し、家族はばらばらになってしまう。よろこばしい誕生日の先にはなにが待つか、誰にもわからないのだ。もの悲しいバリエーション。

おれは東池袋にあるというホストクラブ「落花流水」のサイトをスマートフォンで見ながら眠りについた。髪を金色に染め、化粧をした二十人ばかりの若い男たち。クララの淋しい変奏曲。とんでもない悪夢を見るかと思ったが、夢などひとつも見なかった。

ぱさぱさに乾いた時代。

「このコーヒーうまいだろ」

池袋で長期王政を敷くキング・タカシは今年流行りの肩が落ちたビッグシルエットのダッフルコートを着ていた。冬になると白ばかりなのは雪の妖精だからかもしれない。ホワイトコーデで、パンツもセーターもハイカットのバスケットシューズも純白。おれも紙コップからひと口のんでみた。確かにうまいが、砂糖もミルクもはいっていない。

「こいつ甘くないな」

「文句をいわずにのめ。うちのやつに清澄白河《きよすみしらかわ》まで買いにいかせたコーヒーだ」

下町のカフェの名所か。おれたちはウエストゲートパークに新しくできた巨大なグローバルリングのしたを歩いていた。かつての円形広場は中央に舞台がつくられ、野外劇場としてリフォームされたのだ。街は放っておいても新しくなる。人の愚かさに変わりはないけどな。うしろにはふたりのGボーイが護衛としてついていた。

「手首を切ったGガールはだいじょうぶなのか」

タカシの声は真冬の鉄橋ほど白く冷えこんだ。

「ああ、命に別状はないが、周りのやつはたいへんだ」

タカシは歩きながら右手をあげた。

「キーチ、こい」

キーチは貴一か紀一か基一だろうか。ぜんぜん名前とは関係のないストリートネームかもしれないが。黒いパーカー男がおれの前で直立不動になる。フードをかぶった男の目は、陰に隠れて見えなかった。

「そのGガールの兄だ。今回の件をまかせている。マコトの好きなように使え」

キーチはフードをおろすと、おれに四十五度のお辞儀をした。

「よろしくお願いします、マコトさん。前から一度組んでみたかったんで、ご指導のほどお頼み申します」

格好はラッパーだが、どこかの組の若衆みたいだ。

「こっちこそ、よろしく。妹さんにも誕生日の電話があったのか」

キーチの顔色が変わった。

「はい、ホスト野郎から電話がありました。それでシズカのやつうまく丸めこまれたみたいで」

キーチの拳が硬く握られている。手の甲にはなぜかボルトとナットのタトゥー。こいつも工業高校出身だろうか。

「その電話、シンゴいや柴田勝家からなのか」

「いえ、妹には斎藤道三《さいとうどうさん》からみたいです」

サイトで見た髪をプラチナブロンドの坊主刈りにしたホストの顔を思いだした。

「あーあいつか。『落花流水』は店ぐるみでバースデイコール詐欺を展開してるみたいだな。タカシ、あの店には面倒なバックとかついてないか」

どこかのマル暴の系列ということも、ありえなくはない。池袋には百を超える大中小の暴力団事務所があるのだ。タカシの声は霜を練りこんだように白く硬い。

「ああ、バックの心配はない。まあやつらのうしろにどんな組織が絡んでいても、叩き潰すのは同じだがな」

普段は冷静な王様が怒っていた。金儲けの仕事では凍りついた水たまりみたいに静かなんだが、身内の誰かに手を出されると見ているこちらが震えるほど怖い男になるやつだった。それは高校時代からすこしも変わらない。

「マコト、『落花流水』を叩き潰す絵を描け。プランが決まれば、Gボーイズが決行する」

おれが手淹《い》れのネルドリップコーヒーをのみ終わる前に、キングは護衛たちと去っていった。


店には帰らずに、その足で東池袋のデニーズに向かった。ゼロワンはあい変わらず窓際のボックス席を、北東京一のハッカー事務所にしている。考えてみるとノマドワーカーの走りかもしれない。冬のよく晴れた空のした、駅の反対側まで散歩をするのは頭のなかの考えをまとめるにはちょうどいい十五分だった。

スキンヘッドのあちこちが肌のしたに埋めこんだインプラントで、でこぼこにとがっている。ゼロワンは会うたびにピアスかインプラントが増えるのだ。先客がいたようで、おれはゼロワンの後頭部を眺めながら、隣のテーブルで待った。めずらしいことに客は若い女。なにかを熱心に話しながら、ハンカチを握り締めている。泣くのか、この女。ゼロワンはまったく表情を変えないが、内心でうんざりしているのがわかった。

やけにフリルの多いスカートをはいた三十手前の女がいってしまうと、ゼロワンがおれに声をかけてきた。

「笑うなよ、マコト。今笑ったら仕事は絶対受けないからな」

おれは自分のコーヒーカップをもって、ゼロワンのボックス席に滑りこんだ。まださっきの女の体温でビニールレザーの座面があたたかい。

「あんな普通そうな女が、ゼロワンに依頼なんてめずらしいな」

しゅーしゅーとガス漏れみたいな声で、ゼロワンは顔をひきつらせる。笑っているのだ。

「そんなことはない。女たちはおれのところをデジタル興信所として頼ってくる。数はすくなくないぞ」

「なにを調べるんだよ」

「最近のやつらはSNSで出会うことが多いだろ。だから相手の身元がわからなくて不安なのさ。おれはこいつで……」

二台開いたノートパソコンを親指で示す。ガラス玉みたいに深い目。

「相手の男の生年月日、住所、電話番号、スマートフォンのキャリアと契約、クレジットカード番号と使用履歴、それに卒業した小中高校や職歴、親の名前や住所なんかを調べあげる」

驚いた。デジタルのうえでは、おれたちに秘密はないということか。

「それがぜんぶパソコンでわかるんだ」

「ああ、探す場所と探す方法を知っていればな。時間がない。おまえの用件を話せ」

おれは自分のスマートフォンをゼロワンの前に滑らせた。画面には「落花流水」のサイトが映っている。

「そこの男たち全員の個人情報を洗ってほしい。二十人ばかりいるはずだ。けっこうでかい仕事だろ」

だぶだぶのトレーニングスーツのなかで、ゼロワンの腕が動いた。キャストの一覧を呼びだしているのだろう。おれにスマートフォンを投げてよこした。あぶないやつ。なんとかキャッチする。

「いや、そうでもないな。ホストどもの半数の情報なら、もうあちこちの女から依頼を受けて確定済みだ。そこの訳のわからない名前のホストクラブはなにをやらかしたんだ。池袋中の女たちが身元確認を求めてくるぞ」

おれは深くため息をついた。目に見えないところで、そんなに被害が広がっていたのか。女たちは被害者だが、警察に届けるのに二の足を踏む気もちもわからないわけじゃない。おれはバースデイコール詐欺の話を手短にしてやった。ゼロワンが喘息《ぜんそく》患者の空《から》咳《ぜき》のような笑い声をあげた。

「そんな愉快なやつらがいるのか。ノブナガにカツイエにドウサン。『戦国無双』の世界だな。世のなかは狂ってる」

「おれもそう思うよ」

うなずくしかできない真実ってあるよな。武将好きな若い女たち。

「あと十人すこしか、三十六時間くれ。結果はおまえのスマートフォンに送る。あとタカシのところにも必要だな」

「なんでわかる？」

ゼロワンがおれを蔑《さげす》むような目で見た。

「おれのデジタル興信所は最低ランクの個人情報の確定で、ひとり分十万からだ。タカシがバックにいなければ、おまえが手を出せるはずがないだろ。仕事をする、さあ帰れ」

ぐうの音《ね》もでない。いつかゼロワンのコーヒーカップに塩をたっぷりいれてやる。

「そうだ、もうひとつ。『落花流水』のフロアの図面を手にいれられるか」

ゼロワンはにやりと笑った。

「誰にものを頼んでる？　まかせておけ」

肝心のホストクラブにはＧボーイズの監視態勢が敷かれ、個人情報はゼロワンがネットをそうざらいしてくれることになった。おれの仕事はカリナのフォローと突入プランの策定だ。おれはクララの変奏曲をききながら、あれこれと頭を悩ませた。だいたい高卒のおれの頭が緻密にできているはずがない。だからいつも同じことを百回も千回も考え続けることになる。でも人間の頭脳って不思議だよな。どんな難問もどこかに必ず突破口が見つかるようにできているのだ。まあ、クリスマスを目前に控えても、まるで計画なんて立ってはいないのだけれど。

カリナから電話があったのは、おれが店番をしているときだった。十二月にずれこんだ「小春日和」の午後のことである。

「あっ、マコトさん……」

なぜか言葉に詰まっている。これは告白的なためらいだろうか。おれは二枚目の声でいった。

「どうした、カリナ。明日のことか。場所は決まってるんだよな。なにか変更があったとかかな」

カリナの声にはまだためらいが残っている。

「ううん、場所は同じマルイケの屋上駐車場だよ」

マルイケは板橋の商店街にある地元の大型スーパーだ。おれとキーチがカリナをガードするため、張りこむことになっている。そのキーチはリンゴを店先に並べていた。青い王林《おうりん》に、赤いサンふじ。なかなか優秀な店番。

「じゃあ、なんだよ」

「……すごくいいにくいんだけど、うちのお姉ちゃんがまだシンゴのこと好きみたいなんだよね」

絶句した。六歳年下の妹の声は蚊が鳴くように細くなった。

絶句した。フミナは虎の子の結婚資金三百万を奪われても、まだあのホストに気があるのか。六歳年下の妹の声は蚊が鳴くように細くなった。

「あのね……お姉ちゃん……二十九歳で……シンゴが初めての、相手だったみたい」

今度ためらうのはおれの番。

「……そうかあ。それじゃあ、わからないこともないな。姉さん、悪い男にはまったな」

身体で仕事を獲るのもやつらの仕事。キーチが手をとめて、おれを見ている。

「それで相談というのは、わたしがシンゴに会っているところを、スマートフォンでいいから撮影してくれないかなってことなんだ。それを見せたら、さすがのお姉ちゃんでも目が覚めると思うの」

太客に逃げられて、売掛金に穴を開けた。おそらくそのあとノブナガの手下になぐられるデモンストレーションがあるのだろう。姉のときとまったく同じ手口だった。

「確かにな。了解した。おれたちでなんとかしてみるよ」

通話を切った。おれはキーチに動画撮影の件を報告した。なぜかやつの顔が赤黒くなる。憤怒《ふんぬ》。キーチがかみ締めた歯の隙間から漏らした。

「うちの妹シズカも、ドウサンのやつにやられたよ。初めての男だったらしい。無理やりテキーラのまされてな」

おれは手首を切ったキーチの妹のことを考えた。手首を横にではなく縦に裂いた傷は深く、骨まで届いていたという。まだ入院中だ。

「おまえの妹いくつなんだ」

「十七」

未成年に酒をのませて、処女と金を奪う。「落花流水」に火をつけてやろうかな。

ノブナガとの待ちあわせは午後五時。

十二月のこの時間は西の夕焼けも消えて、ただ紺色の寒空が広がるだけ。眼下に板橋の商店街の明かりがひとすじ光の川のように流れている。おれとキーチは屋上駐車場のエレベーターの近くで、ダットサンのトラックのなかに座っていた。

目の前を黒いメルセデスのゲレンデヴァーゲンが走り過ぎていく。ゼロワンに教えられたナンバーだった。メルセデスは他にクルマのいない屋上の隅に走っていく。そこでは冷たい北風のなかシンゴとカリナが立っていた。

　肉眼で見るシンゴは意外なほど太っていた。ホストクラブの宣材写真はパソコンで頬に影をつけ修整していたのかもしれない。黒いレザーに穴あきジーンズ。腰からは太いウォレットチェーンがさがっている。おれはキーチにいった。

「他のクルマの陰から、おれが撮影する。おまえはカリナになにかあったら、動いてくれ。といっても突入するんじゃないぞ。大声を出して人を呼ぶだけで、やつらは逃げるはずだ」

「了解っす」

　ぎゅっとボルトのタトゥーがはいった拳を握り締める。だいじょうぶか、こいつ。おれたちは屋上駐車場の隅に中腰で近づいていった。話し声はきこえない。十五メートルほどまで距離を詰める。黒いアルファードのうしろにまわり、おれはスマートフォンで動画撮影を始めた。最近のスマホの望遠はすごいよな。きれいな金の長髪でやけに色白のノブナガと腹心の七本槍マゴスケが正面にはっきりと映っている。マゴスケはかわいい名前とは異なり身長百九十ちかくある巨漢だった。十二月なのにペラペラのTシャツ一枚。こいつもホストなのか。世界は広い。

　背中を向けているのは、カリナとシンゴ。シンゴは腕を広げわざとらしく弁明をしている。ノブナガが軽くうなずくと、いきなりマゴスケがシンゴの太腿《ふともも》に蹴りをいれた。腿を押さえて身体を曲げたシンゴの腹に右のボディフック。シンゴはそのまましゃがみこんでしまう。カリナは口を押さえて震えていた。マゴスケのパンチはとまらなかった。シンゴはパンチングボール扱い。商売ものの顔だけは避けて、楽しげに左右のフックを振る。こいつのパンチ力はタカシより上かもしれない。体重は五十キロは違うはずだ。だが、きれいなストレートは打てないようだった。得意なのは力まかせの大振りフックだけ。

おれの隣でキーチがいった。

「やつら、けっこうやりますね。とても芝居には見えないっす」

やはりシンゴは店ではお荷物なのかもしれない。すくなくとも売れっ子ホストではないのだろう。ノブナガに土下座して謝っている。マゴスケの暴力の嵐がやんだ。ノブナガと七本槍は黒いゲレンデヴァーゲンにもどっていく。おれは動画撮影をとめた。

「おれたちもいこう」

キーチとおれはダットサンに乗りこんだ。地面に近い空にひとつだけ明るい星が見えた。おれは星の名は知らない。駐車場のスロープをおりながらいった。

「やつらをはめるには、証言ができるだけたくさん必要だ。キーチの妹さんにも手伝ってもらえるかな。今、タカシのところで『落花流水』の詐欺にあった女たちを集めているんだ」

キーチは正面を向いたまま、おれと視線をあわせようとしなかった。

「シズカは未成年だし、勘弁してもらえませんか」

決意は固そうだった。無理強いはできない。

「わかった。十七歳じゃ厳しいよな。さっきの映像、おまえのスマホにも送っておくな」

キングにも同じ動画を送った。カリナの姉貴が目を覚ましてくれるといいんだけれど。

おれたちはそのまま夕方で渋滞する板橋の商店街を抜けて、池袋に帰った。


その日の夜、おれはやらせのリンチ動画をカリナに送ったあと、電話ですこし話した。

あれからシンゴはさすがに凹《へこ》んでいたようで、足を引きずりながらタクシーで帰っていったという。

「まあ、いい気味だったけどね。最後のほうはすこしあいつがかわいそうになったよ」

芝居だとわかっていても目の前で激しい暴力を見せつけられると、人の思考は停止してしまうものだ。信用金庫に勤めるカリナの姉貴には劇薬だったことだろう。金を出さなければ、シンゴは殺される。そう信じこんだのかもしれない。

「明日の夕方、お姉ちゃんに会ってくる。この動画は送るんじゃなくて、直接見せてくるよ。シンゴの裏の顔もぜんぶ話してくるつもり」

「わかった。でも、気をつけろよ。さっきの男見ただろ」

おれはマゴスケのことを考えていた。和風ホストクラブにもあんな武闘派がいるのだ。

「落花流水」を軽く見ないほうがいい。

「うん、わかってる。マコトさん、ありがとね。これできっとお姉ちゃんも現実をみられるようになるよ」

現実はいつも厳しいんだけどな。カリナからすれば、姉を救うことだけが目的だった。これで一件落着というつもりなのかもしれない。おれとタカシにはあの詐欺クラブを潰すという、もうひとつの目標がある。まだ仕事の途中だ。

「おやすみ、カリナ。うまくいくといいな」

「おやすみなさい、マコトさん。わたし、なにかお礼がしたいな。クリスマスイブはどうしてるの？」

イブのスケジュールをきかれた。何年ぶりのことか。

「ヒマしてるよ」

「じゃあ、お礼になにかご馳走させて」

わかったとそっけなくいって、電話を切った。おれは四畳半のＣＤラックから大好きなバッハの『クリスマス・オラトリオ』を出して、プレイヤーにかけた。カンタータの三曲目は素敵な合唱。今ヤコブの家から星があらわれ、その光が輝き始める。

いやあ、クリスマスって最高だよな。


翌日、タカシのボルボがうちの店の前に停まった。やつはわざわざ小山のようなＲＶをおりてきて、おれのおふくろに挨拶する。手土産は西武のデパ地下で買った高級かまぼこの詰めあわせだった。なぜか正月が近くなると一本二千円もするかまぼこが出まわるよな。おれは三百円くらいのほうがうまいと思うけど。

「タカシくんはいつも気が利くねえ。マコトと違っておしゃれだし、こいつにファッションを教えてやっておくれよ」

笑顔のおふくろにおれはいってやった。

「いっておくけど、おれだってタカシに負けないくらいモテるからな。今年のイブなんか、大忙しだ」

　タカシは冷凍庫についた温度計でも確認するようにおれを冷たく見ている。

「マコト、乗ってくれ」

　キングに続いておれが乗りこむと、RVはゆっくりと池袋駅の周辺を流し始めた。西口五差路から劇場通りへ。クリスマスリースがどの街灯にもさがっている。

「もう十分、証言は集まっている。ゼロワンから店の図面も届いた。突入はいつでもいいぞ、マコト」

　おれは窓の外を眺めていた。ベストのタイミングはどこだろう。とおりすがりのドラッグストアで、ダニー・ハサウェイの『ディス・クリスマス』が流れていた。アイディアがひらめく。思いついたのは自分なのに気がすすまない。しかたない。トラブルシューターがおれの仕事だ。

「ホストクラブにとっては、クリスマスイブが書きいれ時だそうだ。よほどの事情がなければ、全員出店してる。『落花流水』は八時オープンだから、その直前がいいんじゃないかな。ちなみに開店一時間前から店長ノブナガを中心に御前会議を開くらしいよ」

　すべてシンゴがカリナに話した情報だった。おれもただ遊んでいた訳ではない。タカシの氷がわずかに溶けだした。ご機嫌。

「御前会議にGボーイズが乗りこむのか。イブのミーティングめちゃくちゃにしてやれるな」

荒事《あらごと》が好きな王様。

「マコト、夜七時『落花流水』におまえも顔だせ」

ああ、人気者はつらい。カリナとキングから指名が重複した。忙しいときって、なぜか用件が同じ日に集中するよな。おれたち平民にはうーんとヒマか、うーんと忙しいか、どちらかしかないのかもしれない。

あとは数日間、クリスマスがくるのを待つだけ。

のんびり店番をしながら、カリナの誘いを上手に断る口実を考えればいいと、おれは愚かにも考えていた。あい変わらず店番にやってくるキーチと、王林やサンふじやイチゴのパックを売りながら。空は曇っているが、案外あたたかな師走《しわす》の一日、そんなふうに過ごすのも悪くないよな。だが、甘い予想はいつも裏切られるのだ。

カリナから悲鳴のような電話があったのは、昼過ぎのことだった。おれが店先のガードレールに腰かけ、甘い缶コーヒーをのんでいたときだ。手淹れの高級品よりうまいよな。

「マコトさん、お姉ちゃんがやばい！」

「ちょっと待て、落ち着いて話すんだ」

カリナはもう泣き声になっていた。

「昨日の夜、あの動画を見せたんだ。でも、信じてくれなくて。すごくシンゴがなぐられていたでしょう。だから、ノブナガたちに脅されて無理やり女の子をだます役をやらされているに違いないっていってたの」

善人は地上に生きる人間が、誰でも自分と同じように善人であることを期待する。池袋のジャングルじゃあ、最悪の期待に終わることが多いんだけどな。

「それで、なにがやばいんだ？」

「どうしよう、マコトさん。心配になって、さっき信用金庫に電話してみたの」

嫌な展開になってきた。おれの目の前を高校生のカップルがいちゃつきながらとおり過ぎた。蹴とばしてやろうかな。

「そしたら、今日は病欠ですって。昨日は元気だったのに。携帯のほうにかけても、ぜんぜん出てくれないの。お姉ちゃん、どこにいっちゃったのかな」

どこにもなにもない。フミナはシンゴに会いにいったに決まっている。初めての男が嘘をついているか、ノブナガの被害者なのか確かめに。

「カリナは今、どうしてる？」

「今日は遅番だから、夕方までうちにいる」

「じゃあ、クルマを出すから、そこにいろ。フミナを救出にいく」

おれはおふくろにひと声かけて、駅裏の駐車場に停めているダットサンをとりに走った。訳がわからない様子で、キーチもついてくる。うちのクルマはとうに生産を中止した旧型のピックアップトラックだが、調子はすこぶる良好だ。


ゼロワンから送ってもらったリストのなかから、シンゴの住所を見つけた。練馬区高野台三丁目。静かな住宅街だ。マンションの名は「ゴールドルネッサンス高野台」。おれたちはベンチシートに三人並んで座っていた。キーチがグレイのタイル張りのマンションを見あげていった。

「いちおうオートロックみたいですね、マコトさん。ここの５０６号か。どうしますか」

通りにクルマを停め、キャップをかぶった。荷台にあったイチゴのダンボール箱をとりあげる。おれは店のエプロンをつけ、オートロックの前に立った。部屋番号を押す。

「……はい」

暗い声だった。つい最近散々なぐられたのだから、あたりまえか。視線をカメラからずらして返事をした。

「宅配便です」

「ちょっと待って」

オートロックのガラス扉が開いた。おれはなかに入ると、しばらく戸口で留まる。数秒後キーチとカリナが自動扉を抜けた。エレベーターで五階へ。カリナがいった。

「でも、どうするの。シンゴのやつ、お姉ちゃんをすぐに返してくれるかな」

おれはキーチにいった。

「バンドもってるよな」

キーチは黙ってうなずく。バンドは結束バンドのこと。手首や足首を縛るあの半透明のプラスチックバンドだ。

ここからはすこし無茶をするしかなかった。詐欺を本業にしているグループの猜疑心《さいぎしん》は強い。なにかおかしな気配を感じたら、すぐ逃走にかかるのだ。フミナを確保するためおれたちが乗りこめば、シンゴも裏の動きを感じとるはずだった。もしかするとフミナがあの動画を妹からもらい、シンゴに見せている可能性もある。その場合は百パーセント罠だと気づかれてしまうはずだ。

エレベーターが五階で停止した。506号室はエレベーターの右から二番目の扉。

「シンゴがドアを開いたら、そのまま突入して身柄を押さえろ。おれも手伝う」

黒いフードをかぶったキーチがうなずき返してくる。

「カリナはなかが静かになったら、きてくれ。じゃあ、インターフォンを押すぞ」

おれはダンボール箱を胸に抱えて、ボタンを押した。スチールの扉の向こうで足音がして、ドアが開いた。おれとシンゴの顔の距離はほんの九十センチ。玄関には女ものの明るい茶色のパンプスが見える。シンゴの本名を口にした。

「大野さんですね、じゃあ、こちら」

ダンボール箱を手渡そうとしたとき、ドア横にしゃがみこんでいたキーチがシンゴに突進した。見事なタックルが腰にはいる。ふたりの男が狭い廊下に倒れこんでいた。おれもダンボール箱を放りだして乱戦に加わる。

ふたりがかりでシンゴをうつぶせにして、両手首と両足首を結束バンドで縛りあげた。口にはタオルを押しこんで猿轡をかませる。

「はいってきていいぞ、カリナ」

おれは暗い玄関に向かって声をかけた。ゆっくりとドアが開くと、カリナが顔をのぞかせた。縛りあげられた売れないホストはカリナの顔を見ると、釣りあげられた魚のように身体をばたつかせた。カリナはシンゴを無視して、部屋の奥にはいっていく。

「お姉ちゃん！」

フミナは妹には似ていなかった。ふくよかで丸っこい身体つき。ワンピースの胸元が乱れて下着が見えていた。頬が赤く腫れていた。シンゴに張られたか。間一髪というところ。カリナが抱きついて、姉の頭を胸に抱えて泣き始めた。

「ほんとによかった。だいじょうぶだったの」

フミナまで泣きだした。ハンガーにかかった衣装が壁中にさがる部屋で、ふたりの女が泣いている。玄関ではシンゴが芋虫のように転がされていた。カオスもいいところ。

さて、これからどうするか。おれはスマートフォンを抜いた。キングの番号を選ぶ。とりつぎが出てすぐに代わる。

「タカシ、イブまで男をひとり監禁してほしい」

さすがに池袋のキングだった。なにもいわないのに平然と受けてくれる。

「あと三日というところか。あの店のホストだよな。ひとりだけでいいのか」

「ああ、今のところはな」

ふふふと低く凍りつくように笑って、キングはいった。

「回収に向かわせる。そこの住所をいえ」

日本中のコールセンターがタカシみたいなら、ストレスがずいぶん減るんだけどな。

「フミナさん、『落花流水』はもうダメだ。あそこの店は芯《しん》から腐ってる」

おれはちいさなキッチンカウンターにもたれて、カリナの姉にいった。

「カリナもシンゴから風俗嬢の売掛金を埋めるようにせびられてるし、そっちにいるキーチは未成年の妹をはめられた。池袋中で女たちから詐欺の被害が出ている。おれたちは近いうちに、あの店を襲撃する予定だ。もうかかわらないほうがいい。シンゴはあんたが一生をかけられるような男じゃなかったんだ」

フミナは静かに涙を落とすだけだった。自分の大学進学をあきらめ、妹の学費のために働くアラサーの姉。健気《けなげ》な話だが、神様がフミナの前に最初に送ったのは、女をATMとしてしか見ていない売れないホスト。叩けば金が出てくる便利な道具だ。イケメンならまだわかるが、太めの顔面偏差値中の下では救われない。

おれはキーチを見張りに残して、カリナとフミナの姉妹をマンションから連れだし、ダットサンでカリナの部屋まで送ってやった。今夜はフミナをひとりにしないほうがいいと、こっそり伝えておいた。

これでイブまで、ほんとうに予定がなくなった。フミナの様子を見てから、「落花流水」を潰すやる気だけは百パーセントにあがっていたけれど。

イブの夕方は、曇り空でひどく冷えこんでいた。昼過ぎからぐんぐん低下して気温三度。おれとおふくろはサンタクロースの帽子をかぶり、商売に精を出していた。ホストクラブだけでなく、果物屋だって書きいれ時なのだ。ワンパック九百八十円のイチゴが一年で一番売れる日だからな。

六時半にエプロンを脱いで丸め、レジのしたに放りこんだ。

「ちょっと仕事にいってくる」

おふくろは先にぽんぽんのついたサンタの帽子をかぶったまま腕を組んだ。

「なんだよ、この忙しいときに。イブなのにデートじゃなくて、仕事なのかい」

おれの憎まれ口がうまいのは、きっとおふくろの遺伝だ。

「ああ、タカシの仕事だ。帰りにケーキ買ってくるよ」

店先に立っている黒ずくめのキーチに目配せした。Ｇボーイズの特攻服。おれたちはぶらぶらと池袋東口に向かって歩いていった。さすがにイブで、街がにぎやかだ。どこの店でもクリスマスソングを流し、通りのあちこちに立つミニスカサンタが客を呼びこんでいる。

「マコトさん、短いあいだでしたけど、お世話になりました」

キーチが歩きながら、軽く頭をさげた。礼儀正しいやつ。

「別にいいよ。おれは『落花流水』がこの街からなくなれば、それで十分だ」

思ったより穏やかな表情で、黒いパーカーの男がうなずいた。まだ二十二、三にしてはやけに落ち着いている。

「今夜のレイドが終わったら、キーチはどうするつもりだ」

レイドは手入れ。警察とかＤＥＡがドラマでよくやるやつだ。白い前歯をすべて見せてにこりと笑いやつはいった。

「さあ、そんな先のことはわかりませんよ。おれはなにも考えていないんで」

ひとつアドバイス。思慮深い人間だけが、自分はなにも考えていないという。なんでも知っている振りをするユーチューバーを、みんなも信じちゃいけないよ。


「落花流水」はサンシャイン60通りを右に曲がった路地裏の交差点の角にあった。栄第九ビルという飲食店だけがはいった雑居ビルの地下一階だ。ひとつおいた隣にはラブホテルの老舗が満室のネオンサインを光らせていた。夕方七時前からすべての部屋が埋まるのだ、聖なるイエスが生まれたクリスマスは極東では発情期である。

街の様子は普段と変わらないが、どこかぴりっと引き締まった空気が漂っていた。街角のあちこちに数人ずつGボーイズのグループがかたまり、それとなく視線をホストクラブに送っている。今回のレイドは人数が多かった。なにせ踏みこむ先のホストも二十人はいる。さっさと制圧するには二倍から三倍のマンパワーが必要だった。

おれはキーチをその場に残して、司令車に向かった。露天の駐車場には小型バスほどもあるGMCのワゴン車が停められている。護衛のGボーイズふたりにうなずくと、スライドドアから乗りこんだ。タカシはおれの顔を見ると、無関心にいった。

「ようやくきたな。今日のイチゴの売れゆきはどうだった？」

おれは空いている席に腰をおろした。前方にはヘッドフォンをつけたガキがふたり、誰かと通信している。タカシは黒に近いチャコールグレイの上下だった。腕の動きが自由になるようにコートではなく、グレイのダウンベストを着ている。モンクレール。

「悪くなかったよ」

くすりと薄氷が割れるような笑い声をあげていった。

「それはそうだろう。うちのメンバー二十人にイチゴを買いにいかせた。おふくろさんからマコトを借りる迷惑料だ」

おれは腹を立てていった。

「つまらないことに気を回すな。それよりクラブのほうはどうなってる？」

「シンゴ以外ホームページで顔が割れているホストはすべて店に入った。予定どおりだ。ほら、おまえのだ」

タカシが黒いマスクを投げてよこした。顔の下半分を覆うインフルエンザ用の紙マスク。

「非常口とエレベーターは押さえた。十九時五分、おれたちは全員で突入する。レイドの始まりだ。マコトはおれといっしょに動け」

うなずく。おれは腕のGショックを見た。あと十五分と三十秒。

なにかでかいことが起きる前の時間は、奇妙にゆったりと流れる。十五分という時間は琥珀《こはく》に閉じこめられた太古の虫のように、じりじりとなんの変化もなく流れていった。

「三分前だ。出るぞ」

タカシが氷を割るようにひと声かけると、GMCのスライドドアが一気に開いた。

続々とGボーイズが路地裏の交差点に集まってくる。全員、黒の上下に、黒マスクに、黒手袋。すでに池袋署に指紋が残されているやつも多いからな。クリスマスイブに浮かれていた通行人が驚きの顔で、黒いサンタの集団を見送っている。

タカシとおれは周囲をガードに囲まれて、栄第九ビルの正面に立った。先頭には突撃隊の精鋭がいる。おれたちは第二陣。地下に降りる階段はつるつるの白いタイル張り。手すりはゴールドで螺旋《らせん》を描いていた。壁にはサクラの花びらとモミジが舞い散る「落花流水」のロゴと、ホストの売れっ子たちの電飾パネルがついている。おれには誰がナンバーワンなのかわからなかった。みな同じ髪型で同じ化粧をしているのだ。

顔を見知った先頭のGボーイが、振りむいてタカシを見た。キングは腕時計を見て、右の拳をあげた。ルミノール・パネライ。七時五分と同時に振りおろす。

「ゴー、ゴー、ゴー！」

黒いボーイズが白い階段を駆けおりていく。あちこちで重いシンバルを叩くような金属音が鳴るのは、特殊警棒を振りだしているからだ。地下にあるのはホストクラブ一軒だけ。

「なんなんだ、おまえら」

織田家の家紋がついた白い扉の前にいたホストが叫んだ。突撃隊が三人がかりで男を床に押しつけ、結束バンドで締めあげる。扉が開くと黒い濁流が広いフロアに奔流のようになだれこんだ。

奥のブースでは半円形にホストが集合していた。立っているのはノブナガだけ。開店前の御前会議だ。おれがノブナガの驚愕の表情を見たときには、もう半数以上のＧボーイズが店内に展開していた。

店のなかは青と銀とガラスでできていた。青いベルベットのソファ、壁に張られた鏡とクロームのパネル、床はガラスで、したには白い砂が敷き詰められている。最初に反応したのはノブナガの横にいたマゴスケだった。

「なんだ、おまえら？　どこのもんだ」

キング・タカシがすいっと前に出た。笑いをふくんだ氷の声でいう。

「誰でもない。おまえらの店を、この街から消す者だ」

暴力を振るい慣れている者は、着火点が低い。獣のような叫び声をあげて、マゴスケの巨体がタカシに突進した。この男が「落花流水」の武闘派の順位一位なのだろう。マゴスケの作戦は最初はよかった。タカシの拳が届かない距離から、右の下段回し蹴りを放つ。風がうなる音。

タカシは氷のうえを滑るようにステップバックした。空振り。マゴスケはそれを予想していたようだ。うえから打ちおろすようなオーバーハンドの右フックを放とうとした。だが、タカシは一歩さがってから、今度は迷わずまっすぐにステップインした。タカシはおれが撮った動画で、マゴスケのパンチのタイミングと軌道をすでに見ている。

考えてみてほしい。二点間の距離が一番近いのは、どっちだろう。マゴスケの楕円曲線を描くのろくさいフックとタカシの直線的な神速のストレート。動くものを正確に撃ち抜くタカシの天性の素質は健在だった。

幅広のゴムバンドが弾けるような音がして、黒い拳がマゴスケの顎の先に着弾した。百九十センチ近い巨漢が右フックを振るう途中の体勢のまま、ガラスの床にまっすぐ落ちていく。肉の音。

「おーー！」

Gボーイズが腹の底から低い歓声を漏らした。ぴくりとも動かないマゴスケを突撃隊が結束バンドで縛りあげた。血の気の多い武闘派ホストが二、三人立ちあがるが、すぐに複数のGボーイズによって制圧されていく。

突撃隊の男が叫んだ。

「そのまま座っていろ。電話に近づくな。全員のスマホを回収する」

特殊警棒をもった四十人を超えるGボーイズを前に、さらに抵抗しようというホストはもういなかった。叫びだしたのはノブナガだけだ。

「なんなんだ、おまえら。こんなことをしてタダで済むと思うなよ」

だが、Gボーイズが三人無言で向かっていくと、店長兼オーナーも迷わずに自分のスマートフォンをさしだした。うしろ手に結束バンドでくくられる。こちらのノブナガも池袋で天下を獲る前に、討ちとられたのだ。思わぬ伏兵の手によって。


その店にいたホスト全員を拘束すると、タカシはひと言命じた。

「壊せ！」

そこからは四十人強の黒い悪魔が店内で荒れ狂った。特殊警棒で壁の鏡を叩き割り、ナイフでソファを引き裂き、床のガラスをブーツで踏み砕く。カウンター奥のガラス棚にあるウイスキーやブランデーのグラスを放り投げる。ワインケースを引き倒し、すべてのシャンパンボトルを打ち砕いた。地下のフロアは下戸《げこ》ならすぐに酔うくらいアルコールの匂いでいっぱいになった。バカラやリーデルのグラスもひとつ残らず砕いてしまう。

おれは茫然として、ホストクラブの店内で吹き荒れる嵐を眺めていた。

だが、おかしなことに気づいたのだ。ひとりだけ、店の器物ではなく、人を壊しているやつがいる。おれは叫んでいた。

「やめろ、キーチ」


キーチは特殊警棒を何度もプラチナブロンドのホストに振りおろしていた。妹を自殺未遂に追いこんだ斎藤道三だ。ドウサンは白いパンタロンのスーツで、フロアをのたうち回っていた。

ほんのすこし理性が残っているようだ、頭部だけは避けている。けれど全身滅多打ち。おれはキーチの背中にかじりついた。羽《は》交《が》い絞《じ》めにする。

「よせ、もう十分だろ」

キーチの胸は激しく上下している。

「やらせてくれ、マコトさん。おれはこいつを殺すと決めたんだ」

「そんなことをしても妹さんはよろこばない。こんなやつのためにムショにいくなんて、もったいないだろ」

おれたちがもみあっていると、タカシがやってきた。

「キーチ、もう十分だ。それともおれがおまえの代わりに、こいつの両膝を砕いてやろうか」

水たまりに張った氷を割る男の子のような軽い調子でキングはいった。キーチがうなずけば、即座にタカシはやるだろう。この男を杖《つえ》なしでは生涯歩けない身体にするのだ。キーチの身体から力が抜けていった。

「……いや、もういいです」

王の手をそこまでわずらわせることはできないからな。声が震えていたのは、シズカの兄もすこしだけ涙ぐんでいたせいかもしれない。タカシとおれは目を見あわせた。透明な氷を透かして響く声。

「もうすぐ十分になるな。いこうか、マコト」

タカシが右の拳をあげると、黒い嵐がぴたりと収まった。

「撤収！」「撤収！」「撤収！」

あちこちで叫び声があがり、黒い奔流は流れこんだときと同じ速さで、廃墟《はいきょ》になったホストクラブから離脱し、クリスマスイブの夜に消えていった。


こいつが年明けから池袋の話題をさらった「落花流水」レイドの真相だ。おれたちはハリウッドの大作犯罪ものとは違って手榴弾《しゅりゅうだん》を放りこんだり、鉄球を打ちつけたり、ブルドーザーを突入させたりしなかった。むこうは地下の店である。どうやって重機をいれるんだ。

イブの翌日、Gボーイズの弁護士につきそわれて、六人の女たちが池袋署で「落花流水」の詐欺事件を告訴した。キーチの妹シズカは兄の制止を静かに振り切り、告訴側のひとりに加わった。こちらのほうは新聞ネタになったから、全国のみんなも知ってるよな。

おれとタカシはクリスマスの午後、よく晴れた青空のしたウエストゲートパークで会った。やつは襟がボアになったチェックのチェスターフィールドコート。最近のファッションは倫理的であることを求められるので、高級ブランドはこぞってフェイクファーに切り替えている。なかはタートルネックのセーター、厚地のパンツともに淡いブラウンだ。この王様は何着ロングコートをもっているのだろうか。

「キーチはどうしてる?」

タカシはすこし考えていった。

「だいぶ落ち着いた。やつはドウサンを殺して、ひとりだけ自首するつもりだったようだ」

　グローバルリングに冬のやせた鳩がとまっていた。イベントが開かれていないときは、ここは誰でもゆったりとできるただの広場だ。街角のスピーカーからはクリスマスソングが果てしなく降ってくる。キーチがそんなことをしなくてよかったと心から思ったが、おれの返事はひと言だけ。

「そうか」

　タカシが含み笑いをしていった。

「そういえば、依頼主の女とはどうなった？　イブの夜にご馳走してくれるとか自慢してたよな」

　王の前では正直は美徳である。

「ドタキャンされた。バースデイコール詐欺をくらった姉貴が不安定で、しばらくついていてやりたいって」

　王は気泡をまったく浮かべない透明な氷のようにほがらかに笑った。

「今年もおまえはボッチのクリスマスだな」

　相手が王族でも断固抗議しないといけないときがある。

「おまえだって、同じだろうが」

「いや、違うな。おれは自分で選んで、ひとりで過ごしている。別にクリスマスをつらいとも思わない。マコトはそんなにがつがつしなければ、もうすこし女のほうから寄ってくるんだがな」

いつも女たちから追いかけ回されているタカシとおれを比べてみた。確かに引きの美学がおれにも必要なのかもしれない。

遠くから小走りでGボーイがやってきた。胸にリボンをかけた白い箱を抱えている。タカシはご苦労とねぎらって受けとると、おれにいう。

「マコト、昨日帰りにケーキを買って帰るの忘れただろ」

「ああ、なんでそんなことタカシが知ってるんだよ」

「今朝、おふくろさんから嘆きのメールがきた。いっしょにケーキをもっていこう。ちゃんとおまえから渡すんだぞ」

キングは無表情におれにケーキの箱をさしだした。マゴスケを一発で撃ち落としたのと同じ男とはとても思えない。優雅なキング。おれは悔しまぎれにいった。

「なあ、女たちを引き寄せる方法を他にも教えてくれないか」

昔馴染みの池袋のキングが講義を開始した。

「方法はあと七つある。マコトも覚えておくといい」

クリスマスソングが流れる冬の澄んだ空のした、おれたちはケーキの箱をもって、ウエストゲートパークから西一番街の果物屋に向かって、ゆったりと散歩を始めた。タカシが自分で編みだしたという、いい女を引き寄せる七つの方法は、今でもおれたちだけの秘密だ。

獣たちのコロシアム

なにより胸が痛くなるニュースってあるよな。

気づくと涙がこぼれ落ちている、そんな悲しい知らせだ。

おれの場合、そいつは中国発の新型ウイルスでも、どこかの国の首相のお花見会でも、アクセルとブレーキの踏み間違いによる自損事故でもなく、圧倒的に児童虐待のニュースである。

虐待された子どもが意識不明の重体であるときけば、見知らぬガキのために元気になってくれと必死に祈らずにいられない。子どもが亡くなったときけば、どこかにある天国で幸せになってくれと願わずにいられない。つぎにこっちのくだらない世界に戻ってくるときは、もうすこしましな親に当たるといいな。そんなに世のなかクズ親ばかりじゃない。おまえはたまたま運が悪かっただけだ。そのときは今回の分も、うーんと親に甘えるんだぞ（涙）。

　おれはいい年をして甘い人間なので、こいつを読んでるあんただって百パーセント同じ気もちだって確信してる。だって関係のないおれたちがあのいじめ抜かれた子どもたちのためにできることは、悔しいけれど胸を痛めて祈ることくらいしかないのだ。すべての大人の代わりに、すまなかったと謝りながら。

　今回のおれの話は、児童虐待を趣味や生きがいにしている恐るべき「虐待マニア」たち（複数どころか、かなりの多数！）を敵に回した地獄めぐりの物語。やつらのひとりはいっていた。ライオンの群れのボスが替わるとき、前のボスの子どもたちはすべて嚙《か》み殺される。それが厳しい適者生存の自然の掟《おきて》だと。ボスは自分の遺伝子を残すことしか頭にないのだ。ライオンのような肉食獣だけでなく、類人猿《るいじんえん》のある種でも子殺しは何度も観察されている。子どもらの虐待による死は、自然のなかではめずらしいことじゃない。別に感情的になるほどの問題じゃないと。

　バカをいえ。おれたち人間を動物と分ける薄い壁があるのなら、そこにはきっと子殺しの禁止や忌避《きひ》がふくまれているに違いないと、おれは確信している。おれたち人類が発展したのは、共通の文化や科学をつくりあげ、ひとりでも多くの子どもたちを助けあいながら育ててきたせいだ。だって、そいつこそ人類が地上を満たした理由だもんな。

　おれはこう見えて意外なほどポリティカル・コレクトネス（わからなきゃググってく

れ）にこだわるタイプなので、犯罪者をあいつは「人間じゃない」なんて断罪したことはほとんどない。けれど、今回おれが目のあたりにしたのは、まさに「人外《じんがい》」のケダモノばかり。

おれがそのせいでどれくらい病んだか、すこしは想像してみてくれ。児童虐待マニアのサークルに潜入捜査するのは、冷凍庫のなかに裸で閉じこめられるのと同じなのだ。数十分で心がかちかちに凍りつき、直接的な命の危機にさらされる。よい子のみんなにはおすすめしないよ。ほとんどの人間が知ることもない、ダークウェブの泥沼の、さらに底に淀《よど》んだ腐ったヘドロのなかで、やつらは息をひそめている。「人間じゃない」人間が生きるにふさわしい最低の地獄だよな。

二月に一度だけ寒気に襲われたが、今年の東京の冬は記録破りのあたたかさだった。薄手のコートと薄手のセーターで十分。分厚いダウンジャケットを着た覚えはほとんどない。きっと気候はもう壊れていて、おれたちは数世代にわたって続く崩壊のプロセスを今、生きているのだろう。

冬の終わりのぼんやりと晴れた午後、おれはいつものようにうちの果物屋で働いていた。店先には新たに仕いれた五種類のリンゴが並んでる。サンふじ、北斗《ほくと》、ジョナゴールド、王林、金星《きんせい》。最後のふたつは青リンゴだ。おれも果物屋の店番のプロなので、さすがにすこしは商品の勉強をしないといけない。スマートフォンが鳴ったのは、しゃがみこんで金星をピラミッドのように積みあげているときだった。

「もしもし、真島誠さんですか」

落ち着いた大人の声。おれの警戒レベルがすこし上昇する。おれの知りあいにはまともな大人はすくないのだ。

「そうだけど、そっちは？」

「湘南テレビの梅原《うめはら》といいます。仕事はディレクターで、今ある青年たちのドキュメンタリーを撮るために、カメラを回していまして、真島さんに頼みたいことがあるんです」

おれは青リンゴをおいて立ちあがった。

「誰におれのことをきいた？」

梅原はあせりもせずにいった。

「安藤崇さんから。以前、安藤さんに取材をしたことがあって、その縁で紹介してもらいました。なにかトラブルがあれば、真島誠というやつに話をきいてもらうといい。そんなふうにいわれていたもので」

おれは生あたたかな池袋駅西口の風景を眺めていた。都バスがゆっくりととおり過ぎていく。人もまばら。なんだか副都心というより、田舎の温泉街みたい。

「ふーん、タカシはほかになにかいってなかったか」

おれがくいついてきたと思ったのだろう。梅原の声が明るくなった。

「なぜかわからないけれど、真島さんがかかわると、事件は解決にむかって動きだす。それほど頭が切れるとも思えないが、不思議な力のあるやつだって」

正直な王様。悔しいけれど、事実を認められないほどおれの心は狭くない。

「まあ、そういうことなんだろうな」

忘れていたように地方テレビ局のディレクターがいった。

「そうだ、今回のネタならマコトは絶対に乗ってくる。安藤さんはそうもいっていました」

すこしだけ興味をひかれた。おふくろがレジの奥で腕組みをして、おれをにらんでいる。

「どういう意味だ」

「安藤さんの言葉のままでいいですか」

「ああ」

「気の毒なガキがモンスターにうんといたぶられる話なら、マコトの大好物だって。ほんとうなんですか」

おれは今まで何度か首までつかった子どもがらみのトラブルを思い返した。またもキングは正しいようだ。うなるように返事をする。

「うーん、まあな」

きっとおれのなかにはまだ十歳くらいのガキがいて、よそのガキがいじめられていると見ていられないのだろう。人間は成長しない生きものだ。

「なら、よかった。今、わたしたちが追っているのは児童虐待を趣味のように楽しんでいるネットのサークルです。まだほとんど名前は知られていません。まあ、普通の検索にかけても出てこないので、無理もないんですが」

さすがに二十一世紀。児童虐待もＳＮＳでシェアされ、自慢しあうような「ホビー」のひとつになったのだろうか。

「そのサイトの名前は？」

おふくろが長々と店先でスマートフォンで話しているおれを、冷凍ビームのような視線でにらんできた。おれは無視して背中をむけた。

「ギャクタイコロシアム。虐待は児童虐待のギャクタイではなく、逆さのギャクに、部隊のタイと書きます。裏ネットの一番深いところにある掲示板なんです。やつらはおたがいに自分がどんな手段をつかって、子どもたちをいじめ抜いているか、毎日報告しあっています」

逆隊コロシアム。おれはその名前を胸の奥に刻んだ。子どもをいたぶる親たちのモンスターＰＴＡだ。久しぶりに血が沸き立つ。

「そいつをぶっ潰すんだな。おれはどうしたらいい？」

梅原がすこし間をとっていった。

「三時に西口公園にきてもらえますか。こちらの仲間を紹介します」

ほかにも仲間がいるのか。テレビ局のディレクターがなにをするのか想像もできない。

「わかった」

とにかく話をきいてみよう。おれは青いリンゴをつかむと、また店番の仕事に戻った。

三月になってずいぶんと日が延びたようで、三時になってもウエストゲートパークの日ざしは夕方の黄金色になっていなかった。おれはグローバルリングを一周してディレクターを探したが、それらしい人間は見あたらない。

空いているベンチに座り、スマートフォンで検索をかける。逆隊コロシアム。当然、なにも引っかかってはこなかった。タカシに電話をかけようとしたところで、声をかけられた。

「真島さん」

顔をあげると数メートル離れたところで、アメリカ軍放出品の緑色のアーミージャケットを着た男が、おれに小型のビデオカメラをむけていた。おれが立ちあがろうとすると、梅原はいった。

「そのままで。もうすこしここの公園の風景を撮っておきたいので」

ぐるりと新たになったウエストゲートパークを撮影する。おれはベンチから動き、やつの背後に立った。

「おれを撮影していいなんて、ひと言もいってないぞ」

梅原はビデオカメラをさげると、笑顔でおれにいう。

「いや、すまない。つかえるかどうかはともかく、なんにでもカメラを回す癖があるんだ。真島くんにはぜひぼくのドキュメンタリーに登場してもらいたいけど、無理なら顔にモザイクをいれてもぜんぜんかまわない」

自分の顔にモザイクがかかるところを想像した。ＡＶみたいに。ぞっとするよな、普通。

そのまま帰ろうかと思ったが、待っているのは退屈な店番とおふくろのお小言《こごと》だけ。

「仲間とかいってたよな。そいつらはどこにいるんだ」

メンバーの顔を見てから断っても遅くはないだろう。梅原のカメラはおれをはずして、午後の公園を撮っている。

「すぐそこだよ。みんなにはホテルメトロポリタンのカフェで待機してもらっている。安藤くんからいろいろときいたから、真島くんがひとりで西口公園にいるところを撮影しておきたかったんだ」

なんだか変わったやつ。年齢は三十代なかば。ひげ面で、髪は天然パーマのセミロングといった感じ。

「タカシにあれこれ吹きこまれたのか。ウエストゲートパークで、おれはなにをしたことになってる？」

ビデオカメラのガラスの目がおれを正面からとらえた。ファインダー越しにディレクターがいう。

「ずいぶんといろいろだよ。ここで開かれた違法レイヴ、警官から銃が強奪された事件では、きみがこの公園でおとりになって、犯人の男が逮捕されたそうじゃないか。池袋駅の周辺では真島くんの名前を知らない者はいない、安藤くんはそういっていた」

「真島くんじゃなく、マコトでいい。おれよりタカシのほうが池袋の裏社会ではずっと有名だ。おれがすこし名を知られているのは、いいほうの半分な」

おれはカメラに笑いかけてやった。せっかくの二枚目がモザイクでぼかされてしまうが、まあいいだろう。おれはさっさとホテルメトロポリタンにむかって歩きだした。梅原はおれの背中と新しくなった公園を撮影しながらついてくる。

なんだか調子の狂うイントロだった。


東武デパートの交差点にあるエントランスから、ホテルにはいった。ガラス越しにカフェの様子が見える。すぐそばにある六人掛けのテーブルに、その三人は座っていた。やけに細い美少年とチビと重量挙げの選手みたいにバカでかい男。とげとげしい雰囲気で、分厚いガラスを貫いて、おれをにらみつけてきた。梅原はおれとカフェの三人の様子を交互に撮っていた。十分な撮れ高になったのだろう。

「さあ、いこう。あの子たちは人を簡単には信じないんだ。悪く思わないでくれ」

「ああ、だいじょうぶだ」

あの目ならGボーイズの集会で見慣れていた。社会からいつもなぐられたり蹴られたりしていると、誰でもあんな目になる。そいつは池袋だけでなく、日本中どこでも同じだからな。

「こちらが池袋のトラブルシューター、真島誠さん」

梅原が紹介して、おれは会釈して座った。やけに細い美少年の前だ。やつは黒に近い濃い灰色のワントーン。帽子もトレーナーも、薄手のダウンベストもチャコールグレイだ。

「マコトでいい。そっちのメンツは」

梅原がビデオカメラを回しながらいう。

「正面が瀬《せ》戸《と》瑞希《みずき》。普段はメイクアップアーティストをしている」

「ぼくもミズキでいい。よろしく」

驚いた。こいつは男じゃなく女だった。声は低いが明らかに女のものだ。

「そして右が鶴ケ谷《つるがたに》肇《はじめ》。フリーのプログラマーだ」

黄色いカバーオールを着たチビは黙って、おれにうなずいた。

「最後に三《み》嶋《しま》高示《こうじ》。コウジくんはスポーツジムのインストラクターで、ボディビルの関東学生大会で三連覇している」

どうりで肩幅がプロテクターをつけたアメフトの選手ほどある訳だった。首から頭にかけては消防用の赤い水栓みたいに凹凸なくつながっている。

「梅原さん、こいつがどうして必要なんですか」

人間バスタオル用ハンガーが口を開いた。声は意外なほど高い。

「マコトくんは何年か前に起きた自殺サイト事件を解決したことで有名なんだ。きみたちの熱意は疑っていないけれど、三人だけではすこしばかり経験や情報が足りないのではないか。そう思ってあちこちで人にあたって、いい相談役はいないか探したんだよ。それがマコトくんだった。話をきいてもらうのも悪くはないだろう」

コウジが腕組みをした。空色のジャージの袖がはち切れそうになる。示威行動。

「ぼくは逆隊コロシアムを潰せるなら、どうでもいい。誰が仲間になろうがね。とにかくあいつらを日の光のなかに引きずりだして、最低の顔をあばいてやる」

そういったのはミズキだった。座高から見て身長は百七十くらい。だが顔も首筋も手首もがりがりにやせている。たぶん体重は三十六、七キロ。拒食症なのかもしれない。三人はあまり口数は多くないが、強い絆で結ばれているように見えた。半端ない信頼感。おれはカメラを回す梅原にいった。

「ここにいるメンツはどういうつながりなのかな」

ミズキがうっすらと笑っていった。

「誠心スミレ園って知ってる？」

首を横に振った。どこかの幼稚園だろうか。同じ園を卒園した同窓生三人。とてもそんなふうには見えなかったが。


ミズキが続けた。

「そんなに有名なところじゃないよ。親に虐待された子どもたちが入所する児童養護施設。ぼくたちは十八歳まで、そこで暮らしていたんだ」

「そうだったのか」

児童虐待のサバイバーだと明るい都心のホテルのカフェで告白されて、返す言葉ってそんなにレパートリーがないよな。おれの間抜けな返しを無視して、がりがりにやせたミズキがいう。

「ぼくは実の父親から性暴力を受けていた。小学校三年生のときから」

九歳からバレエ教室にかよっていました。そんな調子であっさりという。

「ハジメの家はシングルマザーで、ネグレクトだった」

チビのプログラマーが初めて口を開いた。

「うちの晩めしはいつも百円玉が三枚だった。アパートの玄関の下駄箱のうえにおいてあるんだ。ぼくは毎日それでコンビニにおにぎりとカップ麺を買いにいっていた。夜はずっとゲームをして親の帰りを待ってた。だいたい夜中の二時くらいなんだけど。それでお母さんの顔を見てから寝てたんだ」

　ハジメはネグレクトか。ゲームに熱中して、いつの間にかプログラマーになる。めずらしくもないコースだが、午前二時まで起きていたハジメの年齢はたぶん十歳にはなっていなかっただろう。毎晩コンビニにかよい、慢性寝不足の小学生。通報されるのも時間の問題だ。

　おれは残る三人目に目をむけた。コウジは目をそらして、三月の寒々しい庭を見ている。あまり話したくないようだった。ミズキはかまわずにいう。

「コウジはふたり兄弟で、ひとつ下の弟がいた。父親が弟を殺した」

　コウジは吐き捨てるようにいった。

「あの鬼畜は刑務所のなかだ。あと五年は出てこない。出てきたら……」

　夢でも見てるような微笑み。

「今度はおれが躾《しつけ》をしてやろうかな。まともな人間になるには、絶対に身につけなくちゃいけないことが世のなかにはあるもんな」

　おれはあっけにとられて、三人を眺めていた。コウジは太腿のような腕をぐるりと回して、にやりと笑った。虐待児童が集まる施設で育った三人が、「虐待」マニアのＳＮＳを叩き潰す。おれはカメラで撮影を続ける梅原に目をやった。そういう仕掛けか。なるほどドキュメンタリーを撮る人間なら、一も二もなく飛びつきたくなる企画だった。

おれはそれぞれ印象的過ぎる三人の痛々しいバックストーリーから心を引きはがしていった。

「そろそろ教えてもらおうか。『逆隊コロシアム』って、なんなんだ？」


最初に動いたのは、プログラマーのハジメだった。椅子の背にかけてあった黒いバックパックを開けて、ノートパソコンをとりだそうとする。なかに二台のパソコンが見えた。おれの視線に気づいたハジメがいう。

「ああ、これは普段づかいのと、『逆隊コロシアム』専用のやつなんだ」

「専用？」

おれはあまりネットの世界には詳しくない。訪れるサイトも健全なやつばかり。

「うん、ダークウェブ専用だよ。違法薬物とか、偽造パスポートとか、人身アンド臓器売買とか、拳銃や自動小銃とか、たまに手榴弾や対戦車ミサイルとかね。そっちのほうは危険なやつらが多いから、専用のパソコンに専用のブラウザをいれてつかってる」

おれはなけなしの知識を披露した。専門家相手でもすこしは背伸びしなくちゃな。

「ブラウザって、オニオン・ルーターとか」

ハジメがにっと笑った。

「そう、絶対に足跡をたどれないやつ。ダイレクト・オニオン・ルーターとか、ジャングル・ルーターとかね。まあ簡単にいうと、こいつはその手のブラウザをいれた犯罪用のネットを見るための専用パソコンだよ。ぼくも個人情報をダークウェブの鮫《さめ》みたいなやつらにさらしたくないからね。パソコンは分けてるんだ」

ハジメはなんの変哲もない黒い中華パソコンを開いてみせた。おれにはなんだかパンドラの箱か、地獄の武器庫のように見えたけれど。ぱちぱちと操作して、サイトを呼びだす。

「犯罪者のなかでも、幼児性愛とか児童虐待は底辺に見られているんだ。アメリカの刑務所なんかだと、子どもへのレイプで収監されたやつは、ほかの受刑者にすぐ刺し殺されたりする」

犯罪にも序列があるのだ。犯罪者の心理はおもしろい。まあ子どもをレイプするようなやつは、殺されてもあまり同情はできないけどな。ハジメはパソコンを回転させ、こちらにディスプレイをむけた。

「ここがダークウェブの最下層だよ」

画面いっぱいにローマのコロシアムが映っていた。中央にはあまり趣味のよくない太めの明朝体で「逆隊コロシアム」。世界的なIT企業がつくった広告サイトなんかに比べると、デザインも解像度も低レベルな安ものに見える。

「隠し扉はこの右から七番目のアーチにある」

観客席につうじる通路にある半円形のアーチに、カーソルが移動してクリック。ディスプレイは暗転して、濡れたような黒になった。タールでも液晶にぶっかけたみたい。

「コロシアムは三層に分かれているんだ。最上位に頭のいかれた変態の虐待マニアが五人。こいつらは五暴星と呼ばれて、みんなの尊敬を集めている。ローマの歴代皇帝みたいなものだよ。つぎに十二性人という名の予備軍がいる。こっちは有力貴族かな。プロ野球の一軍と二軍って感じだね。こいつらはみんな競って自分がやったリアルな児童虐待の写真や映像、それに文章なんかをアップしてる」

児童虐待のブログを集めた専用サイトという訳か。吐き気がする。おれたちはどんなものでもネットにあげて、つながりたがるよな。

「そしてコロシアムの観客として、その手の虐待映像に興奮するやつらがたくさん。日本だけでなく、世界中から集まってくる。ぼくたちも今は観客として、ここに参加している。実際に虐待をしなくても見るだけでもいいんだ。まあここにくるのは、子どものあざや血が好きな正真正銘の変態ばかりだよ」

古代ローマでは市民への娯楽の提供も政治家の重要な仕事だった。剣闘士に金を出していたのは政治家だったのだ。ブルータス、おまえもか。そうして数え切れない人間が虎やライオンやゾウなんかと無理やり戦わされ死んでいった。血まみれの伝統はローマ帝国から、東ローマ、西ローマ帝国へと継承され、無数の剣闘士や奴隷や異教徒がコロシアムで亡くなった。おれたち人類の残酷さは計りしれない。まあ、おれもあとで調べたんだけどな。ちなみに歴史家によると剣闘士競技は約七百年続き、概算で三百五十万人が死んだという。

そういうものだ。カート・ヴォネガットよ、安らかに眠れ。

「管理人とかはいないのか」

おれがそうきくと、ハジメはいう。

「それがちょっとわからないんだ。もう死んだという話もあるし、五暴星のひとりがそうだという噂もある。でも、ほんとのところは誰にもわからないんじゃないかな。ダークウェブにあるのは、そんなサイトばかりだから」

地獄の最下層にあるネットの話だった。おれはアイスラテをのんで、現実のホテルのカフェに戻ってきた。池袋の駅前のホテルが天国に見えたのは、おれの目の錯覚ではない。

カメラを抱えた梅原がいった。

「ぼくとしては、ここのサイトをどれだけ深く探れるかに、みんなでチャレンジしてもらいたい。深ければ深いほど、いいドキュメンタリー番組になる。でも、その際にみんなを直接身の危険にさらしたくはないんだ。さすがにテレビ局では、そこまでの責任はとれない」

コウジが腕組みを解いていった。

「おれたちはただコロシアムを探るだけでやめるつもりはない。あんなやつらは叩き潰さなきゃ意味がないだろ」

女だとわかっても美少年にしか見えないミズキがいう。

「ぼくたちはどうなってもかまわない。最初から、こんな命なんてどうでもいい。生きてる価値なんてない。コロシアムのやつらと刺し違えるなら、本望だよ」

ハジメもうなずいている。こいつらには恐怖というものがないのだろうか。あるいは恐怖を超えるようなひどい目にすでに遭っていたのだろう。自分の身を守るという基本的な欲求が薄いようだ。梅原がいった。

「きみたちのうちのひとりでも命を落とすようなことになれば、うちの局はすぐに手を引くし、このドキュメンタリーを世に出すこともできなくなる。危険は絶対に避けてくれ。これはぼくからのお願いだ。だいたいきみたちは自分の命を軽く見すぎている」

悪魔のように笑って、ハジメがいった。

「ほんとにそうかな。こいつを見て、そんなことがいえる？」


ハジメが動画のサムネイルにカーソルをあわせた。五暴星のうちのひとりの投稿動画だ。デビル・イン・ＡＳＯ。ゲームオタクか、こいつ。梅原とおれの顔を交互に見てから、クリックする。画面いっぱいに流れだしたのは、もうもうと湯気で煙るバスルームだった。下着姿の女の子が熱湯を浴びせられている。

「ごめんなさい、お父さん。わたしが悪かったです。嫌いなピーマンを残しました。玄関で靴をそろえるのを忘れました。帰ってからすぐに手洗いしませんでした。ごめんなさい。ほんとにごめんなさい。だから許してください」

女の子の泣き叫ぶ声。空のバスタブのなかに八歳くらいの女の子が粗末な下着を着たまま立っている。髪も下着もびしょ濡れで、目は恐怖で見開かれていた。ボイスチェンジャーで不気味に低くなった男の声が響く。

「そうか、手洗いを忘れたのか。こんなにあちこちでウイルスが騒動になっているのに、おまえはほんとに愚かだな。手を出しなさい」

熱湯のシャワーを浴びせられるのだ。女の子はさっと両手をうしろに隠した。

「それなら、もう一度頭からいくか」

女の子は絶望の目をして、首をいやいやと横に振った。ゆっくりと手をさしだす。拳は握り締められていた。

「手を開きなさい。それじゃ熱湯消毒の意味がない。五十度以上の温水を六十秒以上かければ、ウイルスが死滅するとどこかに書いてあった」

そんなことでウイルスが完全に死滅するはずがなかった。女の子はひどくゆっくりと手を開いた。そこに湯気があがるシャワーがあたる。女の子の悲鳴がとまらなくなった。近くのテーブルの客が驚いて、こちらを見ている。おれはいった。

「もうよせ」

ハジメはしぶとい笑みを顔に張りつけたまま、じっとおれを見つめていた。コロシアムの投稿動画は突然、終わった。同時に女の子の叫び声も消え失せる。ミズキがいった。

「ぼくたちが相手にするのは、こういうケダモノだよ。すこし探りをいれて、やばくなったら逃げるなんて許されるはずはない。ぼくたちが手を引いたら、さっきの女の子はどうなるの」

　女の子が示したむきだしの恐怖と絶望に胸が焼かれそうだった。あんなものを投稿する親がいて、それを楽しみに見にくるコロシアムの客がいる。コウジがいった。

「それとももう一本見るか。風呂場シリーズなら、もうひとつ有名な動画があるぞ。父親が男の子にフェラを強要するやつだ。拳骨で七発だったかな。親父が口のなかでいくまでに」

　コウジが生き抜いてきた地獄はどんなものだったのだろうか。おれのなかで、別な感情が湧きあがってくる。そいつは純粋な怒りだ。コロシアムに集まるやつらを叩き潰したい。どうにかして、やつらを闇の底から地上の日ざしのなかに引きずりだしたい。おれのなかに点火した久しぶりの怒りの衝動だった。

「もう一本はいいよ。こっちの頭がおかしくなる。だが、あんたたちがやりたいことはわかった。そいつにおれも賛成だ。逆隊コロシアムは、どんなダークウェブの最下層にあるとしても、叩き潰さなきゃならない。さっきの動画で、おれもあんたたちと同じ気もちになった」

　百聞は一見だよな。ときに動画一本で世界が変わることがある。おれはけっこうニコ動もユーチューブも好きだよ。

ハジメがダークウェブ用のパソコンを閉じると、心底ほっとした。肩にがちがちに力が入っていたのだ。パンドラの箱が閉まった気分。

「ところでさ、あんたたちの作戦は？　なにかいい手を考えてあるんだろ」

おれは何気なくそう質問した。だいたいおれは逆隊コロシアムなんて、胸が悪くなる腐れサイトの存在をぜんぜん知らなかったのだ。ミズキとハジメとコウジ、児童養護施設の幼馴染み三人組は顔を見あわせる。ミズキがいった。

「作戦なんてなにもないよ。梅原さんに今日は腕のいいトラブルシューターを引きあわせる。それでいっしょに考えてみようっていわれて、ここにきただけだもの」

ハジメがいった。

「ぼくたちはずっとコロシアムの存在は知っていた。でも手の出しようがなくて、困ってたんだ。でも、梅原さんなら世間にむかって秘密をあばけるし、マコトさんみたいな人もいる。ぼくはあれこれネットで調べたから、知ってるんだ。マコトさんは池袋のＧボーイズともつながりがあるんでしょう。キング・タカシの右腕だと、ある掲示板に書いてあった」

おれがタカシの右腕ね。そんなことをいわれたら、やつはなんというだろうか。育ちと口が悪いポンコツの右腕くらいはいいそうだ。

「じゃあ、なにも考えてないのか。コロシアムのやつらを、あぶりだす方法」

コウジが当然という顔をしてうなずいた。この筋肉バカ。おれはテーブル席の隣に座る梅原に目をやった。困ったような顔をして、笑いかけてきた。間違いない。こいつもノープランだ。

「はーそういうことか。ずいぶんといきあたりばったりのドキュメンタリーなんだな。わかった。二、三日時間をくれ。すこし考えてみる」

タカシからの依頼と同じだった。問題だけ示して、あとは丸投げ。

「うちの局も財布のひもが固くてね。企画協力費ということで、バイト代くらいは払えるけど、それで手を打ってくれないか」

しっかりとうなずいた。この件はタダでもやる。あの動画を見た瞬間にそう決めていたのだ。もっともおれはいつだって、ほとんどタダ働きなんだけどな。まあ昔から高貴な労働には対価なんて発生しないものだ。やるべきことをやるほど、尊いものはない。

逆隊コロシアムの動画アップの作業も、当然無給であるのは確かなんだが。

おれたちはそれぞれアドレスと電話番号を交換した。西一番街にうちの果物屋があると、教えてやった。いつでも好きなときに顔を出しにくるといい。ハジメはジャンク品のパソコンにやばいブラウザを積んで、もってきてくれるそうだ。逆隊コロシアム専用のノートパソコン。想像しただけでげんなりする。一日も早く闇のパソコンを捨てられるように努力しようとおれは思った。なんだか『指輪物語』みたいだ。

別れ際にカフェのレジ横で、ミズキにいわれた。コーヒー代は梅原のおごりだった。

「マコトってめずらしい人だね。一円も儲からないし、児童虐待なんて気もち悪いだけのネタでしょ。自分がやられた訳でもないのに、よく引き受けてくれる気になったね」

そういわれてみれば、確かにそのとおり。

「あんな動画を見たら、なにもしないなんてできないだろ」

男顔のミズキが驚きの表情をする。

「そんなことないよ。たいていの人は、ああいうことがあっても見て見ぬ振りをして、とおり過ぎるだけ。面倒ごとにはかかわりになりたくない。それが普通でしょ」

おれはがりがりにやせたメイクアップアーティストに、しぶとく笑いかけてやった。

「そんなに『普通』を安く見るなよ。おれみたいな普通もたくさんいるぞ。それから正直にいうけど、あんたら三人も放っておけなかったんだ。危なっかしくてさ」

コウジがぼそりといった。

「おれたちのどこが危ない？」

飾り立ててもしかたない。おれは本心をいうことにした。

「あんたら三人とも自爆ベストを着て、コロシアムに突入しそうに見えたよ。あいつらに復讐できるなら、自分の命なんてかまわない。根っからの殉教者《じゅんきょうしゃ》。そんな感じだ」

「初対面なのに、よくわかったなあ。マコトはなかなかセンスがいい」

そういうとコウジはグローブくらい厚い手で、おれの背中を叩いた。第五胸椎《きょうつい》がはずれたんじゃないかというくらい痛かったが、おれはコウジと同じくらいタフな男の振りをして、顔色を変えなかった。


その日は帰ってから、店番に専念した。おふくろもいるし、仕事の手は抜けない。安月給だがこれでくっているのだ。街のトラブルは金にならない。夜になって自分の部屋に引きこもり、おれは『ピーターと狼』をCDラックから探した。子どもむけの愉快な音楽だ。プロコフィエフの新古典主義時代の作品だから、誰でもききやすいと思う。主人公ピーターが残虐な森のオオカミを罠にかけて捕まえる話なので、あの施設育ちの三人にぴったり。

何度か繰り返して、ナレーションがたっぷりとはいった曲をかけたけれど、いいアイディアはひとつも浮かばなかった。だいたい普通のネットではなく、追跡不可能なダークウェブにひそむ変態どもをあぶりだす手だてなどあるのだろうか。やつらにしても、自分たちの「趣味」は社会に受けいれられないことは理解しているはずだ。ネットでも実生活でも、恐ろしく慎重に児童虐待マニアであることは隠している。それをどうやって、太陽の下に引きずりだすか。難題に頭が痛くなる。

真夜中の十二時を過ぎて、ひとついじわるをすることにした。王の安眠を妨害してやるのだ。さすがにその時間だと、とりつぎは出ないだろうと思い、いきなりおれはいった。

「タカシ、なんだよ、あのテレビ局のおっさんは。またひどいの紹介してくれたな」

咳払いの音。Gボーイズの親衛隊のひとりがいう。

「マコトさんですね。今、キングに代わります」

あきれた。こんな時間でも組織を動かしているのか。王の声は今年の弱いシベリア寒気団のように疲れていた。

「おまえの雑音みたいな声は嫌でも耳にはいるな。会議が終わって、これから解散するところだ。梅原のほうはどうだった？」

「とりあえず話だけきいてきた。おれとしても逆隊コロシアムはなんとしても潰してやりたいが、方法がまったくわからないんだ」

タカシが東京の初氷のように薄く笑った。

「いつものことだろう。おまえが最初からいいアイディアを出したことなど、一度もない」

そういわれてみれば、確かにそうだった。いつも壁にぶちあたり、七転八倒して打開策をひねりだしてきたのだ。今回も同じに決まっている。

「まったくタカシは気楽なもんだよな。おれにばかり面倒ごとを押しつけやがって」

「今夜もこの時間まで会議をしているおれにいう台詞か。この街のバランスをとるのは、恐ろしく面倒で精密な作業なんだぞ。マコトみたいな庶民には想像もつかないだろうが」

統治の困難さに関して愚痴をこぼすなんて、キングらしくなかった。きっと疲れているのだろう。

「はいはい、キング様のおかげで、おれたちみたいな平民も平和に暮らしていけますだ」

領主にこびるロシアの農奴の振りをしてやる。タカシの好物のひとつだった。

「マコトはおれの前ではいつでも、その口調でいいぞ。ひとつ助け舟を出してやる。ゼロワンにおれのほうから、電話をいれておく。あいつなら役に立つアドバイスのひとつふたつはくれるだろ」

おれはゼロワンの数すくないダチのひとりだが、あいつはどんな相談でも無料では乗ってくれない。北東京一のハッカー兼情報屋は料金が高いことでも有名だ。落ち目の地方テレビ局の仕事なので、今回は金がない。

「コンサルタント料は？」

「Gボーイズにつけていいと。そう伝えろ」

さすがに気前のいい王様。つかうべきときに金をつかわないようなやつは、長期政権は築けないよな。

「ありがと、タカシ。恩に着る」

タカシの氷がすこし角を丸めたようだった。

「おまえの恩返しなど必要ない。おれも『逆隊コロシアム』の映像を見た」

途中からぐんぐん気温がさがり、今年の旭川の最低気温を突破していく。マイナス三十六度。

「あの女の子が熱湯シャワーを浴びせられるやつか」

「そうだ。あいつらを野放しにはできない。おまえが仕とめてこい。裏で流れているのは『ピーターと狼』か」

驚いた。タカシはクラシックに詳しくなんかない。

「ああ、そうだけど。なんで知ってる？」

「小学生の頃、区のコンサートにおふくろといったんだ。あのオオカミのテーマは今も忘れない。おふくろとの数すくないいい思い出だからな」

タカシのおふくろさんは高校のとき、病気で亡くなっている。父親を亡くし、母を亡くし、兄を亡くし、キングは天涯孤独で池袋の街の裏側を治めている。

「そうだったのか。今度、うちのおふくろの手料理をくいにこいよ。おまえの顔見たがっていたぞ」

「わかった。よろしく伝えてくれ……それからな、マコト」

「なんだよ」

「あのオオカミどもをおまえが罠にかけてやれ。うちのボーイズをいくらつかってもかまわない。いいな？」

おれは誰も見ていない四畳半で力いっぱいうなずいて返事をした。

「わかった。まかせろ」

通話を切った。フレンチホルンの三重奏がアヒルを生きたまま丸呑みしたオオカミのモチーフを不気味に演奏している。『ピーターと狼』ではアヒルは助かるのだが、あの女の子はとり返しのつかない事態となる前に、あの父親の手から助けだせるのだろうか。

時間は残りすくない。おれははやる気もちを抑えて、なんとか眠りに就いた。

東京の冬は快晴続きだが、春は空が崩れる。

翌日は朝から分厚い曇り空で、強風が吹き荒れていた。生ぬるい風で肌寒くないから、まだいいけどな。おれは店開きをすませて、街に出た。夕方から雨の予報だったが、傘はもたない。おれは傘が嫌いなのだ。濡れて困るような高級な服ももっていない。

ＪＲの線路をくぐる地下道を抜けて、西口から東口へ。グリーン大通りや西武やパルコがある東口のほうが、なぜか表池袋って感じだよな。大通りの先には、いつものようにサンシャイン60がそびえている。

おれは東池袋にあるデニーズに向かった。ゼロワンに予約は必要ない。まあ普通の客ならいるのだろうが、おれは気にしないことにしている。北東京一のハッカーは窓際の一番奥のソファ席で、今日も二台のノートパソコンを開いていた。

おれの顔を見ても、顔色ひとつ変えない。ガス漏れみたいなしゅーしゅーという声。

「よくきたな、マコト」

うーん、キングといいゼロワンといい、おれのまわりにいるやつは、どうしてこんなに個性が強いんだろうか。おれみたいに「普通」でいいのに。やってきたウエイトレスにコーヒーとあまおうのサンデーを注文した。高級品のイチゴをふんだんに載せたサンデーは千円以上もするのだが、タカシのつけなのでかまうものか。

「そいつは片方が、ダークウェブ用とかなのか」

ゼロワンはすこし驚いた顔をする。スキンヘッドの頭皮が引っ張られて、頭に埋めこんだインプラントの角《つの》が鋭くとがった。しゅーしゅー。

「おまえがおれのパソコンに興味をもったのは初めてだな。専用という訳じゃないが、こちらの一台にはダークウェブに潜れるブラウザを入れてある」

「ゼロワンは逆隊コロシアムって知ってるか」

眉ひとつ動かさずにハッカーはいう。

「人間性の底辺を確かめたいときに、たまに覗きにいくな。間違いなく毎回落ちこませてくれる」

それなら話は早かった。

「今度のネタはそのコロシアムだ。おまえの力なら、ダークウェブの底にあるサイトでも日の光のなかに引きずりだせるか」

ゼロワンはおれの顔を見てから、ぴかぴかに輝く福岡産のあまおうを見た。

「タカシの案件で金はつかえるんだな。めずらしく本人からかけてきたぞ。だが、残念。

ダークウェブに隠れたやつらを捜しだすのは、おれにも無理だ。オニオン・ルーターだって元は軍用のソフトだ。いくら皮をむいても、真実には決してたどり着けない。だから玉ねぎなんだ」

ネットから探るのは無理か。ひとつ前進。

「だが、コロシアムの変態どもをこっちの世界に引きずりだせれば、あとはネットにさらして、やつらの個人および社会生活をめちゃくちゃに壊してやることはできる。会社や友人や親類なんかに、児童虐待のネタを無限にばら撒くとかな」

背筋がぞくぞくした。

「そいつはいいいな。ぜひ、頼む」

なぜかゼロワンがあまおうのサンデーをじっとにらみつけていた。

「そのてっぺんのイチゴ、ひとつもらってもいいか。そういえばおれはこの十年くらいイチゴなんて一度もたべていない」

どんな生活を送ってるんだ、この変人。おれはちいさなフォークにあまおうの大玉を刺して、ゼロワンにやった。やつはひと口でイチゴを頬張ると、インプラントを頭皮に浮きあがらせながら、うまそうに噛んだ。なかなかの見物。フォークを返すとおれにいう。

「いいか、ダークウェブを探るには、ヒューミントだ」

意味がわからずキョトンとした顔をしていたのだと思う。ゼロワンがいらだたしげなガス漏れ声でいった。

「デジタルじゃなく、アナログでいくしかない。コロシアムの誰かにつなぎをつけて、内部情報を引っ張りだすんだ。ネットで信用を得て、じわじわとやつらの中核に近づき、情報をゲットする」

「ふーん、そういうことか」

ゼロワンがファミレスのテーブルに身を乗りだしてきた。

「いいか、どんなに厳しいセキュリティがかかっていても、そいつを運営するのは人間だ。必ずどこかに穴ができるし、チェックのミスも犯す。軍用ソフトでデジタルの安全保障が万全でも、その分やつらの気はゆるむ。そこを突く方法を考えろ」

デジタルは鉄壁でも、アナログである人間には弱点がある。いい言葉だった。透明なガラスを一メートルも積んだような灰色の目で、おれをじっと見つめてゼロワンがいった。

「今のがあまおう一個分のアドバイスだ。これくらいじゃ、金はとれないからな。やつらのリストが手に入ったら、もう一度仕事を依頼しにこい。そのときを楽しみに待つ」

ハッカーがにやりと笑うと、チタンのインプラントがとがって鬼のような顔つきになった。

「わかった。おまえって案外いいやつだって、いわれないか」

しゅーしゅーという笑い声。

「いや、そんなこと一度もない。おれは熱湯を娘にかけて楽しんでいたあの親父の、社会的な生命を抹殺《まっさつ》したくてたまらないだけさ」

喉をかき切るジェスチャー。前言撤回。おれの甘い基準を、こういうスペシャルな人間には当てはめないほうがいい。


その日の夕方、梅原がやってきた。いつものようにビデオカメラをもち、予期せぬおともを連れて。店先に立つと、うちの果物屋を撮影している。おふくろがおれにいった。

「子ども連れのカメラマンなんて、初めてだね。あれが今度の依頼人なのかい、マコト」

おれは撮影するディレクターではなく、その隣に立っている男の子を観察していた。梅原はぎょろりとおおきな目玉とすこし垂れさがった涙袋が特徴だ。南方系の顔立ち。男の子は目元がよく似ていた。

おれは店の奥から出て、やつに声をかけた。

「撮影するなら、許可をとってくれ。うちの店にも肖像権はあるんだぞ」

カメラをさげて、梅原がいった。

「こんにちは。マコトくんのお母さんですか。湘南テレビの梅原克斗《かつと》と申します。それからこっちが息子の賢斗《けんと》です。ほら、挨拶して、ケント」

男の子はぺこりと頭をさげた。

「梅原ケントです。父がいつもお世話になっております」

おふくろが顔を崩した。店先の紅まどんな（みかんの名前な）をひとつとって、男の子に渡してやる。おふくろとケントが話を始めたので、おれは梅原の袖を引いてガードレールまで連れていった。声を抑えていう。

「あれ、息子だろ。なんでうちに連れてきたんだ」

「しかたないだろ。月に二回しか面会日がないんだが、仕事のほうは待ってくれないんだ。池袋駅の周辺をすこし撮影しておきたいし、マコトくんとも話があった。ケントにもいい社会勉強になるだろう」

梅原はバツイチだったのか。おれは緊張しつつもおふくろに笑顔を向ける少年を見つめていた。袖がレザーになった高級品のスタジアムブルゾンを着ている。

「ケントのお母さんとはなんで別れたんだ？」

「ああ、仕事ばかりしていてな」

こんなところにも戦後ニッポンの父親が生きていた。おれはゼロワンからのアドバイスを伝えた。

「コロシアムにはデジタル方面からは手が出せないそうだ。あそこでつかわれているのは軍用のブラウザで、今のところ誰にも破れない。やつらを引きずりだすには、アナログな方法で直接接触するしかない」

梅原はまたカメラを回し始めた。

「対人接触が唯一の方法か。どうしたらいいんだろうな」

おれはガードレールに腰かけた。空は今にも降りだしそうな重い曇り空。

「おれもまだ方法がわからない。だが、コロシアムに出入りしている誰かと接触して、おれたちも仲間だと思いこませるしかないんじゃないか。そうして情報をすこしずつ引きだす」

「なんだか、潜入捜査みたいだね。おもしろくなってきた」

おもしろいのかどうか、おれにはまだよくわからなかった。ずいぶんと目標は遠い気がする。おふくろがやってくるといった。

「ケントくん、晩ごはんはたべていけるんだよね。梅原さんもぜひ、どうぞ。育ち盛りの子どもにラーメンだけじゃよくないよ。いいね、マコト」

おふくろがその気になっている。おれが子どもに弱いのは、遺伝かもしれない。おれは梅原を見た。へらへらと笑っている。撮影対象者にくいこむいい機会だと考えているのかもしれない。こいつはなかなか優秀なディレクターのようだ。

「はい、ご馳走になります」

「腕が鳴るよ。西武のデパ地下に買いものいくから店番頼むよ、マコト」

おれははいと直立不動で返事をして、店番に復帰した。

ケントは小学三年生の九歳だった。おれはいろいろな果物の名前や、産地を教えてやった。名前だけだと覚えにくいが、皮をむいてたべさせると、おもしろいように覚えていく。夕方の六時過ぎになって、冷たい小雨が降りだした。おふくろは黒雲の空を見あげていう。

「今夜はもういいや、マコト。店じまいしとくれ」

やった。終電間際まで、営業しなくてもいいのだ。おれは跳ねるように店をたたんだ。ケントも手伝ってくれる。子どもってほんとは大人の手伝いをするのが、楽しくて好きなんだよな。梅原もにこにことビデオカメラを回し続けた。

その夜のおふくろの献立は以下のとおり。味つけをいつもより甘めにしたブタ肩ロースの竜田揚げ、ミックスベジタブルくらいに細かく根菜を刻んだけんちん汁、関東風の甘い卵焼き、それに和風の甘酢ドレッシングにひたしたブロッコリーとトマトとダイコンのサラダである。これに炊き立ての白めしと電熱器であぶった分厚い焼きのりがつくのだ。天国そのもの。

ケントも梅原もよくたべた。ケントは生まれて初めてブロッコリーのかけらをひとつ完食したという。そのとき生命保険のコマーシャルが終わり、夜のニュースが流れた。

「川崎市麻生区《あさお》の早川梓《はやかわあずさ》ちゃん（10歳）が今朝、自宅で心肺停止の状態で発見されました。帰宅した母親の恵里佳《えりか》さんが異変に気づき119番通報しましたが、病院で死亡が確認されました。梓ちゃんの身体には、全身に火傷《やけど》の跡が残っていました。亡くなった夜、梓ちゃんとふたりでいた父親から、警察は詳しい事情をきいています」

三十代の男が警官につきそわれて、白いワンボックスカーに乗りこむところが映しだされた。襟元がだらしなく伸び切ったTシャツ。突きだした腹と、無精ひげ。女の子の顔写真はワイプで抜かれている。おれは体育帽をかぶった、その笑顔に衝撃を受けた。あの熱湯シャワーをかけられていた女の子だったのだ。

デビル・イン・ASO……ASOは麻生区のことだったのか。この父親は、逆隊コロシアムの頂点に立つ五暴星のひとりだ。

「どうかしたのかい、マコト」

箸の動きがすっかりとまったおれに、おふくろが声をかけてくる。さっきまでうまくてたまらなかった夕食が、まるで砂を嚙むようだった。そいつは梅原も同じだ。口元を引き締め、険しい表情で、ごはんをかきこんでいる。

なにもしらないケントはおふくろにいった。

「この甘い卵焼きのつくりかた教えてね、マコトママ。うちのママに教えてあげるから」

「うん、ケントはいい子だね。マコトの代わりにうちの子になりな。賢そうな顔してるし、きっと将来はもてもてだよ」

おれはおふくろのいつもの挑発には乗らなかった。あの女の子の名前はアズサというのか。結局、おれたちは間にあわなかったのだ。涙がこぼれそうだ。胸の奥で嵐が吹き荒れている。

「そうだ、マコト。店にいって、ケントくんの手土産を適当に見つくろっておいで。好きなのはイチゴとリンゴだよ。はい、すぐ動く」

よかった。団欒《だんらん》を抜けて、ひとりになることができる。おれは木製の階段を鳴らして、下の店におりた。シャッターをおろした薄暗い店内で、レジ袋に果物を詰める。独身になった梅原にはフルーツをたべる機会などまずないだろう。やつの分ももうひと袋。

そのとき、おれの電話が鳴った。しゅーしゅーというガス漏れ声。

「マコト、ニュース見たか」

ゼロワンだった。驚いたことに、いつもは機械のようなやつの声が悲しみで濡れている。

「ああ、早川梓。あの子、助けられなかったな」

「今夜は忙しくなる。あの父親の個人情報を、ネットにあるすべてのサイトに送りつけるからな。マスコミだけでなくな」

「そうか」

そんなことをしても、女の子は生き返らない。だが、あの父親はひどくこの先の人生が生きにくくなることだろう。

「マコト、それから今回の件、おれはすべて無料で受けることにした。たまにはおまえの真似をしてみるのもおもしろそうだ。弔《とむら》い合戦だ。おまえも全力で頼むぞ」

「わかってる。ありがとな、ゼロワン」

通話を切ってから、おれはひと粒だけ涙を落としたような気がする。それともあれはただの勘違いだったのだろうか。おれは深呼吸を何度かして、心を落ち着けると両手に果物でいっぱいのレジ袋をさげて、二階の団欒に戻っていった。

逆隊コロシアム、残酷な闘技場に集まったすべてのいかれた変態どもをハメ殺す方法を、頭のなかで練りながら。

窓の外では池袋に冷たい春の雨が降っていた。おれはアズサの火傷の跡をその雨がやさしく冷ましてくれるといいなと思った。ただの気休めに過ぎないのは確かだ。だが、あの雨の夜、ニュースを見た数百万人の日本中の人間も、きっとおれと同じように願ったのは間違いないはずだ。

おれはとことん甘い人間である。


なんでもない顔をして、テーブルに戻った。ケントと梅原にレジ袋を渡す。どちらもたべ頃の熟《う》れた果実がいっぱい。こういうときに手を抜くと、江戸っ子のおふくろはケチ臭いことをするなと、猛烈に怒るのだ。

「すまないな、マコト」

すっかり呼び捨てに慣れたバツイチのディレクターがいった。おれと目があうと、やつはぐっと視線に力を入れてにらんできた。亡くなった女の子の名前は、早川梓。十歳だ。やつの胸の奥に火がついてるのがわかった。

レジ袋のなかを見て、小三のガキが歓声をあげる。

「あー、サンふじとポンカンと夕張メロンとモンキーバナナだ」

どれもその日の午後、店の手伝いをするケントにおれが教えてやったもの。両親は離婚しているが、この子は賢いいい子である。にこにこと屈託なく笑うケントの表情は、店の二階の薄暗いダイニングキッチンで輝くようだった。

そのとき、おれの頭のなかを黒い稲妻が走った。

笑う九歳の男の子に、あの逆隊コロシアムの映像が重なったのだ。もうもうと湯気をあげる熱湯のシャワーを浴びて、全身に火傷を負いながらごめんなさいと泣き叫んでいた十歳の少女。自分の命があと数日しかないと、あのときアズサは気づいていたのだろうか。

あの最期の悲鳴と涙が、逆隊コロシアムに集まる児童虐待マニアの変態どもに大人気だというなら、ケントならどうだろう。

この子の虐待映像も間違いなく、喝采と賞賛を集めるだろう。

こんな悪魔みたいなことを思いつくおれはきっとコロシアムの変態どもと同じくらい狂ってる。そう思いながら、おれは最後のめしをかきこんだ。

テレビのニュースでは、とっくにアズサの虐待死は忘れられ、中国発の新型コロナウイルスが主役だった。首相は学校の休校を決めたという。それを見たケントが両手をあげて万歳した。

「やった、春休みまでずっと小学校休みだ」

子どもには新型肺炎も虐待事件も関係ないよな。

夜八時、ケントの母親が迎えにきてくれることになった。梅原の元嫁は父が経営する建築事務所で経理の仕事をしているという。お嬢さまなのだ。玄関で梅原父子は靴をはいていた。おれはおふくろにいう。

「ちょっとそこまで送ってくる」

梅原がおかしな顔をした。とくに話すことはない。そんな感じ。おれは古いデザインのダッドスニーカーに足を押しこんだ。コンピュータで設計された未来的スニーカーは好きじゃない。

真っ先にケントが店の階段をおりていく。梅原が声を抑えていった。

「なにか今しなくちゃいけない話があるのか」

おれはやつの後頭部にいった。

「ああ、ちょっと打開策を思いついたかもしれない。ほんとに嫌な話なんだが」

「そういうことか。わかった、じゃあ、ケントを送ってからでいいな、マコト」

見えはしないだろうが、おれはうなずいた。ぎしぎしと木の階段がやかましかった。おれよりも遥かに年上の木造建築なのだ。あちこちガタがくるのも無理はない。

煙るような春雨のなか、透明なビニール傘をさして歩いた。傘は邪魔だが夜の街歩きって、なんか楽しいよな。水滴でまだらに夜空を透かすビニールも味があっていい。西一番街から池袋駅西口を抜けて、ウエストゲートパークを横断し、劇場通りへ。新型コロナのせいか、人通りがすくなく真夜中みたいだった。

劇場通りでは、小型の青いアウディがハザードランプを点滅させて、ケントを待っていた。おれはすこし距離をおいて、父と子の別れの風景を眺めていた。ケントの母親はクルマをおりなかった。ケントが助手席に乗りこむと、梅原となにか二、三言交わしている。ちゃんとごはんをたべさせてくれた？　この果物なあに？　すべて疑問形の言葉。

アウディが発進すると、梅原は手を振って見送った。クルマのなかではケントが後方を振りむいて、いつまでも千切れんばかりに手を振っている。月に二回の父と子の面会日が終わったのだ。

おれは足音を立てずに、梅原に近づいていった。

「ケント、いっちまったな」

「ああ。子どもが自分の半分だっての、ほんとだな。心臓の半分がもぎとられたみたいな感じだよ。まあ、独身のマコトにはわからないだろうけど」

振りむいた梅原の顔はおれに家族をもつことを恐怖させた。無理やり明るい声をだす。

「駅のほうに戻って、食後のコーヒーでものまないか」

子どもと引き離された父親はうんざりしたようにいった。

「ああ、なにか話があったんだよな。手短に頼む」

おれたちは言葉すくなに、音もなく降り注ぐ霧のような雨のなか池袋駅西口に戻った。


新型コロナの影響で、カフェはひどく空いていた。日本人はまじめなので、ほとんどがマスクをしている。客だけでなく店員も。おれと梅原はしていなかった。エスプレッソをダブルでふたつ。なんだかハードボイルドな気分だったのだ。

西口公園が見える窓際のカウンターに並んで座った。

「で、話ってなんだ」

おれはケントの笑顔を思いだした。熟れたサンふじを割って、透明な蜜だらけの果肉を見せてやったときの顔だ。あの子の父親にこんな提案をしてもいいのだろうか。

「逆隊コロシアムの変態を釣りあげるアイディアが浮かんだ。でも、ひどく下品で、質の悪いアイディアなんだ。梅原さん、あんたにはとくにいいにくいんだけど」

「マコトの口が悪いのは、短いつきあいだがよくわかったよ。なんでもいいから、さっさと教えてくれ。明日は社で山のような書類仕事を片づけなきゃならない」

そういえば、梅原はテレビの地方局に勤める立派なディレクターだった。おれは外でしか会ったことがないので、すっかり会社員であることを忘れていた。

「わかった。じゃあ話すけど、気分を悪くしないでくれよ」

「なんで、おれの気分が悪くなるんだ。いいから、もったいぶらずに話してくれ」

おれは雨のウエストゲートパークにかかった王冠のようなグローバルリングを眺めて口を開いた。

「逆隊コロシアムに集まる変態どもは、子どもがいじめられる映像が大好きだ。虐待が激しいほど尊敬され、階級をあがっていく。五暴星とか、十二性人とか、中二病まるだしのネーミングのな」

どうせ剣闘士競技とか、エヴァンゲリオン使徒とか、拷問の方法といったありがちなネタの愛好家なのだろう。エスプレッソをすすって梅原がいった。

「ああ、わかりやすいやつらだ。胸クソ悪い」

「今、ASOの悪魔が逮捕されて、逆隊コロシアムは大騒ぎになってるはずだ。身内からとうとう逮捕者が出た。ブルってコロシアムから身を引くやつもいるだろうし、逆にさらに熱中して身を入れるやつも出てくる」

梅原が暗い目でおれを見た。

「なるほどな。逆隊コロシアムのなかでも、動きが出てこざるを得ないという訳か。スーパースターの五暴星のひとりが逮捕されて、欠員がひとり出たんだもんな。やつらにとっても大問題か」

「そうだ。つぎのスターを決めなきゃならないし、今まで二番手に甘んじていた十二性人の誰かが、ハッスルするかもしれない」

児童虐待のハッスル、吐き気がするような言葉だ。

「つぎの犠牲者が出ないといいんだがな……」

梅原は遠い目をして、雨の公園を眺めている。

「逆隊コロシアムの序列が揺れ動いている今がチャンスだ。おれたちがつぎの星になろう」

おれを見る目は怪物でも見るようだった。梅原にはまったく意味がわからないようだ。

「おれたちで虐待ビデオを撮影して、逆隊コロシアムに送りつける。それも飛び切りひどい最低のビデオだ。コロシアムの観客だけでなく、運営側もこちらに接触してこざるを得ないくらいの、最低最悪の児童虐待ビデオだ」

ドキュメンタリー番組をつくっている梅原だが、反応はイマイチだった。

「マコトに子どもがいるのか」

おれは梅原の目をじっと見ていった。

「いや、おれにはいないさ。でも、あんたにはいる」

ディレクターは一瞬、絶句した。

「……ケントのことか。だけど、いったい誰が虐待なんかするんだ」

おれは晩めしのあいだに浮かんだ悪魔的なアイディアの全貌を披露することにした。

「フェイクニュースだよ。真実なんていらないんだ。フェイク虐待のビデオを逆隊コロシアムに送りつけるんだ。主演はケント、若い義理の父親がおれ。ミズキはメイクの仕事をしてるんだろ。撮影には腕利きのディレクターがいる」

考えてみれば、もう完璧なチームがひとつできていた。梅原がつぶやくようにいった。

「……フェイク虐待か。マコトはよくそんなこと思いつくな。いや、おもしろいと思う。ミズキはモデルのメイクだけでなく、ああいう性格だから傷跡や流血なんかの特殊メイクもうまいんだ。たまに低予算の映画に呼ばれてるくらいだ」

「じゃあ、なるべく早く全員に招集をかけてくれ。ASOのネタが熱いうちが勝負だ。だらだらやってられない。さっさととんでもなくひどい動画をつくろうぜ」

梅原は腕を組んで考え始めた。

「うーん、むずかしいのは、うちの前ヨメだなあ。説得なんてできる相手じゃないし、ケントの顔バレがしないように、ひとつ条件がある。ケントの顔には絶対モザイクをかけてくれ」

実の父親のいうことだから、尊重しなくちゃな。

「ああ、もちろんだ。でも、あんたが吐き気がするくらい、ケントにはしっかり虐待芝居はしてもらうことになる。父親としてだいじょうぶか」

ディレクターは複雑な顔をしたが、最後にはうなずいてくれた。

「わかってる。ぼくがカメラを回すんだ。コロシアムの素人なんかに負けるものか」

いいガッツだった。真実ではなく、嘘とフェイクによって人を動かす。二十一世紀に隆盛を極めたこの手法は、よく考えたら小説や映画でもう何百年もつかわれてきた伝統的な技法である。

あんただってわかるだろ。ときに嘘だけがその時代の真実を表現するのだ。

なか二日おいて、全員がおれの四畳半に集まった。しかも午前中。

梅原と息子のケント、ミズキのチームが三人、それにおれだ。六人もいると部屋の空気が薄くなったかと思うくらい。新型ウイルスの影響でケントの小学校がしばらく休校になったので、主演俳優のスケジュールは押さえ放題だ。月二回の面会ルールも大幅に緩和されたという。働くお母さんには、子どもが毎日家にいるのはたいへんなプレッシャーだからな。

打ちあわせを始める前に、ハジメがデイパックから薄っぺらなノートパソコンをとりだした。おれにさしだす。

「オニオン・ルーターを入れた逆隊コロシアム専用のパソコンだ。あとでサイトの様子をチェックしておいてくれ」

おれは受けとって、ディスプレイを開いてみた。電源は入っていないので、当然真っ黒。

「ここからコロシアムにビデオを投稿すればいいんだよな」

「そうだ。ほかには使いようがない地獄の入口だよ」

ケントがいきなり口をはさんだ。

「そのなんとかコロシアムというのが、子どもにひどいことをする大人たちが集まるところなの」

大人たちの視線が目まぐるしくいききした。子どもに暗部を指摘されると、大人って弱いよな。おれは勇気を見せていった。

「そうだよ。大人のなかにはそういう壊れたやつもいる。ケントには悪い大人をやっつけるために、お芝居をしてもらいたいんだ」

九歳の男の子は真剣な顔でうなずいた。

「うん、パパからきいた。アズサちゃんのニュースも見た。ああいう子がいなくなるようにするためのビデオなんだよね。じゃあ、ぼくもがんばる。アズサちゃんもがんばったから」

泣かせることをいうガキ。がりがりにやせた男顔のミズキがうっすらと涙ぐんでいる。微笑みながら恐ろしく優しい声をだした。やっぱり女子なのだ。

「あざや傷のメイクをするのに、何時間もかかるかもしれない。そのあいだじっとしていないといけないけど、ケントくんはがまんできるかな」

「うん、がんばる」

「おまえ、ほんとにいい子だな」

おれはケントのやわらかな髪をくしゃくしゃに乱してやった。ケントは上目づかいに父親を見ていった。

「そのあいだユーチューブ見ていいならね。ママからは一日二十分って決められてるんだ」

おれはつい笑ってしまった。この子は将来性がありそうだ。きちんと自分の要求を示せることは、今の社会で生きるには欠かせない力だよな。残念なことに、なにもいわないでいると、ぼろぼろになるまで酷使され奪われてしまうのだ。梅原は甘い父親だった。

「ああ、ユーチューブくらいいくら見てもいいぞ。今度のビデオの主役はケントだからな」

ケントは誇らしげに笑っている。子どものその手の表情っていいもんだよな。


昼めしは近くのマックから、ウーバーイーツで出前を頼んだ。たまにたべるビッグマックとコーラって最高だよな。おれたちはその日を含めた三日間で、合計九本のフェイク虐待ビデオを撮ることに決定した。それだけの本数があれば、当分は投稿に困らないだろうし、それなりのインパクトを逆隊コロシアムに与えられるだろう。

そうなると問題は、どんな設定と虐待状況にするかだった。そこで意外な実力を発揮したのは、ミズキとハジメとコウジ。児童養護施設育ちの三人だった。ミズキがフライドポテトをネズミのようにすこしずつかじりながらいった。

「やっぱり先行者へのリスペクトが必要じゃない？　ポン・ジュノがアカデミー賞受賞の挨拶で、マーチン・スコセッシへの敬意を口にしたみたいに」

おれはがりがりにやせた男女《おとこおんな》にいう。

「スコセッシはわかるけど、虐待ビデオの巨匠ってどいつだよ」

ミズキがにやりと笑うと、つられてハジメとコウジも笑った。しかし、いずれの目も笑っていない。この三人は息もぴったりだ。ハジメが横から口をはさんだ。

「それはもちろん、逮捕されたばかりのデビル・イン・ASOでしょ。コロシアムで今、一番ホットな話題だから」

梅原は大学ノートを広げて、メモをとっている。

「そうか、それはそうだな。じゃあ、第一弾はあの熱湯シャワーか。実際に熱湯はつかえないから、ドライアイスがあるといい効果が出せるな」

ミズキがいった。

「じゃあ、ぼくは火傷のメイクを肩から胸にかけてするよ。腕が鳴るなあ。コロシアムの変態野郎をはめられるなんてさ」

梅原が咳ばらいをしていった。

「みんなにいっておくけど、ケントがいるんだ。あまり汚い言葉はつかわないようにしてくれ。あとで前ヨメから怒られるのは、ぼくなんだからな」

「パパ、変態野郎はぼくもわかるよ」

ケントはそういったが、おれはほんとうの変態を男の子が理解しているとは思わなかった。それはあんただって同じだろ。その道にはかなり詳しいおれだって、この春になるまで逆隊コロシアムの存在さえ知らなかったのだ。
　ほんものの変態はおれたちが想像もしない方法で、想像もしない場所に生きている。
　そういうものだ。

　三人がつぎつぎと新しいアイディアを出してくれるので、ケントの虐待ビデオの筋書きはその日のうちに、ほぼすべて決まった。

○熱湯シャワー
○下着姿でのバルコニー放置
○針金ハンガーによる全身殴打
○バスタブでの水責め（顔をつけるやつ）
○単純だが印象的な顔面への殴打（鼻血と青あざをつけ、ゆっくり十数えるたびに頬を張る）
○バイク（中腰で両腕をあげた格好を長時間続ける、地味だが恐ろしく苦しい拷問）
○ジップロック（大型のビニール袋に頭を入れて窒息責め）
○セルフ鞭《むち》打ち（革ベルトで自分の背中を打たせる）

○内腿へのアクリル定規打ち（みみずばれのメイクが得意なミズキが考案した）
いやはや、人間の残虐行為への想像力は果てしないよな。もう三十くらいの虐待方法はすぐに思いつきそうだ。打ちあわせが終わると、おれたちは早速最初のシューティングの準備にとりかかった。

アズサの名前を十五秒で全国区にした、悪名高き熱湯シャワーである。


ドライアイスはコウジが近くのスーパーにもらいにいった。アイスクリームを大量に買いこみ、帰宅までの時間は二時間だといい張ればいい。梅原はビデオ機材の準備。ハジメは逆隊コロシアムに飛び、もう一度アズサのビデオを再生した。梅原も熱心にそいつを見ている。音を消すと最低最悪のビデオもなんとか見ていられるものだ。カメラアングルや撮りかたにオマージュがないと、コロシアムの観客の評価も低くなる。

ケントは肩口から胸にかけて赤い火傷の跡を、ミズキによってメイクされている。おれはその近くにいて、男の子の相手をしていた。ずっとユーチューブを見せておくのは、おれもあまり教育上いいとは思えないからな。

「ケント、梅原さんって、どんなお父さんだ？」

男の子は困った顔をした。

「うーん、普通のお父さん。仕事はできるって、ママはいってた。でも、家族よりなにより、仕事が好きなんだって。それでママには弱くて、頭があがらない。そんな感じ」

おれは笑った。確かにその条件は普通のニッポンのお父さんである。ケントはいう。

「マコトさんのお父さんは？」

「困ったな。おれ、生まれてすぐの頃、父親が死んじまったから、ぜんぜん記憶がないんだ。おふくろにいわせると、おれより百倍男前だったらしいけど」

ケントは感受性の強いいい子だった。おれは別にすこしも悲しくなんてなかったけれど、あわてて話を変えた。

「じゃあさ、ミズキさんのお父さんは？」

ミズキは赤いアイシャドウを塗ったケントの肩をスポンジのパフで叩いて、色を均《なら》していた。ケントは上半身裸で、おれの学習机の椅子に座っている。まったく感情のない言葉がハンサムなミズキからこぼれ落ちた。

「ぼくの生物学上の父親は、死んだほうがいい男。今、実際死にかかってるけど、いい気味だね」

電気ショックでも受けたようにケントの身体が震えたが、ミズキは無視して火傷メイクを続行した。おれはとりなすようにいった。

「なあ、ケント。世のなか広くて、ひどい父親もたくさんいるんだ。おまえんちはまだ生きてるし『普通のお父さん』で、すごく恵まれてるんだぞ」

ケントは負けず嫌いのようだった。目をくるりと回していった。

「離婚しちゃったけどね」

「ああ、そうだ。離婚してても、十分いいお父さんさ」

ミズキもおれと同意見のようだった。無表情のままうなずき、つぎの火傷跡に移っていった。


特殊メイクを終えたケントに、薄手のタンクトップを着せた。それはハジメが近くの店で買ってきたものだ。アズサは薄いスリップを着ていたのだ。オマージュを捧げるなら徹底的にやらなければいけない。

うちの狭い風呂場には全員は入りきれない。バスタブのなかにケントを立たせ、おれが残虐な義理の父親役。シャワーヘッドをもっている。おれの横では梅原が家庭用のビデオカメラを回していた。おれはきいた。

「アズサの父親って、スマートフォンでなくちゃんとカメラで撮ってたのか」

梅原はズームの角度を決めながらいう。

「ああ、正真正銘のいかれた男だよ。スマホでなく、映像がきれいな4Kのデジタルカメラで撮ってる。相当なマニアだったんだな」

おれはケントに目をやった。緊張しているせいか、顔がすこし青白いが笑顔がたまにのぞいていた。もっとプレッシャーを与えたほうがいいのかもしれない。おれはシャワーの水栓を開いた。シャワーの音ってどんな集中豪雨にも負けないよな。

「ケント、いいか。こいつは芝居だが、誰が見てもほんものに見えなきゃ意味がないんだ。ちょっと怖いし、痛いことがあるかもしれないが、全力でやってみてくれ。死んじまった女の子の仇を討つためだぞ。あの子の名前は？」

ケントの表情が引き締まった。しっかりとうなずいていう。

「アズサちゃん」

「そうだ、おまえにしか、あいつらは潰せない。顔にいくぞ。ドライアイス投げてくれ」

湯船のなかにコウジがドライアイスを放りこんだ。熱めのシャワーがケントの頭から注がれる。お湯が足元のドライアイスにふれると、爆発的に白い煙があがった。

「熱い、熱い、お父さんやめて」

両手をあげて顔を守った。その肩口はすでに火傷の跡がついている。ミズキの特殊メイクの腕はなかなかのものだ。ハジメがスケッチブックをめくった。浴室は二酸化炭素の煙で、半分白く濁っている。ハジメがカンニングペーパーに書いたのは、アズサの言葉だった。ケントはちらりとも見ずに叫んだ。

「ごめんなさい、お父さん。帰ってすぐに手を洗うのを忘れました。ごめんなさい。玄関で靴をそろえませんでした。ごめんなさい、お願いだから許してください」

　おれの胸が痛んだくらいだから、隣にいる梅原はどんな気もちだったのだろう。ちらりと視線を流すと、ケントの父親は唇を嚙んだままうなずき返してくる。GOサインだ。おれはさらにケントの顔を狙って、シャワーを浴びせかける。アドリブで返してきたのだから、ケントもたいしたものだった。

「ごめんなさい、お父さん。宿題をしないで、ユーチューブずっと見てました。ごめんなさい、野菜は口に入れてトイレにいって、いつも吐きだしてました。ほんとうにごめんなさい。お願いだよー、もう許して」

　おおきく口を開けたところに流しこむようにシャワーをあてる。水はのまないように伝えていたが、ケントはむせて目を真っ赤にしている。頭を抱えてしゃがみこみそうになると、おれは命じた。

「ちゃんと立て。ほかにも人にいえない悪いことばかりしてるんだろ」

　湯気のなかでケントはぽろぽろと涙を流した。おれにも演技なのか、ほんとうに悲しいのかわからなくなっていた。

「あとは友達の宿題を写したり、試験勉強さぼったり、コンビニで買いぐいしたり、遊んではいけないところで遊んだりしてます。ごめんなさい、お父さん」

顔を隠す両腕のあちこちにも傷がある。指のすきまから覗く男の子の目が真剣だった。

「全部、悪いところは直すから、ぼくのこと好きになってくれますか。お願いだよ、お父さん。ぼくのこと好きになってよー」

もうはばかることなく、ケントは泣いていた。月に二回の面会日にだけ会える父親への、九歳の男の子の魂の叫びだった。それでも頭からシャワーを浴びせ続ける。おれは演出家としては駆けだしもいいところで、子どもの演技に泣かされてしまった。横を見ると梅原がカメラを回しながら、鼻水を垂らして泣いていた。

「お願いだよ、お父さん。ぼくを許して、ぼくを離さないで」

おれはなんとか普通の声を出すので精いっぱい。

「カットだ。今のは一発ＯＫでいいよな、梅原さん」

梅原はカメラをとめると、顔をくしゃくしゃにしてうなずくだけだった。ケントは将来が恐ろしい子役である。

その日は流れで、バスタブでの水責めと針金ハンガーも撮影した。収録したのはどれも十数分だったが、うまくつなげば爆発的な威力を発揮することだろう。なによりもケントには虐待児童になり切る演技力と、その場の空気を読んで台詞をつくる舌を巻くアドリブ力がそなわっていた。

すべてがその瞬間に自然に生まれ、いきいきと滑《なめ》らかに流れていく。音楽や映画や小説の夢が実現しているのだ。おれはシャワーシーンのあとで、梅原にいったくらいである。

「才能って意外なところにあるのかもしれないな」

水責めと針金ハンガーは、ケントのリクエストどおりもう一段責めを激しくしてみた。もちろんほんとうに溺れさせたり、針金ハンガーで打ちつけるようなことはしない。けれど、おれがなにかキーになる言葉を投げると、ケントはこちらの意図を敏感に察して、自分が悪いせいで父親から愛されない健気な子どもとして振る舞った。いつか愛される日を夢みて、どんな虐待にも耐える聖人のような子どもである。コロシアムに集まる変態どもには、そいつはちいさな理想像かもしれなかった。

最後の針金ハンガーでは、派手に偽の血が飛び散ったので、おれの部屋は野戦病院のようになった。あちこちに血のりが飛んでいる。ミズキがぐったりとしたケントに声をかけた。

「メイクするのはたいへんだけど、落とすのはカンタンだからね。よくがんばったね、ケントくん」

さっさとメイクを落としていく。手の動きは素早かったが、ミズキもケントに負けないくらい疲れているようだった。

「だいじょうぶか?」

疲れた顔で微笑んで、男顔のメイクアップアーティストがいった。

「だいじょうぶ。でも、しんどかった。フラッシュバックがね。ぼくだけじゃないよ。ほら、むこうも」

ハジメとコウジがのろのろとあと片づけをしていた。

「あんなの見せられたら、自分のときのことが、わあーって浮かんできて、もう耐えられないんだよ。三人とも今夜はひと口もたべられないと思う」

そんなに激しい虐待を親から受けていたのか。衝撃的だった。おれはただ子どもたちが気の毒だから参加した。けれど、三人にとっては児童虐待好きの変態を倒すだけでなく、昔の自分を救出しなければならないのだ。ミズキのなかには親から虐待を受け、傷だらけになった子どもが今も生きている。


梅原がビデオカメラからＳＤカードを抜いていった。

「こいつはなる早でコロシアムにあげたいが、ぼくのほうはちょっと今、忙しくてすぐに編集にかかれないんだ。どうすればいいかな」

おれの頭に角をとがらせて笑う鬼の顔が浮かんだ。やつは今回のトラブルでは無料で仕事を受けるといっていた。

「ケントだとわからないように顔に細工すればいいんだよな。じゃあ、おれにまかせてくれ。明日にはアップしておく」

ＳＤカードを受けとって、おれはジーンズのポケットに入れた。時刻はもうすぐ午後六時。おれたち撮影班は主役のケントを中心に、池袋西口にある居酒屋にいくことにした。酒は誰も頼まない。明日もまた撮影があるのだ。ミズキのいうとおり、ハジメとコウジはほとんどの料理に手をつけなかった。

新人監督のおれはすっかり初日の撮れ高に満足した。ケントは梅原のおごりだという晩めしを腹いっぱいにくらった。おれはあまり食欲はなかったが、ケントにつきあいなんとか腹につめこんだ。まあ、うちのおふくろの手料理にはかなわないが、居酒屋のつまみも悪くないよな。おれたちは八十分後には、全員で居酒屋を出て、池袋駅で解散した。


ひとりで東口に抜ける地下通路に向かおうとしたら、背中に声が飛んできた。

「マコト、ちょっといいかな」

硬いミズキの声。緊張しているようだ。振りむくとえらくスタイルがよかった。ミズキは長身だが、おそらく体重は三十キロ台後半。黒革のライダースに、ブラックジーンズ。腕も脚もトイレの手すりくらいの細さ。

「ああ、いいけど。おれ、これからもう一件、仕事の打ちあわせがあるんだ。そこにいくあいだだけでいいなら」

ミズキは下を向いたままひっそりと笑った。

「十五分くらいはあるんだよね。それなら充分」

西口からサンシャイン60近くのデニーズまでは、歩いて二十分はかかるだろう。ミズキはおれと肩を並べて歩きだした。ウイロードはＪＲと東武線の線路を何本もくぐる長い通路だ。途中のあちこちに路上のシンガーやもの売りが出ている。へたくそな恋の歌が続く地下の道。

　明るいタイル張りの通路に入ると、ミズキがいった。

「さっきシャワーシーンの撮影のとき、ケントの演技に梅原さんもマコトも泣いてたよね」

　あの素晴らしいケントの演技とアドリブか。

「ああ、ちょっと感動しちまったんだ。おれが子どもに弱いだけかもしれないけど」

　ふっとなにかを吐くように笑って、ミズキはいった。

「ぼくも泣きそうになったよ。気もち悪すぎてさ。あれで泣けるマコトは幸せだよね」

　おれは児童虐待の当事者じゃない。小腹が立ったが、相手にしない。

「そうか。おれも梅原のおっさんも甘いからな」

「うん、大甘だね」

　一番大切なきみに会いたい。今すぐ会いたい。作文のような歌を誰かがうたっている。

　ミズキが横目でおれをにらんだ。

「ぼくが最初に実の父親に犯されたのは、ケントと同じ九歳のときだった。ぼくの布団にあいつが入ってきて、身体をあちこちさわられて、抵抗したけど無理だった。あのときあいつの舌か汚いチンコでも嚙み切って、やめさせたらよかった。今でも後悔してるよ」

「……そうか」

なにもいえることがない。地下道に響く恋の歌が憎らしくてたまらなくなる。

「シーツに血がたくさんついて、つぎの日、お母さんにいったよ。だけど、お母さんは目をそらすだけで、ぼくにはなにもいわなかった。父親はなぐる人だったから。ものすごくね」

おれは黙っていることしかできなかった。地下通路の愛の歌は続いている。

「愛してる人同士はそういうことをするものだ。ガマンしろって。ぼくのこともなぐったよ。つぎの日もまたやられた。つぎの週も、つぎの月も、つぎの年も。それは十三歳で、ぼくが家を出るまで続いた。児童相談所にいって、施設を紹介してもらうまでさ」

おれはミズキが耐えなければならなかった四年間を思った。それだけで胸の底に氷の塊ができる。

「おふくろさんはその男ともう別れたんだよな」

「ううん、今でも夫婦だし、あいつは今でもぼくの父親だよ。ぼくは今も布団にさわれないんだ。めちゃくちゃ汚い気がしてさ。毛布とか、タオルケットも、マットレスもダメ。一番汚れてるのは、ほんとはぼくなんだけど」

暖冬とはいえ、この冬も寒さの厳しい夜はいくらもあった。おれは驚いて、ミズキの鋭い横顔に目をやった。自分がなにより汚いといって、この女はうっすらと笑っていた。

「どうやって寝てるんだ？　寒い夜もあるだろ」

「気にしてくれるんだ。マコトはやさしいね。床に大判のバスタオルを敷いて横になって、バスタオルをかけて寝てるよ。寒くて夜中に、二、三度は起きるけどね。慣れてるから、だいじょうぶ。もう十年もやってるし、寒くても案外風邪とかひかないよ」

虐待の果てに命を落としたのは、アズサだけではなかったのだ。ミズキの心も殺されてしまった。そいつはきっとハジメもコウジも同じなのだろう。一度徹底的に壊されてしまうと、心はもう二度と元の形には戻れない。千切れ飛んだゴムの輪は二度とつながらないのだ。

「さっき、父親が死にかけてるっていってたよな」

ミズキは幼い感じの明るい笑顔を見せる。

「うん」

通常の親子の愛情とか、父への思いといった甘い考えは通用しないのだ。父親が死にかけて喜ぶ娘。まあ、おれでもきっと同じ反応をするだろうが。

「ほんとなのか」

「小細胞肺がんとかいうらしい。手術はできなくて、抗がん剤治療をしているっていってた。一度も病院にはいってないから、よくわからないけど」

ウイロードの出口が見えてきた。地下通路の先に池袋東口の夜の空がのぞいている。なんだか驚くようなことばかり続く日だった。フェイク虐待ビデオを撮影して、そのあとでミズキからほんものの性的虐待事案について告白されたのだ。おれのか弱い感受性はとうにキャパオーバーである。なにもいえずにいると、ミズキがいった。

「日本中で、ぼくやアズサみたいな子どもが何人くらいいるのかわからない。何百人か、何千人か、何万人か、もしかしたら何十万人か。でも逆隊コロシアムを潰すことができたら、そのうちの何十人かは助けることができるよね」

「そうだよな。ほんのすこしかもしれないけど」

ミズキは明るく笑っている。おれは涙があふれそうになって、がりがり女から目をそらした。この連絡通路を泣きながら歩いているところを誰かに目撃されたら、明日から果物屋の店番に立てなくなる。

「それでもいいんだ。昔のぼくみたいな子をひとりでも助けられるなら、ぼくはなんでもするよ。ほんとになんでもだ。汚いおやじのチンコくわえてもいいや。じゃあ、ぼくは西武線で帰るから。また明日、すごいメイクするからね」

手を振り、小走りで男前のミズキが去っていく。おれはぐさぐさに刺された心を抱えたまま、グリーン大通りをサンシャイン60に向かって歩いた。

死んじまったアズサや、九歳のミズキみたいな子どもをひとりでも救うこと。そいつはとんでもない大仕事だった。明日からは今以上に本気でとりかからなければいけない。おれは振りむいて、黒革の薄い背中を捜した。改札の人波に消えて、ミズキはもう見えなかった。九歳の少女を思って、おれは心のなかで涙を流した。口元を引き締め、速足で人混みを縫っていく。

同じ電車のなかに、新型ウイルスだけでなく、ミズキのように虐待を受けた人間も乗っているかもしれない。なあ、今の時代、想像力って大事だよな。

「こいつはなかなかの作品だな」

SDカードをノートパソコンに入れて、ゼロワンがケントの迫真の演技を鑑賞していた。ずいぶんと長く撮影した気がするが、全部で十八分と二十一秒の映像だった。デニーズの窓の向こうには、夜空に垂直に伸びるサンシャイン60がまばゆくそびえている。

「ところで、この前の話、ほんとだよな」

コロシアムの件は無料で受けるといった言葉だ。

「ほんとうだ。おれの言葉を疑うな。それで、こいつをどうすればいい？」

ゼロワンとおれの前には、季節のイチゴパフェがふたつ。果物って一度くうと癖になるよな。甘いイチゴはあとを引くのだ。

「ケントが顔バレしないようにうまく隠してくれ。あとはさすがに長いから、切れ味よく編集してくれないか」

ゼロワンはしゅうしゅうとガス漏れのように笑っていった。

「四分二十九秒」

「なんだ、それ。誰もライブじゃ演奏しない前衛的なピアノ曲とか」

一曲まるまる無音の曲をつくったのは、ジョン・ケージ。もっともほとんど誰もリサイタルで弾いたりしないのだが。

「そいつは『4分33秒』だ。マコトはデビル・イン・ASOの後釜を狙うんだろ。あの熱湯シャワーのビデオが四分二十九秒なんだ。そういうところはきちんとこだわらないとな。アングルとか、シャワーのかけかたとか、ガキの台詞もよく似せてるじゃないか」

さすがにゼロワンはセンスがよかった。こだわりがなければ映像など一秒も撮らないほうがましだ。

「じゃあ、おれの名前は『デビル・イン・BUKURO』で頼む」

ゼロワンが笑うと、頭の角が突きだした。頭皮と頭蓋骨のあいだに金属を埋めるのは、どんな感じなのだろう。

「顔を隠すのはモザイクじゃつまらないな。イチゴのイラストでもネットで拾って使うことにしよう。『ピーターと狼』のテーマをバックに流してもいいか」

こいつはほんとに編集や映像制作、それに特殊効果なんかに適性があるかもしれない。

「もちろんだ。好きなようにやってくれ。目立たなきゃ意味ないからな。世界中の児童虐待マニアの胸を震わせる傑作をひとつ頼む」

ガス漏れの音が激しくなった。終着駅に着いた蒸気機関車みたいだ。しゅうしゅう。

「まかせろ。おれを誰だと思ってる」

不思議だよな。おれの相棒になるやつは、個性はめちゃくちゃ強いが、なぜかいい男が多いのだ。もっとも女の影は誰にもないんだけどな。


「パソコンもってきたよな。マコトの出せ」

おれはデイパックから、あの黒いダークウェブ専用ノートをとりだした。ハジメにきいたパスワードを入れる。すぐに逆隊コロシアムに飛び、あとはゼロワンにまかせた。

「じゃあ、コロシアム用の登録名とパスワードを決めるぞ。デビル・イン・BUKUROでいいんだよな。パスワードはどうする？」

「適当に決めてくれ。おれは複雑なのは覚えられないぞ」

十文字を超える数字とアルファベット、おまけに#$%&?:なんて記号入りのパスワードはおれの手には負えなかった。

「今はそういうのは流行りじゃない。単純な英語の文章でいい。ただし、なるべく長くな。そっちのほうがパスワードクラッカーなんかにも強いんだ。じゃあ、適当にいくぞ。チルドレン・スティル・ガット・ザ・ブルース。英文の小文字、全部で二十四字だ」

ぱちぱちと小気味いいタイピングの音がファミレスに響いた。ガキどもは今もまだ憂鬱か。悪くないパスワードだった。おれは思わず北東京一のハッカーにいった。

「おまえって、イケメンだといわれないか」

正気を失ったのかという目でしばらくおれをにらんで、ゼロワンがいった。

「マコト、いかれたビデオを撮りすぎて、頭までいかれたんじゃないか」

前言撤回。おれは人体改造マニアの変態には今後一切の共感をもたないことにする。


ゼロワンが編集したおれたちのビデオは抜群の切れ味だった。翌日の朝にはやつのパソコンからアップされている。逆隊コロシアムに転がってる児童虐待のビデオは、生々しいけれど荒っぽく、照明やアングルが奇妙に狂っていることが多かった。

おれたちが撮影したフェイクビデオは、照明もよく、構図もきちんと計算されているうえ、音楽とビジュアルエフェクトが追加されている。ほかのビデオが素人のユーチューブなら、おれたちのはハリウッド製ＭＴＶである。

正直そういう洗練された虐待ビデオは受けないんじゃないかとビビっていたのだが、ふたを開けるとその日の再生回数トップに躍りでていた。まあ、アズサの父親が逮捕された直後に熱湯シャワーのビデオをあげるという作戦勝ちの側面もおおきかったのかもしれない。

翌日もおれたちはフェイク虐待ビデオの撮影だったのだが、当然現場のやる気は最高潮になった。自分たちのやりかたで変態どもが釣《つ》れることが証明されたのだ。

その日の午後、ケントは太腿にびっしりとみみずばれのメイクを施されていた。ミズキはこの前の告白などまるでなかったかのように平然と仕事をしている。梅原がやってきて息子に声をかけた。

「投稿したビデオ大人気だぞ。きっとケントの演技がよかったせいだな」

すこし恥ずかし気な顔をして、九歳の男の子が学習机からいった。

「うん、なんだかカメラが回ったら、ぼくじゃなくなったみたい。変な感じなんだけど、すごくおもしろかった」

おれは思うんだが、男の子は自分の父親の仕事が手伝えると、自然にうれしくなるものなんだ。ケントは普段は別れて暮らしている父親といっしょに仕事ができて、新しい自分を発見できたのではないだろうか。おれも果物屋をやっていて、すごくいい仕事だなとこっそり思うことがある。おふくろには秘密だけどな。

「ケントはお芝居うまいな」

梅原の言葉にぱっと男の子の表情が輝いた。

「……これがお芝居なんだ。なんだかおもしろいね」

ミズキが赤いペンシルでケントの太腿に線を引いていった。腿にはメンディングテープが張られているので、その端をなぞると直線も余裕だった。ペンシルの先がやわらかな肌に沈みながら、真っ赤な線を残すのはなかなかの見物だ。

「さあ、お父さんは向こうにいって。仕事の邪魔、邪魔」

ミズキが嫌いなのは、自分の父親だけではないようだった。

「わかった。準備ができたら、今日の二本目にいこう。ケント、頼むぞ」

「まかせて、パパ」

おれはミズキが唇を噛むのを見逃さなかった。だから、なにかをいう訳じゃないけどな。

三日間で九本のフェイク虐待ビデオを撮影して、おれたちの第一期の制作スケジュールは終了した。これをゼロワンに渡して、一日一本ずつ逆隊コロシアムにアップしていくのだ。こちらの自己紹介などは、おれが書けばいいだろう。ファン（！）からのメールにも、おれがレスをつける予定だ。

問題はどの時点で、逆隊コロシアムの運営と連絡をとるかだった。できることなら、こちらからではなく、向こうのほうからナチュラルな形で声がかかるといいのだが。やつらはダークウェブのどん底にサイトを開くくらいだから、自分たちがどれだけ最低のことをしているのか認識はしているはずだ。それは同時に逃げ足の速さや、慎重さの裏返しでもあった。コロシアムを閉じて、どこかに潜られたら、そのときにはもう追う手がかりを失ってしまう。

おれたちのフェイクビデオが五本目になったとき、そのメールがやってきた。コロシアム内の再生回数人気ランキングで一位から五位まで独占した日の夜である。

デビル・イン・BUKURO様

いつも震えるほどの傑作、ありがとう。

子どもが泣き叫ぶ画というのはいつだって最高のおかずですね。

近々、五暴星にひとりが昇格し、十二性人に欠員ができる予定です。

デビル氏はうちのコロシアムの正式会員になることに、興味はおもちでしょうか。

詳しくはスカイプで、お話ししたいです。

興味がないようでしたら、このメールは読み捨ててください。

どちらにしても、われわれはデビル・イン・BUKURO氏の当コロシアムへの参加を歓迎しています。

十二性人　ロード・オブ・ピギーズ

なかなかていねいなメールだった。この十二性人は変態だが、きちんとした常識人なのかもしれない。キャラ名は『蠅の王』のパロディか。こいつもゼロワンに負けない趣味人かもしれない。

おれは梅原に電話して、先方からの接触を報告した。

「で、マコトはどう動くんだ？」

おれは黒いノートパソコンに映るコロシアムの映像を眺めていた。数十万人が剣闘士競技で命を落としたこの遺跡の地下深くに、やつらは潜んでいるのだ。

「うーんとじらすつもりだ。やつらが深くおれたちの針をのみこむまでな」

「わかった。その方針はいいけど、くれぐれも危険な目に遭うようなことだけはしないでくれよ」

さすがに社員ディレクターだった。誰かひとりでも危害がおよべば、企画自体が吹き飛ぶのだからしかたない。だが、おれたちが生きている世界はスタジオじゃない。絶対に安全なことなど、最初から存在しないのだ。

「わかってる。とりあえず、返信のメールを入れておく。また報告するよ」

おれは電話を切ってから、キーボードを打ち始めた。

ロード・オブ・ピギーズ様

ていねいなメール、ありがとうございました。

当方は確かに熱烈なデビル・イン・ASO五暴星のファンでしたが、あまり目立つ行動をとりたくありません。危険を冒すのは気がすすまないのです。十二性人になると、どんな義務とメリットがあるのでしょうか。今後も新たな作品はアップしていこうと考えています。あのビデオの撮影が、当方の生きがいなのです。お話はうかがいたいのですが、スカイプで顔をさらすのはたとえお相手が十二性人のひとりでも適切ではないと愚考します。どのようにすればいいのでしょうか。音声のみなら、まだいいのですが。

デビル・イン・BUKURO

こんなものでいいだろう。興味はあるけれど、身バレの危険は避けたい。だが、今後も新作はアップするし、児童虐待は生きがいである。伝えるべきことは盛りこんである。おれはダークウェブにメールを送信すると、おふくろと店番を代わるために下におりていった。

　メールの返信があったのは、その日の夜だった。豚の王はいう。スカイプで顔をさらす必要はない。十二性人以上のメンバーはすべて、フェイスマスクをつけて映像つきの交信をしている。音声のみの通話も試したことがあるが、やはり会議はうまくいかなかった。

　顔が隠れていても、話し手の雰囲気や背景情報があると、相手の信用度も確認できるし、会話の深さが違ってくる。おもちゃ屋なんかのパーティグッズ売り場に、いろいろな動物のフェイスマスクがあるから、手に入れてくれないか。さして高価なものではない。

　ちなみにブタ、ウマ、ライオン、キリン、シマウマ、ホワイトタイガー、ラクダ、カメ、オオカミ、ネコ、ネズミ、イヌ、ゾウ、カバ、カンガルー、コアラはすでに使用されている。十六人というのは、デビル・イン・ＡＳＯが抜けたあとの五暴星と十二性人ということだった。

　おれはその夜西口のドン・キホーテにいった。調べてみるとまだまだ動物のフェイスマスクは無数にあった。ゴム製のペラペラなやつな。おれはさして迷うことなく白いウサギのマスクを選んだ。部屋に戻り、装着してみる。安物のマスクはかなりのゴム臭さ。

さて、マスクは準備できた。

もう二、三ターン、メールをやりとりして、ピギーをじらしてから、スカイプで話をしてみることにしよう。


翌日はぼんやりと晴れた春のいい天気。

施設出身の三人組とおれは、梅原にウエストゲートパークに呼びだされ、インサートショットを撮影することになった。新型ウイルスの流行以降、公園の人出まで五分の一に減っていた。梅原の指示でグローバルリングのしたをぐるぐる回り、東京芸術劇場前の鉄製の彫刻にもたれたりする。おれはモデルではないので、ついつい表情が硬くなってしまうが、まあおれのプロモーションビデオではないから、映りが少々悪くても気にしない。

それよりも心配なのは、ミズキだった。もともとこけていた頬がさらに剃刀《かみそり》で削《そ》ぎ落としたように鋭くなっている。美青年の吸血鬼みたい。ハジメとコウジのふたり組（こいつらはチビの電子オタクとマッチョでいい画になる）の撮影中に声をかけた。ミズキは筒形のベンチ、おれはその前に立ち、微糖の缶コーヒーをさしだす。

「ほら、のめよ」

病人のような顔でやつは微笑んだ。

「ありがと」

「またやせたみたいだな。ミズキ、ちゃんと寝てるか」

円形広場の向こう側で、男ふたりが背中をあわせてポージングしていた。アイドルみたい。最近は男性アイドルの顔面偏差値は低下傾向にあるから、このふたりでも十分通用するかもしれない。ミズキはうつむいたままひっそりと笑う。

「睡眠導入剤が切れて、なかなか眠れないよ。空が明るくなって、カラスの鳴き声がきこえると、ほんと絶望的な気分になるよね。また白い朝がきた」

おれはミズキの寝床の話を覚えていた。床に敷いたバスタオルと身体にかけたバスタオル。凍えながら夜明けを待つミズキの胸のなかには、どんな思いが渦巻いているのだろうか。

「おれにはおまえのつらさの百分の一もわかっちゃいないと思う。だけど、自分の苦しみに縛られなくても、そろそろいいんじゃないか」

ふふっと低くミズキが笑った。

「もう昔のことだから？」

こんな引っかけの質問にはまともに答えてはいけない。それくらいは、おれも大人になっていた。ある種の経験には時間の経過などない。時の急流のなかに突きだした岩のようなものだ。数十年たっても昨日のことのように生々しい。

「おまえさ、自分が一番汚れてるっていってたよな」

「事実だから」

実の父親に力ずくで犯された九歳の女の子が汚れているはずがない。ウエストゲートパークの真んなかで、おれはそう叫びたかった。だが、そんなことできるはずもない。

「おまえ、男みたいな顔してるけど、すげえきれいじゃん。ぜんぜん汚れてなんかいないよ」

ミズキが顔をあげた。穏やかな観音菩薩みたいな微笑み。

「マコト、ぼくを口説いてるの？　去年のぼくなら、今のひと言でホテルいってたな。もう百人以上の中年男と寝たよ。いつもエッチしながら思うんだ。今回はきっとうまく相手をコントロールしてやる。もう絶対にあいつがしたみたいにはさせないって。これは、ぼくが相手にさせているんだ。してるのは自分だって」

復讐のために見知らぬ男と寝る。手首を切る代わりにミズキがした自傷行為だったのだろう。これくらいで腰が引けてたまるか。こいつをひとりにしたら、いつ死んじまうかわからない。

「考えてみてよ。男たちが腰振ってるあいだ、ぼくは焦りと恐怖でずっと背中に冷や汗をかいているんだ。セックスなんて、楽しいことも気もちいいことも、なにひとつない。でも、どうしてもやめられなかった。百五十人を超えたあたりで、数をかぞえるのもやめちゃった」

おれはミズキを抱き締めてやりたかった。だが、きっとやつはそれを望んでいないだろう。ベンチの隣に腰をおろし、やつのほうを見ずにいった。

「おれに何度も同じこといわすなよ。おまえはぜんぜん汚れてなんかいない」

ミズキが口ごもった。

「……でも、ぼくは」

「誰かがミズキに汚れてるなんていったら、おれがぶんなぐってやる。世界中のみんながそういっても、おれはそんなこと絶対思わないからな」

おれはミズキに目をやった。目と目があう。相手がなにを感じているか、自分がなにを感じているか、二枚の鏡のように心が反射しあって、すべて手にとるように理解できる瞬間ってあるよな。今、気もちが通じている。疑いようのない形で、心と心が通じている。

「……マコト」

そのとき、梅原がグローバルリングの向こうから声をかけてきた。

「おーい、そっちもちょっときてくれ」

おれとミズキは立ちあがり、石張りの広場を歩きだした。心をつなげたままな。いっておくが、そいつは単純な恋愛とか同情とか共感じゃあない。ほら、地下通路のシンガーがよくうたっているだろ。あの甘ったるい、やわらかで繊細な人の思いってやつだ。

その夜は五人でめしをくった。北口の中華街のなかにある火鍋屋だ。新型ウイルスで中国人の観光客がいなくなって、店はがらがらだった。辛いもの好きなので、おれは辣《ラー》油《ユ》と山椒《さんしょう》たっぷりの赤い鍋が好みである。

三人組はほとんど子犬のようだった。真剣な話などほとんどせずにじゃれあっている。幼い頃から施設でいっしょに育っているので、兄弟みたいな関係なのかもしれない。梅原がおれにいった。

「そうだ、マコトはそろそろコロシアムと直接話をするんだよな」

おれが答える前に、ハジメがいった。

「やっとエサにくいついてきたかあ。スカイプだったっけ」

「そうだ。おれがメールしたのは豚の王ってやつだけど、そいつにいわれてドンキでウサギのマスク買ったよ。やつらはみんな動物のマスクをかぶってスカイプで打ちあわせをしてるらしい」

　コウジが豚のロース肉から脂身をはずしてたべていた。ボディビル界では脂肪は厳禁だそうだ。

「気をつけろよ。やつらは用心深い。世のなかには自分が変態だとわからない変態が多いんだが、やつらは自分が変態だと身に染みてるからな」

　確かにそうだった。その説によれば、おれも無自覚の変態ということになるが。

「ああ、おれも焦るつもりはない。昼の光のなかに引きださないと、やつらをつかまえられないからな」

　その手の交渉はこの街での経験がものをいうだろう。おれは今までさまざまなアンダーグラウンドの組織と駆け引きをしてきた。池袋のチームやほんものの暴力団より、やつらのほうが手ごわいとはとても思えない。

　おれたちはその夜、よくくい、よくのんだ。ただし、アルコールはやめておく。タイミングがあえば、その夜、おれは豚の王と話をするつもりだった。ハジメがしげしげとミズキの顔を見ていった。

「ミズキ、なんか昼と顔が変わったみたいだ」

　いつものポーカーフェイスで、ミズキがチビのオタクに顔を向けた。

「変わってない」

「うーん、どれどれ」

今度はコウジが腕組みをしながら、正面からミズキの美少年面を覗きこんだ。

「いわれてみれば、そうかもしれないな。なんだか女っぽくなってる。梅原のおっさんに恋でもしたのか」

ミズキはまったく顔色を変えなかった。ふたりはミズキが中年男を渡り歩いていたのを知っているのだろう。コウジが叫んだ。

「痛っ！　なにすんだ、ミズキ」

おれはテーブルのしたを見た。ミズキのブーツは膝まである黒革の重そうなやつだ。こいつの分厚いトゥで、脛《すね》を蹴られたらたまらないだろう。ミズキは平然と赤い鍋でくたくたになった白菜を箸でつまんでいった。

「大切なときに、くだらないことをいうな。ぼくが恋なんてしないのは、よくわかってるだろ。今はコロシアムを叩き潰すときだ。ほかのことは、どうでもいい」

「わかってるよ。ったく、おまえは手加減しらないからな」

ハジメがしみじみという。

「うちら三人はみんなそれなりに壊れてるけど、このうちの誰かが殺人事件でニュースになるとしたら、きっとミズキだよね」

ミズキは辣油まみれの野菜ばかりたべながらいう。

「殺されるのが自分じゃないように祈ってな。まあ、ぼくもそう思うよ。ねえ、マコトもそう思うでしょ」

おれはうなずきも返事もせずに、豚ロースを平らげた。おれもそう思っていたが、すこし違う点もあったのだ。ミズキのような危険な生きかたをしていれば、殺す可能性だけでなく、いつか殺される可能性だって否定できない。丸いワイプに抜かれたミズキの顔写真が目に浮かんだ。きっとニュースを見た女たちは、こんなに若くてイケメンなのにもったいないといい、十五分後にはすっかり忘れてしまうだろう。

夜十時台にメールのやりとりをして、おれとピギーはスカイプをやることに決めた。誘ったのは向こうで、おれは消極的ながら賛成した形になっている。おれのパソコンとやつのパソコンの映像がつながったのは、十一時二分。

おれはウサギのゴムマスクをかぶりパソコンに向かった。ディスプレイにはブタのマスクをかぶり、淡いブルーのカレッジロゴ入りのトレーナーを着た小太りの男が映っていた。テキサス州立大学。意外にかん高く明るい声で、ピギーはいう。

「あー、そこの部屋だね。Kくんがかわいがられていたのは。いやあ、BUKUROくんのビデオは傑作だった。ランキングでもすごい人気だよね。編集がプロ並みだけど、どこかで習ったの」

おれはしばらく間をとって返事をした。すこし緊張している振り。芝居なら、おれもケントに負けていない。

「あの、初めまして、十二性人のかたと直接話ができるなんて、すごく光栄です。昔やっていた映像関係のアルバイトで編集技術は覚えました。今はパソコン一台でできるから、便利ですよね」

ピギーが投稿していたのは、自分でつくったビデオではなかった。海外のダークウェブから広く素材を集めて、そのなかの選りすぐりをアップする。もちろん自作のビデオのほうがコロシアム内では評価が高いから、「豚の王」は王という割には十二性人のなかでも、下っ端である。

「あのクラシックの曲さあ、カッコよかったけど、あれもBUKUROくんの趣味かな」

探りを入れてきている雰囲気があった。おれがほんとうにあの虐待ビデオをつくったのか、かまをかけてきている。

「ああ『ピーターと狼』ですね。あのオオカミのテーマが昔から好きで。ちょっと不気味なのにユーモアがあるでしょう。そこがいいなって。評価してもらえて、うれしいです」

素直な変態の役。義理の子どもには最低の父親なんだけどな。

「そうそう、そういうセンスがコロシアムには足りないんだよね。みんな、残酷で、痛くて、涙の量が多ければいいと思ってる。それだけじゃあ、ダメだ。ほんとにいいものにはならないって、ぼくは前からいってるんだけどね。みんなセンスないんだ。その点、BUKUROくんは断然ハイセンスだよ」

「ありがとうございます。ぼくもみんな素材はいいのに、仕上げが粗くてもったいないなと思ってました。ちょっと編集の手を入れて、効果音や音楽、それにテロップなんかをつけるだけで、コロシアムの作品も格段によくなるのに」

ディスプレイのなかでピギーが身を乗りだしてきた。背景はなにもない白いクロスの壁だった。マンションの一室だろうか。一軒家の感じはしない。ブタのマスクは口のなかが真っ赤に塗られて、口の端には白い泡が描かれている。つぶらな瞳は干しブドウでも埋めこんだようで、どんな感情も浮かんでいなかった。豚の王が話すたびに、折れた耳がかすかに揺れる。

「作品、そうだ、作品なんだ。みんなに欠けているのは、BUKUROくんがいう美意識なんだよ。日本のアニメーションが世界で評価されるように、ぼくたちの虐待作品が世界中で高い評価を集める。児童虐待の本場はニッポンだって、世界中でいわれるようになるのが、ぼくの夢なんだよ。まあ、日本では児童ポルノなんか取り締まりもゆるいからね。そっち方面ではいい条件が揃ってると思うんだけど」

吐き気がするような言葉だった。アートやアニメのとんでもない拡大解釈。

「その気もちわかります。みんなの素材をぼくがもらって編集の手を入れたら、何倍もアクセス数が増えると思うんですけど」

自分で口にして、ひやりとした。すこし踏みこみ過ぎたかもしれない。確かに実際にすべての素材をゼロワンが編集し直せば、とんでもない変態ビデオの傑作の山ができるだろうが、初接触でそこまで意欲を見せるのは危険な気がした。だが、ピギーはむちむちとした白い手を打って笑った。

「それはいいアイディアだねえ。試しに五暴星のいくつかの素材を送って、BUKUROくんにやってもらうのもいいかもだね。自分の好みもいいけど、人に見てもらうという意識がないと、作品に広がりが出ないからな」

おれはなんとかして、ピギーにくいこみたかった。

「そうだ、まだコロシアムにアップしていない、とっておきのビデオがあるんですけど、それをピギーさんに送ってもかまわないですか」

五十センチのアクリル定規を、ケントのやわらかな太腿に打ちおろす未公開の映像だった。ミズキの腕前で内腿全体に真っ赤なみみずばれが、狂い咲いた花のように散っている。

「それはうれしいな。ＢＵＫＵＲＯくんとはなにかと話があいそうだ」

それからピギーの耳の揺れがとまった。なにかを真剣に考えている雰囲気になる。ブタのマスクで沈思黙考《ちんしもっこう》しているところは、ユーモラスであると同時にひどく不気味だった。

「うーん、とっておきの映像をくれるのか。じゃあ、ぼくもスカイプのあとで、ＢＵＫＵＲＯくんに、特製のビデオを送るよ。いいかな、それはコロシアムのみんなにも秘密だよ。今夜はとても有意義な会話ができた。またタイミングがあえば、スカイプしよう」

おれは臆病なウサギのマスクをかぶったままいった。ぶんぶんとラテックスの長い耳が上下する音がきこえる。

「わかりました。こちらこそ、誰にもいえなかった秘密の趣味を共有できて、ほんとにうれしかったです。世間のやつらの目は節穴で、ほんとになにが素晴らしいのか、ぜんぜん理解してくれないですから。ピギーさんみたいなすすんだ感性の人とお話ができて最高でした。もう明日の夜にでもまた話したいくらいです」

最後にダメ押しでゴマをすっておいた。世辞が効くのは間抜けだけだと思うかもしれないが、世界のほとんどはその間抜けでできている。おれはウサギのマスクのまま、ピギーがスカイプを切るのを待った。それから、ケントの太腿ビデオを送る。こいつもゼロワンのもうひとつの傑作だ。

おれは画面が落ちると同時にスマートフォンを使った。ゼロワンはおれのパソコンにスパイソフトを入れたので、おれたちのスカイプをサンシャイン60近くのデニーズで覗き見ることができるという。ネットは怖いよな。

「どうだ、うまく覗けたか」

ふふふと低く笑って、北東京一のハッカーがいった。

「ああ、なかなか気味の悪いやつだったな。知能指数は低くなさそうだが」

確かに頭は悪くなさそうだ。自分でもそう考えていることだろう。だが、そういうやつのほうがミスが多いのも事実だ。誰だって自分が得意にしている分野でこそミスを犯すのだ。

軽い電子音が鳴って、おれの黒いパソコンにメールの着信があった。ほぼ同時にゼロワンがいう。

「こっちも届いたぞ。ピギーからの挨拶らしい」

「さっと見てみるか」

おれは豚の王から届いたメールを開いてみた。すぐにディスプレイいっぱいに、白いクロス張りの部屋が広がった。いつもピギーが逆隊コロシアムに投稿している海外の映像ではないようだった。ゆっくりとカメラがパンして、薄汚れた下着姿で立っている幼い女の子が映った。年齢は七、八歳というところか。ひどくやせている。首にはピンクのロープが巻かれ、その先は天井のほうに消えていた。

「ルナ、ちゃんと反省してるのか」

おれは驚いた。ピギーの声だ。やつは海外の虐待ビデオを漁《あさ》るだけでなく、自分でも虐待をしていたのだ。

「はい……お父さん……ごめんなさい……盗みぐいをした……ルナは悪い子です」

絞りだすようにそういった女の子の目は半分ふさがっていた。足元もふらふらだ。ひと晩寝かさずに、下着姿で立たせていたのかもしれない。ピギーは心底楽しそうだった。

「自分でわかっているなら、それでいい。あとは罪をつぐなうだけだ。なんとか朝までがんばりなさい」

返事がない。ルナは目を閉じてしまっていた。一瞬眠りに落ちたのだろう。足がふらつき、がくりと首が折れると、とたんに首にかかったロープが締まった。だいじょうぶなのか。思わずおれは息をのんだ。
七、八秒はなにも起こらない静止画のような映像が続いた。真っ赤に充血したルナの目がいきなり開き、意識が戻った。ひどく咳きこんでいる。ふらつきながらも自分の足で立ったようだ。ルナはなんとか呼吸を再開した。

「返事がきこえないぞ、ルナ」

女の子の顔は恐怖に引きつった。

「はい、ごめんなさい。なんでもしますから、許してください」

ピギーは笑っていった。

「じゃあ、居眠りをするな。寝たら、死んでしまうよ。罪を最後までつぐなえないと、死んだら地獄に堕《お》ちるよ」

映像はそれから約九分間続いた。ルナはその短いあいだに、もう二回失神するように眠りに落ち、そのたびに首が絞まって目を覚ました。ピギーは悪魔的な虐待者だった。十二性人の下っ端でも、これほど悪辣《あくらつ》なのだ。上のほうに君臨するやつらは、どれほどひどいのだろうか。

パソコンを覗き見ているハッカーに声をかけた。

「今のも見たんだろ。どうだ、ゼロワン」

ガス漏れの音が激しくなった。

「マコトは自分の部屋で見たんだろ。こっちは明るいファミレスで、まわりにカップルや家族連れがいるなかで、こんな鬼畜映像見せつけられたんだ。ひどいビデオは数々見たが、今のが最悪だ」

　おれも同意見。

「まったくだな。ピギーのやつはなんとしても捜しださないと、ルナって女の子はいつ死んでもおかしくない状態だ」

　きいても無駄なことをつい質問してしまった。

「ネットからはあいつの居場所は探れないんだよな」

　ゼロワンが悔しそうな声を出したのをきいたのは初めてのことだった。

「ああ、ダークウェブでは手が出せない。そいつは同時に向こうも絶対におれたちを見つけだせないということだ。だが、今の映像からなにか読みとれないか、これからじっくり解析してみる。そうだ、タカシが腐ってたぞ。マコトからの報告がないってな」

　池袋のキングのことをすっかり忘れていた。まだコロシアムを罠にはめ切ってはいないが、そろそろつぎの動きを準備しておかなければいけない。おれはゼロワンによろしく頼むといい、パソコンを閉じた。


　真夜中に近かったが、タカシに電話を入れた。

「遅かったな、マコト」

意外なことにとりつぎではなく、キングがすぐに出る。

「もうベッドのなかにいるのか。直接なんて、めずらしいな」

「キングといえどもプライバシーはある。遅かったというのは、電話の時間のことじゃない。おまえからの報告だ」

氷壁のような無関心で誰にでも対処するタカシが、おれのことでゼロワンに不平を漏らしたのが、なんだか愉快だった。キングでもじれることがあるのだ。

「コロシアム側との接触は済ませた。ゼロワンからきいてると思うが、おれたちがつくったフェイクの虐待ビデオはすごい出来だったんだ。チャートの五位まで独占だぞ。タカシにも送ろうか」

あたたかな春の夜なのに、みぞれ交じりの声。

「いいや、おれはこの世界の歪《ひず》みを積極的に見たいという人間じゃない」

そういうやつも確かにいるのだ。悪いニュースが好きな人間は、おれたちが想像する以上に多いけどな。

「だが、こいつは見なくちゃいけない映像だ。コロシアムの十二性人のひとり、ピギーから直接おれ宛に送られてきたものだ。そっちのスマホに送る。最初の三分だけ見てくれ」

　おれは黒いパソコンを開き、タカシのスマートフォンにルナの絞首ビデオを送った。息をとめて、正面の壁をにらんで三分後。池袋のキングに再び電話をかけた。

「おれだ、マコト」

　絶対零度の声がおれの耳を凍りつかせた。

「この男をおれの前に連れてこい。今のビデオがおままごとに見えるくらいの拷問を、ひと晩中くれてやる」

　タカシはやると決めたら、実際にやるだろう。

「おまえが手を汚すことはないさ。だが、絶対におれたちでコロシアムを潰してやろう。あそこに集まったやつらの人生ごとな」

　タカシの声は凍りついたままだった。

「わかった。明日からは毎日、報告しろ。進展があってもなくてもだ。あの子はいつ終わりになってもおかしくない」

　おれと同じことをキングも恐れている。脳裡に熱湯シャワーを浴びせられながら、ずっと謝っていたアズサの映像が浮かんだ。ルナを死なせてはいけない。

「ああ、まかせてくれ」

「時間がないぞ。できるだけスピーディになな。マコトにしかできない仕事だ」

　めずらしくキングからの誉め言葉だった。

「おまえこそクールにな」

おれは氷にもっと冷たくなれということになるとは想像してもいなかった。キングとの通話は挨拶もなしに突然切れた。おれは頭のなかで何度もシミュレーションを繰り返したので、明けがたまで眠りに就くことはできなかった。

それからしんどい待機の時間が続いた。おれとコロシアムをつなぐのは、細いスカイプの糸一本なのだ。テレワーク時代のトラブルである。手元にあるのはどこにもたどり着けないピギーのアドレスだけ。おれは初めて同好の士を見つけた虐待マニアの振りをして、ピギーとのメール交換を続け、さらに二回のスカイプを行った。

じりじりと針が相手の喉の奥深くに刺さっていく手ごたえはあるが、なかなか決定的な最後のフックが決まらない。つい焦りそうになるが、ここまでのお膳立てをひっくり返すことになるので、そうそう大胆な手を繰りだすことはできなかった。

だが、四度目のスカイプの最後の三分で、ピギーが驚くべきことを提案してきた。

「そういえば、そろそろＢＵＫＵＲＯくんを上のほうに紹介しようか」

ウサギのマスクをかぶっていてよかった。おれの顔色は変わっていたと思う。逆に怖がる振りをした。

「うーん、ピギーさんは話がわかるからいいけど、上の人って危なくないですか」

ピギーが笑っていった。

「いや、なかには危ないだけじゃなくて、まともに話もできない社会不適合者もいるよ。さすがにそういうのは、ＢＵＫＵＲＯくんには紹介しない。五暴星のうちのひとりで、リーダー格の白虎《びゃっこ》さんだ」

そいつなら、おれも逆隊コロシアムの映像を見ていた。幼い三兄弟全員に虐待を繰り返すガタイのいい変態だ。

「あの人かあ。なんだか武闘派という感じですよね」

ピギーの声は明るかった。この手の児童虐待の話をするのが、一番楽しいのかもしれない。ブタのマスクの折れた耳がうれしげに揺れている。

「ぼくやＢＵＫＵＲＯくんみたいに、設定や技法に凝るというタイプじゃないよね、白虎さんは。その代わりに自分の手を使う」

顔は学校で目立つから避けるが、白虎の暴力はすさまじかった。全身に青あざができる。

「そうですね、あれはすごかった。単純だけど、なぐったりはたいたりは効きますよね」

おれは吐き気を抑えて、ピギーに話をあわせた。こいつをほんとうにタカシにくれてやろうかな。ひと晩で食肉が何キロとれるか、楽しみだ。

「明日の夜は空いてるかな。ぼくたちのトークセッションに、白虎さんを招きたいんだ。BUKUROくんは今みたいに普通に話をしてくれればいいから」

おれには喉から手が出るほどうれしい話だったが、もう一段気乗りしない様子を装った。

「ピギーさんがそれほどいうならおつきあいしますが、途中でやめたくなったら、どうしたらいいですか。なにか中止のサインを決めておきましょうよ」

ブタのマスクがしばらくなにかを考える顔になった。

「了解だ。それなら、ウサ耳をさわって、すこし折ってくれるか」

おれは右手をあげて、突きだしたウサギの耳を前方に折り曲げた。やわらかなゴムだから楽勝。

「白虎さんとの会話を途中でやめたくなったら、耳を折ってくれ。ぼくがそろそろといってセッションをおしまいにするから」

「わかりました。それなら、よろしくお願いします。でも、こんなに優秀なのに、なんでピギーさんがコロシアムのトップじゃないんですか。それとも上のほうはもっとすごいのかな」

ピギーはマスクのしたでひひひと笑って、ブタの短い耳をくしゃくしゃに折り曲げた。

「さあ、そろそろぼくたちの楽しい会話も終わりにしよう。明日の夜が待ち遠しいよ。ＢＵＫＵＲＯくんは将来の幹部候補だ」

おれたちはスカイプを切った。おれはすぐにタカシに電話をかけた。五暴星とつながれそうだ。やっとやつらはおれたちの毒針を喉の奥までのみこんだ。そういうと、池袋のキングは横なぐりの吹雪のようにうれし気にひと言だけいった。

でかした、マコト。

おれは妙に落ち着かない春の一日を過ごした。新型コロナウイルスはまったく終息の気配もないのに、今年は記録的な早さで東京のソメイヨシノが開花している。おれはいつものように店番をしながら、つぎつぎと電話をかけた。

ディレクターの梅原、ミズキ、ハジメとコウジ。全員にコロシアム探索の最終工程にさしかかったことを伝えていく。その日はイチゴやリンゴを売っていても、なんだかリアルな商売をしている気がしなかった。いかれたダークウェブのせいで、きっとおれの現実感覚がおかしくなってしまったのだろう。

まるでフェイクの果物を売って、フェイクの金を受けとっている気になる。なあ、おれたちの生活はどこまでがリアルで、どこからがフェイクなのだろうか。そいつがしっかりとわかっていて、線引きができるやつが、この東京にいったい何人いるのだろう。

おれはあんたがその細くて曖昧な線をリアルにつかんで生きていることを願うよ。


二分割になった画面には、ブタのマスクとホワイトタイガーのマスクがそれぞれ映しだされていた。時刻は約束通りの午後十一時三十分。児童虐待マニアの世界のトップ会合だ。きっとこのテレビ会議を、ゼロワンとタカシは東池袋のデニーズで並んで見つめていることだろう。トラブルシューターの仕事はどんどん電子化して、気がつけばおれは今回ほとんど自分の四畳半のなかだけで仕事をすすめている。

「やあ、ＢＵＫＵＲＯくん、こちらが五暴星の白虎さん。白虎さん、こちらが期待の新人でＢＵＫＵＲＯくんだ」

おれはウサギのマスクで頭をさげた。耳が揺れているのがわかった。

「お話しできて光栄です。ピギーさんから、白虎さんのお話はいろいろときいています」

白虎は小太りで小柄なピギーに比べると、胸板も厚く、腕も太かった。この季節に半袖Ｔシャツ一枚なのは発達した上腕の筋肉を見せたいのかもしれない。

「おたくのビデオはよくできていた。ビデオはすべて見せてもらった。編集うまいんだな」

　こいつはピギーほどＩＱが高そうな話しかたではなかった。さすが武闘派。

「ありがとうございます。ぼくも白虎さんの映像はすべて見ました。強烈でした」

　強烈だったのは幼い兄弟への拳を使った虐待とおれの吐き気だ。白虎の隣にいるとピギーは、王につかえる側近のように静かにかしこまっているように見えた。

「おれはピギーの人を見る目を信じている。おたくはなかなか信用ができそうだ。センスもいいし、この何回かのピギーとのスカイプの映像もすべて見せてもらった」

　おれがゼロワンやタカシと共有していたように、ピギーも保険をかけていたのか。ブタのマスクの小太りがいった。

「気を悪くしないでくれよ、ＢＵＫＵＲＯくん。ぼくはコロシアムのリクルート担当でもあるんだ。きみが信用してもいい相手かどうか、調べさせてもらった」

　おれが返事をする前に、ホワイトタイガーがいった。

「おたくは合格だ。デビル・イン・ＡＳＯが逮捕されて、五暴星に空きができた。その空位は十二性人のひとりが埋めることに決まった」

　おれはわざと残念そうな声をあげた。

「つぎの五暴星はピギーさんじゃないんですか」

ホワイトタイガーの残酷に開いた口が笑ったように見えた。

「ああ、違う。ピギーは十二性人のほうが自由に動けていいんだ。実質的にコロシアムを運営してるのは、おれとピギーだからな」

おれは飛びあがりそうになった。こいつらが逆隊コロシアムの中心なのだ。おれはゼロワンとタカシの顔が見たかった。ファミレスで祝杯をあげているかもしれない。マスクのしたでにやにやしながら、ピギーが驚くべきことをいった。

「という訳で、十二性人に欠員がひとりできるんだ。そこにBUKUROくんが入ってくれないか。デビューして即十二性人に昇格した驚異の新人。コロシアムに集まるファンは、そういう物語が好きなんだ。実際、BUKUROくんにはそれだけの力とセンスがある」

毒針に完全にくいついてきた。おれはじらすようにいった。

「いきなりぼくが十二性人になったりしたら、まわりからおかしな目で見られませんか」

ピギーが短い耳を揺らしながら、楽しげにいった。

「そういうやっかみもすこしはあるかもしれない。でも、ぼくと白虎さんが組めば、たいていの問題は押さえこめる。BUKUROくんは安心して、今までのように新作をあげてくれればいいんだ。あとぼくと白虎さんの作品は、きみに編集をお願いしたい」

おれは迷っている振りをした。返事を延ばしていると、白虎がいう。

「ＢＵＫＵＲＯと名乗っているくらいだから、おたくは池袋の近くに住んでいるんだろ」

すこしひやりとした。なにかをつかんでいるのだろうか。Ｇボーイズも、真島誠というトラブルシューターの名も、池袋のアンダーグラウンドでは有名だった。情報がどこで漏れて、つながっていくかはわからない。迷いながらいう。

「……まあ、そうだけど」

ピギーがとりなすようにいった。

「そう心配しないでもいい。逆隊コロシアムでは半年に一回、オフラインのリアルミーティングを開催している。春と秋、季節のいいときにね。今回もそろそろ春のミーティングの時期なんだ」

ホワイトタイガーが首を上下に振った。首筋の筋肉が見事に動いた。

「そういうことだ。今回はＢＵＫＵＲＯくんの歓迎会を兼ねて、池袋で開催しようかというだけの話だ」

今度、小躍りしそうなのは、おれのほうだった。タカシとゼロワンが手をとりあって、デニーズで踊る姿が目に浮かぶ。まあ、あいつらはそんなことは絶対にしないだろうが。おれはようやく返事をした。

「そういうことだったんですね。こっちの住所とかを、もうつかんでいるのかとちょっと怖くなったもので。ミーティングへの参加はいいですけど、十二性人への加入はそのときもうすこしきちんと話をきかせてもらってからでいいでしょうか」

ホワイトタイガーがしっかりとうなずいた。

「慎重なのはいいことだ。とくにおれたちがやっているような特殊な趣味の世界ではな。店と日時はピギーから連絡させる。どんな予定があっても、コロシアムを優先させるんだぞ。十二性人から上には、きちんと再生回数に応じたギャラの支払いもある。世界中のマニアが集まるんだ。決してバカにできない収入になるぞ」

あの虐待ビデオを見るために世界のマニアが金を払っているのだ。おれは素直に驚いていた。果物屋の店番よりもずっと稼げるのは間違いなさそうだ。

「……それはすごいですね」

ピギーが自信満々にいう。

「十二性人の上位ランクなら、本業よりもコロシアムからの収入のほうが高額なはずだよ。ＢＵＫＵＲＯくんも今の調子なら、すぐにそうなれる。じゃあ、つぎの連絡を楽しみにしていてくれ」

テレビ会議は切れた。おれのディスプレイから、白い虎と豚の王が消え去る。真っ暗な平面に戻ると、そこで今まで話していたのが幻だったように思える。ほんとうにあのふたりはリアルに実在するのだろうか。

おれは『ピーターと狼』を聴きながら、その夜は妙にくたびれてふて寝した。

二日後にピギーからのメールがきた。逆隊コロシアムのオフラインミーティングは、翌週の金曜午後八時、池袋美久仁《みくに》小路《こうじ》にある居酒屋「すみよし」に決まったという。当日その店は貸し切りになるそうだ。

おれは梅原と施設育ちの三人をサンシャイン60の足元にある狭いのみ屋街に案内した。美久仁小路はうちのおふくろが生まれる前から、池袋では有名な横丁だった。途中でS字形に折れ曲がった路の両側には、数十軒ものスナックやバーや居酒屋がびっしり。

昼間の火の消えたような小路でカメラを回しながら、梅原がいった。

「なんだかダークウェブなんて感じはぜんぜんしないな」

二階建ての木造建築が多いので、田舎の温泉にあるスナック街みたいだ。どの店も看板は電飾が消えて淋しい限り。コウジが腕組みを解いていった。

「あそこがその居酒屋だな。つぎの金曜には、そこにコロシアムの獣が集まる訳だ」

梅原がすみよしと筆文字で書かれた張りだし看板を撮影している。

「マコトがいうには、この街の自警団みたいな組織が、コロシアムの集会に踏みこむらしい。ぼくたちはそれに便乗して、あの居酒屋にカメラを入れる。三人もあとに続いてくれ」

ハジメがスマートフォンであたりを撮影しながらいった。

「そんな素人みたいなやつらにまかせて、だいじょうぶなのかな」

おれは笑って、請け負った。数々の出入りを思いだす。

「Gボーイズに比べたら、おまえらのほうがずっとアマチュアだな。やつらはこの小路に抜けるすべての出入口を押さえて、ネズミ一匹逃さない網を張る。そこのキングはコウジ、おまえが指一本ふれないうちに、おまえの意識を刈りとるぞ」

コウジはボディビルで鍛えた筋肉を信じているのだろう。

「ほんとにできるのか？　誰が相手でもつかまえたら、あとはねじ切るだけだぞ」

僧帽筋《そうぼうきん》をパンプアップして、おれに脅しをかける。こいつのスピードでは、タカシの影さえ見えないだろう。

「おれはマイクをつけて、先にひとりで潜入する。Gボーイズの突入は、メンツが揃った十分後だ。ミズキは女なんだから、気をつけろよ」

ミズキはいつものように低く笑って、黒革のライダースのポケットからちいさな黒い箱のようなものをとりだした。先には銀の電極がカニの爪のように突きだしている。ばりばりと青い稲光が飛んだ。スタンガンだ。

「コロシアムの変態にはこれを用意したよ」

やる気まんまん。おれはここにいる誰ひとり、傷を負わないといいなと思った。もうこいつら三人は子どもの頃から十分に傷ついている。

待機の時間は長かった。

おれとしてはみんなで撮影したフェイクの虐待映像をアップしていくだけ。主犯格のピギーとは、たまにメールをするだけになった。おれを新メンバーに迎えるために調べていたというのは、ほんとうなのだろう。信用調査に合格したのだ。同じ趣味の人間だという思いこみと、出来のいい虐待ビデオが決め手になったのだろう。

おれが心配していたのは、つぎの犠牲者が出るのではないかということ。夕方のニュースを見るたびにひやひやした。アズサのような子どもを、コロシアムから生むのは絶対に避けたい。あそこで見た数々の映像に映されていた子どもたちのなかから新たな死者を出すことだけは嫌だった。それはおれたち撮影班共通の願いである。

金曜日はよく晴れてあたたかなのに、強烈な南風が吹く夕方になった。春の嵐。店先に置いておいたダンボールが風にあおられ、西一番街の奥まで飛ばされるほどである。おれはいつものように店番をして、時間が流れるのをじりじりと待った。

強風に震えるような夕日を浴びて、うちの店の前にボルボの最上級RVが停車した。タカシがグレイのスーツでおりてくる。おふくろに声をかけた。

「今夜もマコトを借ります。これ、お土産」

西武の地下にある和菓子屋の紙袋だった。この店の名物なら羊羹《ようかん》か、きんつばか。おれは端正にスーツを着こなしたキングに声をかけた。

「へえ、出入りにスーツか。タカシはいつも服装には気をつかうんだな」

肩のほこりを払う仕草をして、ファッショニスタのキングがいった。

「こいつは飛行機のなかで着るフライトスーツだ。ストレッチ素材で、しわにならず、肩の可動域も広い」

そういって腕を突きだして見せる。タカシにとっては気楽な左ジャブだが、稲妻のような速度。おれはいった。

「今のはコウジには見えないだろうな」

キングがRVに戻りながらいった。

「そうだ。撮影班がいるんだよな。Gボーイズの顔バレは困るから、なるべく映さないように注意しておいてくれ」

「わかってるけど、カメラは居酒屋のなかにも入るんだ。やつらの顔をさらすのも、今回の大切な目的だからな」

「わかってる。乗れ、マコト。今夜で決着をつける。コロシアムを叩き潰すぞ」

おれは小山のようなＲＶに乗りこみ、流れていく池袋の街並みを見つめた。


新型コロナウイルスのせいで、池袋名物の美久仁小路も淋しい人出だった。開けている店は五分の一ほど。

おれはタカシとＧボーイズの参謀との打ちあわせを終えて、約束の時間の五分前には小路の入口に到着していた。マスクをしたカップルや若い男の集団は、ほとんどがＧボーイズだろう。人海戦術はお手のものである。ここは池袋なのだ。

おれはＳ字形の角を曲がり、「すみよし」に近づいていった。シャツの下にはガムテープで小型マイクを貼っている。アメリカの刑事ドラマならワイアードという状態だ。

「すみよし」の向かいにあるスナックに目をやった。「マンハッタン」は青い看板にぎざぎざのスカイラインを浮かべている。こちらでは梅原と三人がビールをなめながら待機しているはずだ。「本日貸切」の札がさがった居酒屋の引き戸を開ける前に、周囲を見渡した。

ざっと目につくだけで、十数人のGボーイズが横丁に溶けこんでいる。深呼吸をして、戸を引いた。おれを見る目がたくさん。すぐに人数をかぞえる。狭い店内にはテーブルを三つくっつけて、一列の席が用意してあった。顔を揃えているのは全部で十四人。残念だが五暴星と十二性人の全員はいなかった。ふたり欠けている。

小太りでメガネをかけたツイードジャケットの男が、おれを手招きした。

「やあ、ＢＵＫＵＲＯくんだね。ぼくがピギーだ」

目を疑った。あの変態が普通のサラリーマンにしか見えない。ピギーの隣には大柄の短髪の男。前髪の先を波のように立ちあげている。こちらはけっこうなハンサムだ。大柄なチェックの半袖シャツ。ホワイトタイガー。

「おれが白虎だ。ＢＵＫＵＲＯは若いな。うちは二十代はめずらしい。新しい血だな」

おれの知らない誰かがいった。

「だけどＢＵＫＵＲＯくんの作品は、すごくよかったよ。ニュージェネレーションの登場だと痛感したものだ。もう老兵は消え去るのみなのかねえ」

こちらは髪が半分白くなった初老の紳士風。おれが息をのんでいたのは、コロシアムの変態どもがまったく普通の人間にしか見えなかったせいだ。あのブタやトラのマスクをしていたほうが、まだ落ち着いていられる。人は外見じゃない。恐ろしい真実だよな。ピギーが手招きした。

「さあさあ、ぼくの隣にきて。生ビールでいいかな」

遅れて参加した会社の飲み会みたいな雰囲気。おれの目の前にはもう刺し盛りや天ぷらなどが並んでいた。ピギーがいった。

「定例会は三十分前に始めたんだ。いつもの運営と会計の報告だ。こう見えてきちんと税理士もいるんだよ。そこにいるキリンさんだけどね」

やせた中年男がおれに会釈した。白虎がいう。

「ここからは有望な新人、ＢＵＫＵＲＯくんの歓迎会だ。みんなグラスはあるか。乾杯するぞ」

おれは児童虐待の常習犯に囲まれていた。それなのにまったく普通の乾杯が行われようとしている。悲鳴が漏れそうだ。こいつらがいじめ抜いている子どもたちのことを思った。

「乾杯！」「乾杯！」「乾杯！」

にぎやかな声があちこちで響いて、おれは歯をくいしばり、唇を引き締めた。こいつらと同じ発声など絶対にするものか。

そのとき引き戸ががらがらと勢いよく開けられた。顔の下半分を黒いマスクで覆った

Gボーイズが突入してくる。ピギーが叫んだ。

「きみたちはなんだ？」

居酒屋を襲撃する強盗団にでも見えたのかもしれない。だが、つぎの瞬間には顔が引きつっていた。雪崩《なだ》れこむ人数はどんどん増えて、狭い店内は黒いパーカーを着た謎の男たちでいっぱいになったのだ。最後に梅原が大型のビデオカメラをかついで入ってきた。

気がつくと黒いマスクのタカシがカウンターにもたれて、店内を冷たく見回している。

「制圧しろ」

指を鳴らすようなひと声だった。コロシアムの変態ひとりにつきふたりがかりで、押さえこんでいく。店の人間ふたりは、カウンターの奥で縮こまっていた。池袋で飲食店をやっているならGボーイズを知らないはずがない。電話に手を伸ばそうともしない。

コロシアムのやつらはほとんどが文化系の中年男だった。子どもには強いが、自分よりも若くケンカ慣れしたGボーイズには逆らうこともできない。テーブルの大皿を投げて暴れだしたのは、白虎ひとりだった。

おれと目があうと、タカシは冷たく笑った。腕を組んだままだ。

Gボーイズの最後尾から、コウジとミズキが白虎に飛びかかっていく。ホワイトタイガーもおおきかったが、コウジはその二回りも広い背中をしている。正面から抱きつき、胴を締めあげるだけで男は身動きできなくなった。ミズキが白虎の首筋にスタンガンの先を当てる。

「ちょっと待て」

白虎が叫んだが、ミズキは迷うことなくスイッチを入れた。青い放電と同時にちいさな稲妻の音が鳴る。ぐったりと力が抜けた白虎を、コウジは元の椅子に座らせた。


「全員のスマートフォンと財布を抜け」

Gボーイズがつぎつぎと獲物を集めていく。誰かが叫んだ。税理士のキリンだろうか。

「こんなことをしてただで済むと思うのか。強盗だぞ」

タカシは黒いマスクをしているが、おれにはやつが笑ったのがはっきりとわかった。

「おまえたちがダークウェブのどん底でなにをしているのか、おれたちは知っている。警察に届けるというなら、好きなようにしろ。だが、今夜中にはおまえたちの虐待ビデオと個人情報のすべてがネットに流出することになる。もちろんネットだけじゃないぞ。それぞれの住所がある地区の警察と児童相談所には、おまえたちの情報が流される」

げっという音がして、初老の男がたべたものを吐いた。別な誰かが震えながら、つぶやく。

「終わりだ……もうわたしたちはおしまいだ」

梅原がすべてを撮影しながら、おれに向かってうなずいた。おれは席を立ち、タカシのところにいった。黒いマスクを渡される。おれがマスクをつけていると、ピギーが叫んだ。

「BUKURO、おまえが裏切ったのか」

おれは肩をすくめていった。

「おれは最初からおまえらみたいなケダモノの仲間じゃない」

「じゃあ、あのビデオはなんなんだ？」

どうやらピギーがコロシアムの頭脳のようだった。立ち直りが一番早い。

「ぜんぶ芝居だよ。流行のフェイクビデオだ」

ピギーは今度はほんものの白い泡を唇の端に浮かべている。唾を飛ばしながら叫んだ。

「くそっ、おまえを狙うぞ。人を雇って、襲撃してやる」

タカシがすっと一歩前に出た。愚か者は最後まで愚かだ。

「おれたちはおまえの名前も住所も知っている。そんなことをすれば、おまえは終わりだ。この世界から消してやる」

右の拳を握る。タカシの手はさしておおきくはない。Gボーイズ全員の目がタカシに集まった。伝説の右が見られるのだ。タカシは会釈するように上半身を折って、なんの予備動作もなく右手を伸ばした。ピギーの顎にとまった虫でもはらうように。なにごともなくタカシの拳は元の位置に帰った。力などすこしも入っていない滑らかな一撃。ピギーはよだれを垂らしながら、頭を落とした。一瞬で意識を刈りとるジャブストレートだ。タカシはよくいっていた。正確に急所を撃ち抜けるなら、全力はいらない。余計な力はかえって邪魔になると。すべての仕事に通用する話だよな。

Gボーイズが手分けして、財布から免許証と身分証明、それに名刺を抜いていく。金には手をつけずにな。財布はテーブルに山になった。スマートフォンはそうはいかない。居酒屋のカウンターに六台のノートパソコンが並んだ。うしろ手に拘束された指紋でロックを解除すると、なかに溜めこまれた情報がすべて吸いだされていく。それを二度繰り返したが、あわせても十分はかからなかった。

逆隊コロシアムの変態どもはおとなしかった。無理もない。ミズキの高電圧スタンガンとタカシの伝説の右を目撃したのだから。誰かが舌を噛んで自殺を図ったようだ。口から血を流している。タカシは冷静に横目でその様子を観察すると命じた。

「撤退だ。サツには気をつけろ。やつらの勘も鋭いぞ。散れ」

おれも梅原やミズキたちといっしょに美久仁小路の居酒屋を離れた。おれがうなずきかけるとミズキがスタンガンの先を、手を振るように揺らして見せた。

「どうだった、マコト？　ぼくの電撃」

おれはマスクのしたで笑っていった。

「すごかったよ。ミズキとはもめたくないな」

おれたちはサンシャイン60の光の塔の足元にある狭い小路を抜けて、春の嵐のなかそれぞれの方向へ散っていった。それがあの夜、池袋ののみ屋横丁で起きたことだ。もちろん逆隊コロシアムのやつらは警察には通報していない。

きっとさっさと家に帰り、虐待の証拠を消すのに必死だったのだろう。

といっても誰ひとり逃げ切れたケダモノは、あの場にはいなかったんだがな。


そこから先一番活躍したのは、なんといってもゼロワンだった。

ゼロワンはいつものデニーズで、Ｇボーイズから渡されたスマートフォンや免許証の情報と虐待ビデオをワンセットにして、十四人分ネットのあらゆるサイトに送りつけたのだ。もちろん各地の警察と児童相談所にも。

つぎの日から起きた騒動については、おれよりもあんたたちのほうが詳しいよな。朝から晩までオンエアされた児童虐待サイトのモザイク映像は、一度目にしたら忘れられないようなひどいものだった。居酒屋にいた全員が警察の取り調べを受け、各家庭の子どもたちは保護された。そのまま会社員を続けられた者はひとりもいない。まあ無理もない。やつらのデータと虐待映像は人事部だけでなく、社長室にも送られている。

梅原はできるだけ早く編集を済ませて、自分の局の深夜枠で放送したいと意気ごんでいた。そこで話題になれば系列のキー局が全国で再放送をしてくれるかもしれないそうだ。そうすれば、今年度のテレビの番組賞も見えてくる。

ゼロワンは言葉通りに、膨大な作業をすべて無給でやってくれた。人体改造マニアだろうが、声がガス漏れみたいだろうが、やつは見あげた男だ。同じダークウェブにいても、コロシアムの変態とは比較にならない。

今度、うちの最高級のイチゴ（ワンパック千八百円！）をもっていってやろうかな。


コロシアムの件が片づいてから三日後、おれはミズキにデートに誘われた。

といっても、普通の甘いデートではない。まだ冷たい風のなかを走る東京湾岸の電車に、おれたちは乗っていた。ミズキは終始無言だ。おれたちがおりた駅の周辺にはまだ空き地が多く、おれは黙ったままミズキのあとについていった。

到着したのは、国立のがん専門病院。ひどくでかい植物園みたいなガラス張りの建物である。ミズキは迷うことなく七階にある呼吸器科の病室に向かっていく。硬い表情のまま721号室をノックした。咳払いのような声が戻ってくる。

ミズキが病室の扉を開けた。狭い病室だが、春の日ざしが満ちて奇妙に牧歌的だった。やせ細った初老の男がひとりベッドで横になっている。水玉のパジャマ。左手には点滴、鼻の下には酸素のチューブが見える。

男の意識ははっきりしていた。ミズキだとわかるとたじろぐような表情を一瞬浮かべた。無理もない。これが肺がんで入院した父親への初の見舞いなのだ。おれが驚いたのはミズキがライダースからスタンガンを抜いたときだった。

こいつ、本気で抗がん剤治療中の男に電撃を見舞うのだろうか。

もしミズキがそうするとしても、おれはとめないだろうが。

「あんたのせいで、ぼくはめちゃくちゃにされた。心も、身体も、人生もすべて」

ミズキがスイッチを入れると、明るい病室に放電の青い火花が飛んだ。

「どうして実の娘に、あんなひどいことができたんだ？　ぼくはたったの九歳だったたんだぞ」

　男は一瞬ミズキを見てから、視線を天井に向けた。抗がん剤のせいか髪は空き地に生えるセイタカアワダチソウのようにまばらだった。目は落ちくぼみ、灰色の頬はこけて顔に生気はない。

「……すまない……そんなつもりは……なかった……おまえもよろこんでくれて……」

　青い火花とともにミズキが叫んだ。

「うるさい。あんたは頭がおかしいよ。今でもそんなふうに思ってるんだ」

　肩で息をしている。おれはミズキの二歩ほどうしろで、ただ見つめているだけだ。デートの誘いの意味がようやくわかった。ミズキはこの男を殺さないためのブレーキが欲しかったのだろう。

「ぼくはあんたの葬式にも墓参りにもいかない。あんたの死んだ顔も見ない。いくら強い薬をつかっても、もうあんたは助からない。苦しみ抜いて死ねばいい。さよなら、今日であんたのことを忘れるよ……」

　初老の男はなにかいいたげに唇を震わせたが、言葉にならなかった。ミズキが最後にいった。

「……さよなら、父さん」

　スタンガンをポケットに戻して、ミズキが振りむいた。不思議だ。憎しみと呪《のろ》いの言葉を吐いたはずなのに、ひどく澄んだ目をしている。

「いこう、マコト。もうこんなところに用はない」

男の唇はまだ震えている。謝罪しようとしているのだろうか、それとも非情な娘を口汚く非難しようというのか。おれには九歳の娘を犯した父親の気もちは想像もつかなかった。ミズキは春の陽光に満ちた明るい病室を、振りむくこともなく出ていく。

おれもすぐあとに続いた。あの病室に漂っていた薬品と死とケダモノの臭いに、もう耐えられそうもなかったのだ。


帰りのりんかい線のなかで、ミズキは窓の外を放心したように見つめながら、おれにいった。

「これでよかったんだよね、マコト」

そんなこと、おれにわかるはずがない。

「スタンガンを使わなかったのは、立派だったよ。おれとしては白虎にしたみたいに一発くらいはかましてやってもいいなと思ったけど」

ミズキが薄く笑った。

「もうそんな必要はないんだ。あの哀れな獣はもうすぐ死ぬ。ぼくはマコトにいわれたように忘れる努力をするよ。あいつとは距離をとるんだ。いつまでもあいつに縛られたくない」

今度の返事はよくわかっていた。

「ああ、それがいいよな。すこしたべて肉をつけたらどうだ。焼肉ならいくらでもつきあうぞ」

目をあげると車両は人がまばらで、誰もがマスクをしていた。まだ新型ウイルスは絶賛蔓延《まんえん》中なのだろう。車窓の外では近未来のビル群のあいだに広がる空き地で、黄色い菜の花が輝くように咲いている。いつかたくさんの時が流れたら、今回の事件のことも、ウイルスのことも、あの父親のことさえ、スマホのカメラロールの一コマとして懐しく思いだすことができるようになるのだろうか。

おれはミズキの隣でりんかい線に揺られながら、ぼんやりと考えていた。

時間は偉大な治療者である。おれたちの傷を癒《いや》すのは、おれたち自身の心とそこに降り積もる時間の作用だけだ。

梅原がケントを連れて、うちの店にやってきたのは、二日後の夕方だった。ふたりともマスクをしている。おれはケントの胸にサンふじを投げていった。

「今回はおかしな撮影につきあわせて、すまなかったな」

父親から了解をもらった演技とはいえ、児童虐待のまねごとをさせたのだ。おれはこの子の心に醜い傷が残らなければいいなと願っていた。九歳の男の子らしく、ケントはあっけらかんといった。

「悪い大人の人たちはつかまったんでしょう。なら、いいや。パパの仕事のお手伝いができて楽しかったし」

泣かせることをいう息子。おれは梅原に近づき、耳元でいった。

「別れた奥さんは知ってるのか」

「やめてくれ、絶対に秘密だ。殺されちまうよ」

まあケントの顔と声にはゼロワン入魂のエフェクトがかかっているので、まず発覚することはないだろう。当然、逆隊コロシアムは閉鎖され、今はダークウェブのどこにも存在しない。うちのおふくろが店の奥からやってきた。

「ケントくん、よくきたね。今日も晩ごはんたべていけるんだろ。なにがいいの」

ケントは顔を崩して笑った。

「マコトママの甘い卵焼き」

「まかせときな。マコト、ふたりを上に案内してやりな」

こういうときは職住接近も便利である。店の脇にある階段のほうへいくと、梅原がおれの背中にいう。

「今度、知りあいのところで、ケントが演技のレッスンを受けることになった。本人の希望なんだ」

おれは振りむき、ちいさな男の子に目をやった。白いマスクのうえで、二重《ふたえ》の目がくるくると動いている。手には蜜がたっぷりとさした赤いリンゴ。

「それ、ケントのほうからいいだしたのか」

男の子はうなずいていう。

「うん、パパに頼んだ。なんだか嘘の気もちをつくるのが、おもしろいなあって。泣いたり叫んだりばっかだったのに、変なの」

おれは階段をあがりながらいった。

「いや、嘘って、この世界にはなくてはならないんだ。ケントの演技には期待してるぞ」

残酷なネタが多かった今回のトラブルで、この子が数すくない希望かもしれない。おれは店番をしているおふくろに叫んだ。

「今夜の卵焼き、うーんと甘くしてくれ」

「それ、大好き」

ケントがそういって、おれの脇をすり抜け、階段を先に駆けあがっていく。木の階段がきしむ音さえ若々しかった。池袋西一番街にも、春がきたのだ。

グローバルリングの端で、おれはその週末タカシと会った。

春のウエストゲートパークには淡いピンクの雲が浮いている。足元を転げる厚さのない花びら。季節がほんとうに変わったのだ。マスクをしていないキングがいった。

「マコトのフェイク虐待ビデオ見たぞ。あれはなかなかだったな。あのケントとかいう子はほんとうに演技だったんだな」

誰も主役を支えたおれの演出には感心してくれない。まあ、いいだろう。この街でもおれはキングの脇役みたいなものだ。円筒形のベンチに座るおれたちの肩にも、サクラの花びらが舞い落ちる。なんだか舞台効果みたい。キングが淋しげにいう。

「ああ、おれたちの才能って、どこにあるんだろうな。コロシアムの事件はすっかり片がついたし、そろそろおれたち自身の未来について考えるときがきたのかもしれないな」

コロシアムの獣たちは、それぞれの場所で非常に厳しい社会的制裁を受けていた。現在のネット民の苛《か》烈《れつ》な罰則は、よく知ってるだろ。名前を変え、仕事を変え、どこに逃げても逃げ切ることはできないのだ。虐待がやつらの生涯の刻印となる。まあ当然の報いだけどな。おれはタカシにいった。

「王様って、死ぬまで王様じゃないのか。タカシはもう上がりだろ」

タカシはうんざりした顔でいう。

「やめてくれ。おれはいいプリンスが見つかったら、いつでもキングの座なんて譲るつもりだぞ。こんな面倒なこと一生やってられるか。いつか池袋のキングをおりたら、マコトとのんびり旅行するのもいいな。おふくろさんといっしょでもいいし」

おれは驚いて、タカシの顔を見た。そんなことを考えていたのか。

「それもいいけど、おれとしてはいつまでもこの街で、おまえとじたばたして遊んでるほうがたのしいと思うよ。トラブルがない人生なんて、つまらないじゃないか。キングでなくなったら、タカシなんておれ以外誰も声もかけないぞ」

タカシが右の拳を伸ばした。花びらが拳を避けてふわりとウエストゲートパークの宙に舞う。おれは不思議なことに、あの湾岸の病室を思いだしていた。

「やかましい。おれにそんな口をきくのは、マコトだけだ。すこしはキングを尊敬しろ」

おれたちがあんな病室にたどり着くまでにはまだ半世紀はあることだろう。それまでは巡りくる季節のたびに今回のようなヤマを踏んでいけばいいのだ。おれは灰色の石畳を転がる淡いピンクの花びらを眺めていた。今年もこの風景が見られた。それだけで十分満足だ。

あと何回この花を見て、おれたちは胸を淡く染めることだろうか。それが生きるってことなのかもしれない。

「おふくろさん誘って、今度花見にいかないか」

池袋のキングがそういった。

「そいつもいいかもな」

おれはうなずいて、花びらの雨のなか都心の公園をいきかう人々の流れを、いつまでも飽きずに見つめていた。東京の空は抜けるような透明感。

こんな空が見られるのなら、たまの自粛も悪くないかもしれないな。

解説　だからマコトは、年を取らない方がいい

天祢涼

真島誠、通称マコト。表向きは果物屋の息子だが、数々の事件を仲裁・解決してきた「池袋のトラブルシューター」として、裏社会では名の知られた存在である。

文句なくかっこいい男だが、個人的には「ずるい」とも思う。

池袋の裏社会を統べる「キング」ことタカシの信頼が厚く、警察にも暴力団にも顔がきく。なかなか恋愛関係にまで発展しないものの女性が次々に寄ってきて、戸籍上の妹（美人）までいる……って、リア充すぎないか？

もちろんマコトの功績を考えれば、これくらいは当然である。しかし、最も「ずるい」と思っていること――マコトがいつの間にか年を取らなくなったことのせいで、どうにもやっかんでしまうのだ。

『池袋ウエストゲートパーク』の第一作が刊行されたのは、一九九八年。冒頭でマコトは「去年、池袋の地元の工業高校を卒業した」と述べている。同作に収録された「オア

シスの恋人」では、「パワーPCになるまえの最高速のラップトップ」という中古Macを二万五五〇〇円で購入する場面がある。MacにパワーPCというチップが搭載されたのが一九九四年であることと、中古Macの価格から、第一作は一九九〇年代後半の話と思われる。よってマコトが高校を卒業したのは、一九九七年前後だろう。

仮に卒業したのが一九九七年なら生まれは一九七八年か七九年（昭和五三年か五四年）となり、前者の場合、筆者（天祢涼）と同い年である。

ところが二〇一四年刊行の『憎悪のパレード』では、「池袋のマジマ・マコトも、もう二十代後半になった（正確な年は秘密だ）」とある。仮にこの時点で二九歳だとしても、九〇年代後半に高校を卒業することはできない。

劇中では、池袋のチャイナタウン拡大やヘイトスピーチの勃興などその時々の世相を反映したできごとが起こっているので、時間は着実に流れている。また、本書『獣たちのコロシアム』で、マコトは自分のことを「平成生まれ」と明言している。

これらのことから、時間の流れにマコトの年齢が対応していない――即ち、マコトは普通に年を取ることをやめ、二〇代後半をたゆたい続けていると想定される。同世代だと思っていたのに、あちらは二〇代後半のままで、こちらは四〇代に突入してしまったのだ。これを「ずるい」と言わずしてなんと言おう。

長期シリーズにおける登場人物の年齢に触れることが野暮なのは承知している。それでも「ずるい」という気持ちを抑えられないのは、社会に対する個人的な期待と失望が関係している。

九〇年代後半、バブル崩壊の後遺症から抜け出せず、日本の退潮傾向が鮮明になったものの、筆者自身はわくわく感を抱いていた。このころ、インターネットが普及し始めたからだ。

図書館で調べないと手に入らなかった知識がちょっと検索するだけで手に入るし、誰でも情報を発信できるようになったのだ。ほかにも、いままでできなかったことができるようになるだろう。日本はインターネットで元気になるに違いない――無邪気にそう信じていたのに、「失われた一〇年」は二〇年、三〇年と延長していった。この間、格差は拡大。経済的な余裕のなさからか、夢のツールだったインターネットには差別的・攻撃的な言動が横行。こうした現実を目の当たりにして、「どうも日本は、自分が子どものころのように元気になることはなさそうだ」という思いは強くなっていった。

徐々に希望が失われていくような、この感覚……。筆者と同世代の全員が抱いているわけではないだろうが、トラブルシューターとして社会の暗部を嫌というほど見てきたマコトなら共感してくれるはずだ。そう思っていただけに、年を取らなくなったことが残念なのだ。

平成生まれなら、既に退潮傾向に入った、希望が失われつつある日本しか知らないことになる。その方が幸せだと言うつもりはないが、なんだかマコトが遠くに行ってしまったようだ。一緒に年を重ねてくれていたらよかったのに、と勝手に思っていた――本書を読み終えるまでは。

いまは違う。むしろ、「マコトは年を取らない方がいい」とすら思っている。

※以下、本書の内容に触れています。先入観を持ちたくない人は、先に本編をお読みください。

本書には、これまでのシリーズ作同様、四つの短編が収録されている。

「タピオカミルクティの夢」

ブームに乗ってサルが始めたタピオカミルクティ店が若いイケメンのバイトを募集すると、五〇すぎの冴えないおっさんが応募してきた。まじめに働くおっさんに好感を持つマコトだったが、ライバル店によからぬ動きが……。

「北口ラブホ・バンディッツ」

池袋のラブホテルを襲い、売上を巻き上げる強盗事件が続発。マコトは、中学時代の同級生・ミノリから、実家が経営するラブホテルのガードマンを依頼される。

「バースデイコールの甘い罠」

誕生日を迎えた女性に電話をかけ、言葉巧みに信頼を得て金を奪う「バースデイコール詐欺」。被害者の妹から相談を受けたマコトは、詐欺グループの正体をさぐるべく動く。

この三作はいずれも疾走感や爽快感に充ちている。「北口ラブホ・バンディッツ」に関しては、強盗と対峙するスリルもさることながら、マコトとミノリのやり取りが微笑ましく、恋愛小説としても楽しめる。

しかし表題作にもなっている「獣たちのコロシアム」は、かなり毛色が異なる。

児童虐待マニアたちが、子どもを虐待する動画を「逆隊コロシアム」なるサイトに投稿している。そのことを知ったマコトは、実父から性的虐待を受けていたミズキ、テレビ局のディレクター梅原らとともに、逆隊コロシアムをつぶすべく立ち上がる……というあらすじからもわかるとおり、扱っているテーマがテーマだけに、ほかの三作と較べて陰鬱とした雰囲気が漂う。

筆者は以前、貧困家庭における児童虐待をテーマにした『あの子の殺人計画』（文藝春秋）という小説を上梓した。展開上必要だったが、児童虐待の場面を書くときは辛かった。完成稿は、当初の構想より表現をやわらかくせざるをえなかった。

しかし「獣たちのコロシアム」で描かれる虐待は容赦ない。あまりに生々しい描写に、ページをめくることを躊躇してしまうほどだ。児童虐待は加害者次第でどこまでもエスカレートしていくという現実を、読み手に突きつけるかのようである。

こうした虐待自体は、根深い問題として何年も前から社会に認知されてきた。しかし逆隊コロシアムは、通常ではたどり着けないインターネットのダークウェブ最下層にあるため、より厄介だ。スマホなど、誰でも簡単に動画を撮影・投稿できるガジェットが広まったことが、それに拍車をかける。

つまり本作で描かれる児童虐待は、今日的なテクノロジーによって〝アップデート〟されたものなのだ。テクノロジーの進化がもたらす負の側面と言えるだろう。

『あの子の殺人計画』を執筆するに当たって、児童虐待の被害者が自分の子どもに同じことを繰り返してしまう「虐待の連鎖」が少なくないことを知った。逆隊コロシアムにかかわった加害者たちの中にも、かつては被害者だった者がいるかもしれない。しかしテクノロジーに支配され虐待がエスカレートして、同情の余地のないケダモノへと堕ちてしまったのではないか——そんな想像をしてしまう。

一方で、逆隊コロシアムにマコトが迫る方法もまた、今日的なテクノロジーを活かしたものだ。テクノロジーを利用した者たちがテクノロジーに追い詰められる構図には、皮肉なものを感じる。

そしてこれが、筆者が「マコトは年を取らない方がいい」と思うようになった要因である。

インターネットが普及して以降、それに関連したガジェットやサービスが次々と誕生し、テクノロジーの進化が加速した。テクノロジーを使うのもトラブルを起こすのも人間である以上、マコトは今後、逆隊コロシアムのようにテクノロジーが絡んで〝アップデート〟された事件や社会問題の解決を依頼される機会が増えるはずだ。

これらに対応するには、インターネットが当たり前にある環境で生まれ育った世代の方が有利なのではないだろうか。

インターネットが普及する前と後では、我々の生活は大きく変わった。例えば「検索する」という行為は、インターネットの普及前後では別物と化している。

当然の帰結として、人格が形成される子ども時代にインターネットが存在していた者と、していなかった者の間では、脳や精神の構造に大きな違いが生じているはずだ。今日のテクノロジーの多くがインターネットに関連している以上、前者の方がそれらへの感度――抽象的な言い方になるが、理解力や判断力、応用力、瞬発力といったもの――が高いと見ていいだろう。

前述のように、インターネットには差別的・攻撃的な言動が横行している。ネット依存がもたらす弊害の研究も多々ある。しかし、もはやインターネットなしでの生活は考えられず、今後もそれに関連したテクノロジーが生み出されることは間違いない。

マコトもそう思ったから、自分の時間を（タカシやサル、おふくろたちの時間も）止め平成生まれとなり、インターネットが普及している環境で育ち直したのではないか。

この先も、テクノロジーに影響を与えるインターネット級のなにかが、またいつ誕生するかわからない。だからマコトは、やっぱり年を取ることをやめたままでいると思う。いささか妄想が入っているが、マコトが〝アップデート〟されたトラブルを解決することで救われる人がいることは確か。だからいまの筆者は、もうマコトを「ずるい」と思っていない。この先も二〇代後半のままトラブルシューターとして活動を続けて、ゆくゆくは令和生まれになってほしい。

マコトがそのころまでトラブルを解決し続けてくれるなら、希望に充ち満ちた日本しか知らない世代も、きっと出てくるはずだから。

……美人の妹に関してだけは、やっぱり「ずるい」と思ってしまうのだが。


（ミステリー作家）

初出誌「オール讀物」
タピオカミルクティの夢　二〇一九年八、九・十月合併号
北ロラブホ・バンディッツ　二〇一九年十一、十二月号
バースデイコールの甘い罠　二〇二〇年一、二月号
獣たちのコロシアム　二〇二〇年三・四月合併号、五月号
＊「獣たちのコロシアム」は「虐待コロシアム」を単行本化にあたり改題しました。

単行本　二〇二〇年九月　文藝春秋刊

DTP制作　エヴリ・シンク

本書の無断複写は著作権法上での例外を除き禁じられています。
また、私的使用以外のいかなる電子的複製行為も一切認められておりません。

文春文庫

獣《けもの》たちのコロシアム
池袋《いけぶくろ》ウエストゲートパークXVI

定価はカバーに
表示してあります

2022年9月10日　第1刷

著　者　石田衣良《いしだいら》
発行者　大沼貴之
発行所　株式会社　文藝春秋

東京都千代田区紀尾井町 3-23　〒102-8008
TEL 03・3265・1211㈹
文藝春秋ホームページ　http://www.bunshun.co.jp

落丁、乱丁本は、お手数ですが小社製作部宛お送り下さい。送料小社負担でお取替致します。

印刷・凸版印刷　製本・加藤製本

Printed in Japan
ISBN978-4-16-791933-7

（　）内は解説者。品切の節はご容赦下さい。

石田衣良
池袋ウエストゲートパーク
刺す少年、消える少女、潰し合うギャング団……命がけのストリートを軽やかに疾走する若者たちの現在を、クールに鮮烈に描いた人気シリーズ第一弾。表題作など全四篇収録。（池上冬樹）
い-47-1

石田衣良
少年計数機
池袋ウエストゲートパークⅡ
他者を拒絶し、周囲の全てを数値化していく少年。主人公マコトは少年を巡り複雑に絡んだ事件に巻き込まれていく。大人気シリーズ第二弾、さらに鋭くクールな全四篇を収録。（北上次郎）
い-47-3

石田衣良
骨音
池袋ウエストゲートパークⅢ
最凶のドラッグ、偽地域通貨、ホームレス襲撃……さらに過激なストリートをトラブルシューター・マコトが突っ走る。現代の青春を生き生きと描いたＩＷＧＰ第三弾！（宮藤官九郎）
い-47-5

石田衣良
電子の星
池袋ウエストゲートパークⅣ
アングラＤＶＤの人体損壊映像と池袋の秘密クラブの関係は？　マコトはネットおたくと失踪した親友の行方を追うが……。「今」をシャープに描く、ストリートミステリー第四弾。（千住　明）
い-47-6

石田衣良
赤《ルージュ》・黒《ノワール》
池袋ウエストゲートパーク外伝
小峰が誘われたのはカジノの売上金強奪の狂言強盗。だが、その金を横取りされて……。池袋を舞台に男たちの死闘が始まった。シリーズでおなじみのサルやＧボーイズも登場！（森巣　博）
い-47-7

石田衣良
反自殺クラブ
池袋ウエストゲートパークⅤ
今日も池袋には事件が香る。風俗事務所の罠にはまったウエイトレス、集団自殺をプロデュースする姿なき〝クモ男〟——。切れ味がさらに増したＩＷＧＰシリーズ第五弾！（朱川湊人）
い-47-9

石田衣良
灰色のピーターパン
池袋ウエストゲートパークⅥ
池袋は安全で清潔なネバーランドじゃない。盗撮画像を売りさばく小学五年生がマコトにＳＯＳ！　街のトラブルシューターの面目躍如たる表題作など全四篇を収録。（吉田伸子）
い-47-10

（　）内は解説者。品切の節はご容赦下さい。

石田衣良
Gボーイズ冬戦争
池袋ウエストゲートパークⅦ

鉄の結束を誇るGボーイズに生じた異変。ナンバー2・ヒロトがキング・タカシに叛旗を翻したのだ。窮地に陥るタカシをマコトは救えるのか？　表題作はじめ四篇を収録。（大矢博子）

い-47-11

石田衣良
非正規レジスタンス
池袋ウエストゲートパークⅧ

フリーターズユニオンのメンバーが次々と襲われる。メイド服姿のリーダーと共に、格差社会に巣食う悪徳人材派遣会社に挑むマコト。意外な犯人とは？　シリーズ第八弾。（新津保建秀）

い-47-14

石田衣良
ドラゴン・ティアーズ――龍涙《りゅうるい》
池袋ウエストゲートパークⅨ

大人気「池袋ウエストゲートパーク」シリーズ第九弾。時給300円弱。茨城の〝奴隷工場〟から中国人少女が脱走。捜索を頼まれたマコトはチャイナタウンの裏組織に近づく。（青木千恵）

い-47-17

石田衣良
PRIDE――プライド
池袋ウエストゲートパークⅩ

四人組の暴行魔を探してほしい――ちぎれたネックレスを下げた美女の依頼で、マコトはあるホームレス自立支援組織を調べ始める。IWGPシリーズ第1期完結の10巻目！（杉江松恋）

い-47-18

石田衣良
憎悪のパレード
池袋ウエストゲートパークⅪ

IWGP第二シーズン開幕！　変容していく池袋、でもあの男たちは変わらない。脱法ドラッグ、ヘイトスピーチ……続発するトラブルを巡り、マコトやタカシが躍動する。（安田浩一）

い-47-21

石田衣良
西一番街ブラックバイト
池袋ウエストゲートパークⅫ

勤め先の店で無能扱いされた若者が池袋の雑居ビルで飛びおり自殺を図る。耳触りのいい言葉で若者を洗脳し、つかい潰すブラック企業の闇に、マコトとタカシが斬りこむ！（今野晴貴）

い-47-22

石田衣良
裏切りのホワイトカード
池袋ウエストゲートパークⅩⅢ

闇サイトに載った怪しげな超高給バイトの情報。報酬はたった半日で10万円以上。池袋の若者達が浮き足立つ中、マコトにはある財団から依頼が持ち込まれる。（対談・朝井リョウ）

い-47-23

（　）内は解説者。品切の節はご容赦下さい。

石田衣良
七つの試練
池袋ウエストゲートパークXIV
ネットで広がるデスゲーム。提示される試練をクリアすると積みあがる「いいね」の山。やがて死を招くものへとエスカレートする。若者を陥れる「管理人」をマコトが追う！　（志茂文彦）
い-47-24

石田衣良
キング誕生
池袋ウエストゲートパーク青春篇
高校時代のタカシにはたったひとりの兄タケルがいた。戦国状態の池袋でタカシが兄の仇を討ち、氷のキングになるまでの書き下ろし長編。初めて明かされるシリーズの原点。　（辻村深月）
い-47-20

石田衣良
池袋ウエストゲートパーク ザ レジェンド
時代を鮮やかに切り取る名シリーズの初期から近作まで、読者投票で人気を集めたレジェンド級エピソード八篇を厳選した〈傑作選〉。マコトとタカシの魅力が全開の、爽快ミステリー！
い-47-36

石田衣良
アキハバラ@DEEP
五人のおたく青年とコスプレ喫茶のアイドルが裏秋葉原で出会ったとき、ネットに革命を起こすeビジネスが始まる！　ドラマ化、映画化された長篇青春電脳小説。　（森川嘉一郎）
い-47-8

石田衣良
コンカツ？
顔もスタイルも悪くないのに、なぜかいい男との出会いがない！　合コンに打ち込む仲良しアラサー4人組は晴れて幸せをつかめるのか？　コンカツエンタメ決定版。　（山田昌弘）
い-47-32

石田衣良
MILK
切実な欲望を抱きながらも、どこかチャーミングなおとなの男女たちを描く10篇を収録。切なさとあたたかさを秘めた、心と身体をざわつかせる刺激的な恋愛短篇集。　（いしいのりえ）
い-47-35

石田衣良
うつくしい子ども
九歳の少女が殺された。犯人は僕の弟！　なぜ、殺したんだろう。十三歳の弟の心の深部と真実を求め、兄は調査を始める。少年の孤独な闘いと成長を描く感動のミステリー。（五十嵐律人）
い-47-37

（　）内は解説者。品切の節はご容赦下さい。

安東能明
夜の署長
新米刑事の野上は、日本一のマンモス警察署・新宿署に配属される。そこには〝夜の署長〟の異名を持つベテラン刑事・下妻がいた。警察小説のニューヒーロー登場。（村上貴史）
あ-74-1

安東能明
夜の署長2
密売者
夜間犯罪発生率日本一の新宿署で〝夜の署長〟の異名を取り、高い捜査能力を持つベテラン刑事・下妻。新人の沙月は新宿で起きる四つの事件で指揮下に入り、やがて彼の凄みを知る。
あ-74-2

明石家さんま　原作
Ｊｉｍｍｙ
一九八〇年代の大阪。幼い頃から失敗ばかりの大西秀明は、高校卒業後なんば花月の舞台進行見習いに。人気絶頂の明石家さんまに出会い、孤独や劣等感を抱きながら芸人として成長していく。
あ-75-1

浅葉なつ
どうかこの声が、あなたに届きますように
地下アイドル時代、心身に傷を負った20歳の奈々子がラジオアシスタントに。「伝説の十秒回」と呼ばれる神回を経て成長する彼女と、切実な日々を生きるリスナーの交流を描く感動作。
あ-77-1

天祢　涼
希望が死んだ夜に
14歳の少女が同級生殺害容疑で緊急逮捕された。少女は犯行を認めたが動機を全く語らない。彼女は何を隠しているのか？　捜査を進めると意外な真実が明らかになり……。（細谷正充）
あ-78-1

朱野帰子
科学オタがマイナスイオンの部署に異動しました
電器メーカーに勤める科学マニアの賢児は、非科学的商品を「廃止すべき」と言い、鼻つまみ者扱いに。自分の信念を曲げられずに戦う全ての働く人に贈る、お仕事小説。（塩田春香）
あ-79-1

秋吉理香子
サイレンス
深雪は婚約者の俊亜貴と故郷の島を訪れるが、彼には秘密があった。結婚をして普通の幸せを手に入れたい深雪の運命が狂い始める。一気読み必至のサスペンス小説。（澤村伊智）
あ-80-1

（　）内は解説者。品切の節はご容赦下さい。

井上荒野
ママがやった
七十九歳の母が七十二歳の父を殺した。「ママはいいわよべつに、刑務所に入ったって」——男女とは、家族とは何か？　ある家族の半世紀を描いた、愛を巡る八つの物語。（池上冬樹）
い-67-5

伊坂幸太郎
死神の精度
俺が仕事をするといつも降るんだ——七日間の調査の後その人間の生死を決める死神たちは音楽を愛し大抵は死を選ぶ。クールでちょっとズレてる死神が見た六つの人生。（沼野充義）
い-70-1

伊坂幸太郎
死神の浮力
娘を殺された山野辺夫妻は、無罪判決を受けた犯人への復讐を計画していた。そこへ人間の死の可否を判定する〝死神〟の千葉がやってきて、彼らと共に犯人を追うが——。（円堂都司昭）
い-70-2

阿部和重・伊坂幸太郎
キャプテンサンダーボルト（上下）
大陰謀に巻き込まれた小学校以来の友人コンビ。不死身のテロリストと警察から逃げきり、世界を救え！　人気作家二人がタッグを組んで生まれた徹夜必至のエンタメ大作。（佐々木　敦）
い-70-51

乾《いぬい》　ルカ
カレーなる逆襲！
ポンコツ部員のスパイス戦記
廃部寸前の樽大野球部。部存続の条件は名門・道大とのカレー作り対決!?　ヤル気も希望もゼロの残党部員4人は一念発起するのか否か？　読めば腹ペコな青春小説！　文庫オリジナル。
い-78-4

石持浅海
殺し屋、やってます。
《650万円でその殺しを承ります》——コンサルティング会社を経営する富澤允。しかし彼には、殺し屋という裏の顔があった…。殺し屋が日常の謎を推理する異色の短編集。（細谷正充）
い-89-2

伊吹有喜
ミッドナイト・バス
故郷に戻り、深夜バスの運転手として二人の子供を育ててきた利一。ある夜、乗客に十六年前に別れた妻の姿が。乗客たちの人間模様を絡めながら家族の再出発を描く感動長篇。（吉田伸子）
い-102-1

（　）内は解説者。品切の節はご容赦下さい。

岩井俊二
リップヴァンウィンクルの花嫁
「この世界はさ、本当は幸せだらけなんだよ」秘密を抱えながらも愛情を抱きあう女性二人の関係を描き、黒木華、Ｃｏｃｃｏ共演で映画化された、岩井美学が凝縮された渾身の一作。
い-103-1

岩井俊二
ラストレター
「君にまだずっと恋してるって言ったら信じますか？」裕里は亡き姉・未咲のふりをして初恋相手の鏡史郎と文通する——不朽の名作『ラヴレター』につらなる、映画原作小説。（西崎　憲）
い-103-2

いとうみく
車夫
家庭の事情で高校を中退し浅草で人力車夫として働く吉瀬走。大人の世界に足を踏み入れた少年と、同僚や客らとの交流を瑞々しく描く。期待の新鋭、初の文庫化作品。（あさのあつこ）
い-105-1

いとうみく
車夫２　幸せのかっぱ
高校を中退し浅草で人力車をひく吉瀬走。陸上部時代の同級生が会いに来たり、ストーカーにあったりの日々の中、行方不明だった母親が体調を崩したという手紙が届く。（中江有里）
い-105-2

伊与原　新
ブルーネス
地震研究所を辞めた準平は、学界の異端児・武智に「津波のリアルタイム監視」計画に誘われる。個性が強すぎて組織に馴染めないはぐれ研究者たちの無謀な挑戦が始まる！（巽　好幸）
い-106-1

伊岡　瞬
祈り
東京に馴染めない楓太は、公園で信じられない光景を目にする。炊き出しを食べる中年男が箸を滑らせた瞬間——。都会の孤独な二人の人生が交差する時、心震える奇跡が。（杉江松恋）
い-107-1

伊岡　瞬
赤い砂
男が電車に飛び込んだ。検分した鑑識係など3名も相次いで自殺する。刑事の永瀬が事件の真相を追う中、大手製薬会社に脅迫状が届いた。デビュー前に書かれていた、驚異の予言的小説。
い-107-2